AF196422

www.tredition.de

Beat Reidy

Er suchte den Tod und fand das Leben

Roman

www.tredition.de

© 2016 Beat Reidy

Verlag: tredition GmbH, Hamburg

ISBN
Paperback: 978-3-7345-7536-5
Hardcover: 978-3-7345-7537-2
e-Book: 978-3-7345-7538-9

Printed in Germany

Ein grosses Staunen setzte ein, als ich von Felix eine Ansichtskarte aus Montreux erhielt.

Von ihm hätte ich wohl zuletzt eine Karte erwartet. Und das aus Montreux, dem mondänen Treffpunkt der arabischen Schickeria oder der Jazz-Freaks. Felix liebte die Abgeschiedenheit und Kargheit der Berge. Der Berg nicht nur als Trutz-, sondern auch als Trotzburg. Er zog sich in seine abgelegenen Krächen zurück, um dem lärmigen Alltag, dem Karneval der Moderne, zu entfliehen und zu trotzen.

Aber warum schickte er eine Schwarzweiss-Karte? Wo war das Postkartenwetter, wo das goldene Schimmern, das die funkelnde Sonne über den See zauberte? Wo vereinigten sich die Blautöne des Himmels und des Sees im Unendlichen, so dass dieser zum Meer wurde? Auch die milchigen Gletscher und die weissen Flecken der holsteinscheckigen Dents du Midi fehlten.

Meine Überraschung wich Beklemmung, als ich den Text las.

Habe hier ein Hotel gefunden.
Es herrscht richtiges Postkartenwetter, zum draussen Sitzen und Karten Schreiben.
Grüsse meine Kollegen.
Leb wohl.

Kannst mich ja dann beWeinen.
Felix

Zuerst glucksen, dann oszillierende Gedankensprünge.

Was war da in Felix gefahren? Was für ein Spiel trieb er mit mir? Das konnte doch nicht sein Ernst sein.

Und sein Wortspiel, das unserer monatlichen Meetings bei einem Glas Wein gedachte, Treffen von berufstätigen und pensionierten Lehrern einer Mittelschule.

Was war mit Felix los? Für Lateiner war er ja der Glückliche. Schwarzer Humor war nicht sein Ding, damit hatte er sich nie ausgezeichnet. Ich hatte ihn in letzter Zeit etwas aus den Augen, aber nicht aus dem Sinn verloren. Als ich ihn jüngst in Eile auf der Strasse traf, sagte er nur, er gehe seiner Bestimmung entgegen, die Aussichten seien gut. Bei der letzten Weinrunde wollte ich ihn um eine Erklärung bitten, aber leider erschien er nicht.

Vielleicht wusste Josef etwas, der ihm ebenfalls nahestand und der jetzt wohl zu Hause war. Sollte ich einen Anruf wagen? Eigentlich hatte ich ja nichts zu verlieren. Gewissheit war in jedem Fall besser.

Nach fünfmaligem Klingelton hoffte ich, dass er nicht zu Hause war. Was wollte ich ihn eigentlich fragen?

Machte ich mich nicht lächerlich? War ich etwa einer Täuschung auf den Leim gegangen? Doch schon erklang seine Stimme. Ich räusperte mich, was mir aber nicht richtig gelingen wollte, weil die Kehle zugeschnürt und der Mund trocken war. Ob er von Felix auch eine Ansichtskarte erhalten habe. Er bejahte. Er war so überrascht gewesen wie ich zuvor, weil er bisher auch nicht das Glück gehabt hatte, ihn als Kartenschreiber kennenzulernen. Er bestätigte mir, was ich schon wusste: Felix war vor einem halben Jahr, in Gedanken versunken, auf dem Eis ausgerutscht, hatte mit der harten Wirklichkeit des Pflasters schmerzhafte Bekanntschaft gemacht und eine Gehirnerschütterung davongetragen. Er hatte ausserdem Bypässe erhalten. In letzter Zeit klagte er über Beschwerden und schlief schlecht, so dass er seit ungefähr einem Monat seinem Beruf als Mittelschullehrer nicht mehr nachgehen konnte, ein Arztzeugnis bekam und bis zu den Osterferien freigestellt war. Ein erneuter Eingriff stand bevor. Viel gab Felix nicht preis. Seinen wenigen Andeutungen konnte man entnehmen, dass ihn ein Nachlassen seines intellektuellen Spürsinns und gedanklichen Witzes beunruhigte. Für mich aber zeigte er keine Auffälligkeiten und war der Felix, den ich kannte: ein ruhiger, besonnener Intellektueller, der mit seiner sokratischen Befindlichkeit allem auf den Grund ging, alles hinterfragte und dabei mit Humor nicht zurückhielt, aber eben auch verschlossen war, jedenfalls um seine Person ein Geheimnis machte. Andere würden ihn wohl aufgrund seiner markigen und markanten Worte oder Gesichtszüge, der langen und drahtigen Gestalt, der kehligen, etwas rauen Sprechweise, des gemächlichen, etwas gebeugten Ganges und der Vorliebe für Wanderungen eher als Naturburschen bezeichnen. Am vorletzten Männerabend hatte er, Historiker und Literaturwissenschaftler, aber eigentlich ein bibliophiler Allrounder angedeutet, dass er sich gerade mit Schöpfungsmythen beschäftige.

Am folgenden Tag durfte ich, da ich bereits im Ruhestand war, nach dem Frühstück mit der Lektüre der Lokalzeitung beginnen. Und da war sie, die Todesanzeige: „In stiller Trauer teilen wir mit, dass Gott, der Herr über Leben und Tod, unseren geliebten Felix in den ewigen Frieden abberufen hat. Er starb am 2. März 2012 im Alter von 64 Jahren unerwartet an Herzversagen. Wir werden ihm ein ehrendes Andenken bewahren."

Also doch, Felix hatte kein Spiel mit mir getrieben. Eine Angabe über eine Beerdigung fehlte. Felix, Atheist oder Agnostiker, war offenbar aus der katholischen Kirche ausgetreten.

Als Todesursache wurde Herzversagen genannt. Eine Recherche bei Wikipedia, diesem allzeitbereiten, weltumspannenden und allwissenden Kompendium, bestätigte mir, dass Herzstillstand durch Tablettenvergiftung herbeigeführt werden konnte. Der Schein war damit gewahrt. Schon im Mittelalter hätte Felix so kirchlich beerdigt werden können, hätte er darauf und auf ein ehrendes Andenken Wert gelegt.

Als Traueradresse wurde, da Felix nicht in einer Partnerschaft lebte, diejenige eines Bruders angegeben, zu dem Felix wenig Kontakt hatte und den ich deshalb nicht kannte. Sollte ich ihn anrufen, um Genaueres zu erfahren? Nach kurzer Denkpause beschloss ich, meinem Drang nicht nachzugeben. In dieser schwierigen Zeit wollte ich keine Kritik äussern. Von Josef erfuhr ich telefonisch, dass keine Obduktion angeordnet worden sei.

Tage später rief mich der Bruder an. Offenbar hatte Felix ihm meine Koordinaten gegeben. Felix sei in einem Hotel in Montreux tot aufgefunden worden. Der Arzt habe ein Herzversagen diagnostiziert. In Felix' Wohnung, im Zimmer auf der rechten Seite, habe es noch Unterlagen und Bücher, mit denen er nichts anfangen könne und die bei mir in besseren Händen seien. Die Wohnung sei offen, ich könne sie jederzeit holen. Auf unangenehme Fragen verzichtete ich.

Am folgenden Tag machte ich mich auf, um erstmals Felix' Wohnung zu betreten. Auf lädierten Stufen gelangte ich in den ersten Stock. Im pastellfarbenen Zimmer dominierte ein Bild von beträchtlicher Grösse. Ein Chaos von Strichen und Flächen, die zerlegt wurden, sich vergitterten oder facettenreich durchdrangen. Der Gegenstand, sofern es bei dieser Darstellung überhaupt einen gab, war verzerrt und verformt. Eine einheitliche Perspektive war nicht zu erkennen. Raum und Zeit, die Logik des Natürlichen schienen aufgehoben. Es würde mich nicht wundern, wenn Felix eine Deutung dieser vielschichtigen Komposition gehabt hätte. Auf mich wirkte das ganze Zimmer wie Patchwork, obwohl Felix nicht Teil einer Patchwork-Familie war. Das Bild hatte weder mit einem Tiger-Poster, das Kraft und Eleganz verband, noch mit einer fein ziselierten, altertümlichen Kommode und dem einfachen, aber zweckmässigen Schreibtisch eine innere Verwandtschaft.

Die Unterlagen befanden sich auf dem Schreibtisch. Das meiste waren Abhandlungen über philosophische Themen und geschichtliche Darstellungen. Daneben Klassiker deutscher Dichtung. Ich wollte später einmal mitnehmen, was ich brauchen konnte. Aussergewöhnlich nur ein von Felix' Hand geschriebenes Manuskript.

Zu Hause entdeckte ich, dass es sich bei ihm um einen Text handelte, der, Felix' Bescheidenheit entsprechend, ganz simpel als Erzählung betitelt war, obwohl der Umfang eher einem Roman entsprach. Interessant aber, wesentlich kleiner und in Klammer, ein Untertitel: «**Fiktive Autobiographie. Ein Spiel**». Warum hatte Felix nie erwähnt, dass er schrieb? Konnte er nur so sagen, was er uns vorenthielt? Fand er in der Fiktion eine Rückzugsmöglichkeit?

Bevor ich mit der Lektüre beginnen konnte, ein Anruf von Markus, der die Todesanzeige gesehen hatte. Er war Kassierer einer gemeinnützigen Institution. Felix sei Gönner gewesen. Wie aus dem Kontoauszug der Organisation ersichtlich sei, habe er der Organisation vor dem Tod ein Legat von 20 000 Franken vermacht. Bei Felix' Tod hatte offenbar doch nicht der Zufall seine Hand im Spiel, obwohl Felix ein entschiedener Verfechter des Zufalls war und nicht an Gottes gnädig einwirkende Hand glaubte.

Da keine Verpflichtungen anstanden, konnte ich mich nun ganz dem sonderbar anmutenden Text widmen und eintauchen.

Christian hatte sich entschieden. Daran wollte er sich halten, festhalten. Nach dem, was vor einem Monat geschehen war.

Er steuerte damals die Berge an. Alles war so gewöhnlich. Die Strecke kannte er. Hier, in seinem Geburtsort, die Schweinemästerei, deren Geruch einem nicht entgehen konnte. Dort die mächtige Kirche, deren Glocken die frohe Botschaft für einmal nicht verkündeten. Als Messdiener hatte er sie als bedrohlich und die Sakristei als unheimlich empfunden. Wenn er an diese Zeit dachte, drängten sich, hymnisch verklärt, noch andere Bilder auf:

Das Dröhnen vielstimmiger Osterglockenfugen auf hallenden Kopfsteinfriedhöfen.

Glänzende Augen auf vergilbten, braun verblichenen Bildern von Erstkommunionsgefilden.

Süsslicher Weihrauchfässerduft, flackerndes Kerzenlicht, unruhige Schattenspiele erzeugend unter verrussten Gewölben miefiger Kirchen.

Prangende Harnische von weiss-violett gekleideten, munteren Messdienerjungen, züchtig gefaltete Andachtshände vor goldig verbrämten Marienaltären.

Dämonischen Fratzen, die mit höhnischem Grinsen bei den Vertrauensvollen und Gottesfürchtigen uralte Ängste vor dem Jüngsten Gericht und dem Tag des Zornes schüren.

Felix, diesen poetischen Erguss hätte ich dir, dem Spröden, nicht zugetraut. Doch heute schreibt man anders.

Aber kaum hatte er den Friedhof hinter sich gelassen und die Rechtskurve, die von Bäumen bestanden war und sich endlos drehte, geschafft, fuhr er - aber was ist denn das da? Ein schlaksiger Junge - Shorts, flinke Beine, Turnschuhe, einen Apfel in der Hand – kommt immer näher. Schon wird er zu einer dunklen Silhouette vor dem schräg einfallenden Blendlicht der aufgehenden Sonne. Dann ein schwarzes Bündel und, scherenschnittartig, ein Zappelphilipp, wie von der Feder geschnellt, ein verletztes Tier auf der Flucht. Plötzlich ist Christian hellwach. Müdigkeit, Starre, Lethargie wie weggeblasen, ein Adrenalinschub. Stopp, quietschende Bremsen, der dumpfe Aufprall.

Er reagiert mechanisch, legt den Rückwärtsgang ein, parkt auf dem Gehsteig.

Felix, du warst ja nie der Schnellste, sahst schlecht und hattest stets ein Wrack mit abgenutzten Reifen.

Er rafft sich auf, steigt aus, die Glieder bleischwer, droht im Boden zu versinken, taumelt, von Schwindel erfasst, ergreift das Pannendreieck, schreitet die ihm passend erscheinende Strecke ab, bringt es mühsam in die richtige Form, legt es nieder.

Auf dem Rückweg sieht er die Menschentraube. Er hält Distanz, will sich nicht bösen Blicken aussetzen, im Kreuzfeuer stehen. Auf der Strasse ein lebloser Körper, geschunden, Blutungen,

Schürfungen, die Kleider verrutscht und befleckt. Daneben, gebückt, ein Mann, der offenbar versucht, den Knaben zu reanimieren. Jemand hält Autos an oder winkt sie durch. Christian wartet beklommen, von banger Erwartung umklammert.

Schon hört er die schrille Sirene der wohl per Handy avisierten Ambulanz, eine ferne Mahnung, die immer vorwurfsvoller klingt und schliesslich zur dröhnenden Anklage wird. Nach kurzer Untersuchung wird der Knabe auf die Bahre gelegt und abtransportiert. Unterdessen ist auch die Polizei eingetroffen. Sie sichert die Unfallstelle, fotografiert, wendet sich Leuten zu, die auf ihn, Christian, verweisen.

Während ein Polizist mit der Zeugenbefragung beginnt - die Menschentraube hat sich noch nicht aufgelöst -, macht sich dessen Begleiterin auf, nähert sich, wendet sich ihm zu. Der Knabe war auf der Stelle tot, ist an einem Schädelbasisbruch gestorben. Die Blutprobe fällt negativ aus. Der Knabe hat offenbar auf der anderen Strassenseite einen Freund gesehen, wollte ausserhalb des Fussgängerstreifens sofort zu ihm gelangen und hat das Auto nicht bemerkt. Er, Christian, ist von der tiefstehenden Sonne geblendet worden.

Aha, das bist du gewesen. Ich habe einen Bericht gelesen.

Nun kommt eine verhärmte Frau zu ihm. Am blassen Gesicht, an den holen Wangen und glasigen Augen erkennt er die Mutter. Sie wisse, dass er nicht schuldig sei. Ihr Lucca, ihr einziges Kind, habe ihn übersehen. Sie habe ihn gewöhnlich vom Kindergarten abgeholt, aber heute sei sie verhindert gewesen. Sie habe ihren Mann schon benachrichtigt, er werde gleich kommen. Sie gibt ihm die Hand und geht.

Wehe dem, der in friedlichen Gefilden einem unschuldigen Kinde Gewalt tut. O blutendes Wild, härene Frau. Das knöcherne Antlitz des Grauens, versteinerte Trauer. Weh der Schuld des Verfluchten, Zeichen des entarteten Geschlechts.
Wollust des Todes

Reichlich dunkel und antiquiert. Warum die Emphase?

Einem jungen Leben wird die Zukunft geraubt von einem, der keine mehr hat. Er denkt an die Mutter. Ihr Haus ist nun still und leer. Jedes Spielzeug erinnert sie an Kinderlachen. Die Nächte ziehen sich träge dahin. Um 8 Uhr denkt sie daran, wie sie ihren Lucca angezogen und in den nahegelegenen Kindergarten entlassen hat. Sie macht sich Vorwürfe, dass sie ihn dieses eine Mal nicht begleitet hat. Am Mittag würgt sie hinunter, was er, Christian, ihr eingebrockt hat. Und da sind Luccas Zeichnungen: das Haus mit dem grossen Kamin vor einer lachenden Sonne, die übergrossen Äpfel am dickstämmigen Baum. Und Fotos: ein neugieriger, aber auch ernster Blick, aufstehende Haare. Und wie gern ist er durch Pfützen gepatscht, so dass es aufspritzte und er die Hosen beschmutzte.

Doch alles Sinnieren half jetzt nicht weiter. Er hatte wieder einmal versagt. Vielleicht hätte er noch schneller reagieren können. Er war schon immer langsam gewesen, deshalb hatten sie ihn in der Schule auch „Lama" genannt. Und er war sicher wieder einmal zerstreut gewesen, hatte die Lage nicht richtig eingeschätzt. Aber zu schnell gefahren war er nicht, das wusste er. Ob seine Medis für Herz und Schmerz ihn benebelt hatten? Oder waren es die Auswirkungen seines Unfalls mit der Scheibe? Er war nämlich mit dem Kopf an die Scheibe einer Bushaltestelle geprallt. Seither wusste er, der Kopflastige, wo ihm der Kopf stand, und war nicht richtig im Kopf, wie die Leute glauben mochten.

Felix, du hast zwar nicht gut gesehen, warst manchmal nicht bei der Sache, aber du bist frei von Schuld, in jeder Hinsicht.

Unheil war über ihn hereingebrochen. Die Dinge hatten ein Eigenleben erhalten, das ihm auflauerte und sich gegen ihn richtete. Eine aberwitzige Verkettung von Zufällen, verhängnisvoll und unentrinnbar. Stand dahinter nicht die strafende Allmacht des Richters, der kam zu richten die Lebendigen und nicht die Toten? Nein, wenn jemand richten konnte, dann war er es, Christian. Und er wollte nicht kneifen. Die Zeit war gekommen, die Augen nicht mehr zu verschliessen und endlich in die Tat umzusetzen, was er seit langem ins Auge gefasst hatte. Die nötigen Medikamente hatte er sich besorgt. Diese eine Woche, die heute begann, wollte er sich noch geben, aber das musste eine besondere sein. Vom Unglück hatte er zwar weder ein Schleuder- noch ein Psychotrauma davongetragen, er war nicht ins Schleudern geraten. Aber seine Rückenschmerzen hatten zugenommen, so dass er jeden Tag, wenn die Schmerzen einsetzten, ein Mittel einnehmen und sich für einige Zeit hinlegen musste. Dieser Plackerei wollte er ein Ende bereiten.

Dir, dem unabhängigen Denker, nehme ich diese Haltung ab. Aber hattest du keine Angst vor dem Ungewissen? Sahst du keine andere Lösung? Und hattest du die Medis von deinem befreundeten Apotheker, oder wurdest du von einer Sterbehilfeorganisation begleitet?

Beschwerden verursachte auch das Herz. Vor einiger Zeit war ihm ein Herzschrittmacher eingepflanzt worden, aber nicht so organisch, dass er mit ihm Schritt halten konnte. Er litt weiterhin an Herzrhythmusstörungen und war deshalb gewillt, dem Schrittmacher seine Gefolgschaft zu verweigern. Auch mit seinen kalkigen Ablagerungen wollte er sich nicht abfinden.

Die frühere Beschwerlichkeit des Seins empfand er indes nicht mehr. Damals war für ihn nichts schwerer, als das Leben leicht zu nehmen, nichts einfacher, als sich das Leben schwer zu machen. Sein Leben war nicht linear oder im Kreis, sondern schlaufenartig, in Variationen, verlaufen.

Plötzlich fiel ihm ein, dass er noch die Pflanzen begiessen musste. Bei dieser Tätigkeit machte er sich jeweils ein Vergnügen daraus zu erfahren, wie weit er den Teller füllen konnte, ohne dass Wasser herausfloss. Seine beschränkte Sehkraft und sein Wagemut hatten oft nasse Böden zur Folge. Er liebte es, an die Grenzen zu gehen. Nicht nur bei physikalischen Erscheinungen. Grenzerfahrungen interessierten ihn.

Diesmal ging nichts daneben. Er war ja jetzt geerdet. Der Unfall hatte ihm jedoch deutlich gemacht, dass seine Kräfte nachliessen und er Defizite zu verzeichnen hatte. Da er sein Glück wollte, musste diese ungünstige Entwicklung gestoppt werden. Er wollte sich, im Herbst seines Lebens, noch eine letzte Woche am Feuerwerk der Farben ergötzen. Er hatte sich schon vor einiger Zeit von überkommenen Standpunkten befreit und begonnen, selber zu denken. Er wollte in der letzten Woche als Finale eine hochzît, ein letztes Fest, feiern und ein Höhenfeuer zünden. Wie alte Bäume, die besonders schön blühen, bevor sie absterben.

So wie ich dich kenne, bedeutet das nicht Jubel, Trubel, Heiterkeit.

Die Tagesstruktur, die sich im Ruhestand bewährt hatte, den geordneten Wechsel von körperlicher und geistiger Tätigkeit, von aktiver Passivität und passiver Aktivität, wollte er aber beibehalten.

In dieser Woche wollte er der Genese seines Lebens, seinem Werdegang, noch ein letztes Mal nachgehen, Spuren orten, die er in seinem Leben hinterlassen hatte, auch wenn viele kaum mehr sichtbar oder schon verwischt waren. Auch periphere Erfahrungen hatten ihren Reiz. Die Vergangenheit war für ihn nicht gestorben. Er war reich an Erfahrungen und Erinnerungen. Dieses Kapital war sicher, niemand konnte es ihm nehmen.

Bei seiner Retrospektive wollte er paradiesische Landschaften sehen, aber Schäden und Geschwüre nicht ausblenden. Früher hatte er auf seiner immerwährenden Suche nach der Quelle das Meer nicht gefunden. Oder war es umgekehrt? Jetzt wollte er nicht gegen den Strom schwimmen wie die Lachse, die sich aus grosser Entfernung mühsam an ihren Ursprung zurückbegaben, um Leben zu zeugen und dann zu sterben. Er wollte und konnte bei der Quelle beginnen, so dass das Leben allmählich an Fülle gewann. Je weiter er vordrang, desto voller wurde die Sanduhr. Das erlebende Ich, unentwegt fortschreitend, kam dem erinnernden Ich immer näher, bis es dieses einholte.

Konkave und konvexe Linsen wechselten sich bei der Rückschau ab. Sie war nicht Suche nach Bodensatz und keine Flucht in die Vergangenheit, weil der Gegenwart die Spannkraft fehlte. Die Vergangenheit sollte ihm auch nicht dazu dienen, die Zukunft zu bestehen. Erinnerung bedeutete für ihn Verdichtung. Dabei wurden unterschiedliche Erlebnisse ähnlich oder sogar gleich, sodass eine Stimme ihm zurief: Das hast du schon einmal erlebt. Er versuchte sich den weit zurückliegenden Ereignissen ausserdem meist so zu nähern, dass die Sicht nicht von der Kenntnis der Zukunft getrübt wurde.

Die Zeit, die kurzweilig war, weil er vieles erlebte, empfand er in der Retrospektive als lang. Die Zeit, die langsam verstrich, weil wenig geschah, er nicht abgelenkt war und auf sich selbst zurückgeworfen wurde, schien ihm kurz.

Indem er sich auf sich besann, konnte er gut loslassen. Wenn er sich veranschlagte, war sein Humankapital gering. Die Haare hatten, falls sie nicht schon ausgefallen waren, ihre ursprüngliche Farbe verloren. Auch die Fettansammlungen mussten als Negativposten unter den Passiven verzeichnet werden. Desgleichen sein Alter von 67 Jahren, das vom Zenit der Lebenspyramide meilenweit entfernt war.

Du machst dich einige Jahre älter.

Auch mit seiner unauffälligen Erscheinung konnte er keinen Staat machen: längliches Gesicht, braune Haare, schmale Brauen, graugrüne melancholische Augen, ebenmässige Nase, vollschlanke Statur, mittelgross. Schmeichler hielten ihn für jünger, als er war.

Jetzt schmeichelst du aber dir selber.

Heute, am ersten Tag seiner letzten Woche, wollte er das Dorf seiner Kindheit aufsuchen. Draussen graute ein lauter Tag. Christian wurde sofort vom Lärm der nahen Baustelle eingeholt. Im Quartier sollte ein neuer Supermarkt entstehen. Noch grösser als der bereits bestehende. Die Sonne, in den letzten Tagen omnipräsent, hatte spätwinterlichem Himmelsgeschwader weichen müssen. Christian war kalt, weil er nicht mit diesem Wetterumschwung gerechnet hatte.

Heute suchte er Ruhe und Frieden. Er hoffte, sie am Grab seiner Eltern, das wohl bald ausgehoben werden musste, zu finden.

Unterwegs trübten wattige Nebelschwaden die Sicht. Auf dem Friedhof dachte er nicht nostalgisch, sondern eher bedrückt an die Zeit, die er hier als Kind erlebt hatte. Gesammelte und andächtige Gedanken wollten sich, bei so viel Relikten aus der Kindheit, am Grab nicht einstellen. Sie zerflatterten im Nirwana des idyllischen Ambientes. Ein verkrüppeltes Bäumchen trieb immer noch, oder wieder einmal, seine ersten Blüten. Es war Christian in seiner Kindheit mächtig und deshalb zum Klettern geeignet erschienen. Er erinnerte sich auch an ein altes, halb zerfallenes Holzhaus neben dem Friedhof, das sie Hütte nannten. Um den Bewohner zu ärgern, hatten sie mit klammen Händen Schneebälle in den offenen Kamin geworfen. Sie waren für den alten, gebrechlichen Mann, der aus der Türe trat und sie mit einem Stock verfolgte, unerreichbar.

Es fiel ihm hier schwer, eine Verbindung mit seinen Eltern aufzunehmen. Sie entschwanden ihm. Hoffentlich waren sie nun nicht das, wovon sie mehrmals gesprochen hatten: arme Seelen. Diese hatten sich ihnen, da unerlöst, als Poltergeist bemerkbar gemacht. Wenn man Messen für sie lesen liess, hatte der Spuk ein Ende. Noch immer «nahm» man an Gottesdiensten «das Opfer» für Arme-Seelen-Messen «auf».

Die Eltern – Schemen einer versunkenen Welt.

Der umtriebige Vater zeichnete sich schon bei Christians Geburt, einer Schwergeburt, aus. Er musste früh am Morgen in Aktion treten und dem Arzt Anweisungen geben, wie später berichtet wurde, damit die Operation zu einem sicht- und greifbaren Ergebnis führte. Die Schwere der Geburt konnte aber nicht dem Arzt angelastet werden, sondern den Eltern, die sich keine Rechenschaft darüber gegeben hatten, was es bedeutete, unter einem ungünstigen Morgenstern einen Fötus, die Frucht ihres Leibes, aus der behaglichen Lage des Reifestadiums zu befördern, von seiner Lebensader zu trennen und blutverschmiert auf die harte

Reise in einen unwirtlichen Lebensraum zu schicken. Christian wurde zu Lebenslänglich verurteilt.

Er war froh, im Unterland, in den tieferen Regionen seines Kantons, aufzuwachsen und dort beheimatet zu sein. Im Oberland war die Sauerstoffzufuhr wegen der Höhe und die Zuwanderung wegen der Abgeschiedenheit geringer, was mangelnde Blutauffrischung zur Folge hatte. Ausserdem versperrten Berge die freie Sicht, was zu Kurzsichtigkeit führen konnte.

In seinem Dorf, wo einige Leute darben mussten, hatte es in den Fünfzigerjahren inmitten sanft geschwungener Hügel neben vielen Bauernhöfen und der Kirche noch eine Metzgerei, Bäckerei, Käserei, einen Laden, wo er Lebensmittel für seine Eltern und eine Nachbarsfamilie besorgte, eine Bank, ein Zweimannbetrieb, dessen Direktor sein Vater war, und ein Gefängnis.

Die Metzgerei verdankte ihre Existenz dem Pfarrer, weil er seine Erlaubnis gegeben hatte. Das Besitzerehepaar lebte nämlich vor der Eröffnung im Konkubinat. Der Pfarrer verlangte als Bedingung für die Schlächterei den Segen Gottes, das Sakrament der Ehe. Also heiratete man. Sobald man aber, nach 32 Jahren, dem Schlachten ein Ende bereitet hatte, trennte man sich nicht nur, es wurde geschieden, weil die lange Zeit des Ausweidens und Ausschlachtens der Ehe nicht bekömmlich gewesen war.

Die Bäckerei war wegen der leckeren Lebkuchen beliebt. Weniger beliebt machte sich Christian, weil er einst, nachdem die Lebkuchen in Blechen zum Trocknen auf eine Stiege vor der Backstube gelegt worden waren, aus Versehen - er sah schon damals schlecht - im Dunkeln auf eben diese trat, wobei er zum Glück keine Lebkuchenherzen, sondern nur den St. Niklaus auf dem Esel erwischte. Anschliessend musste er die Schuhe gut reinigen, um keine verdächtigen Spuren zu hinterlassen.

Die Käserei hatte es ihm angetan, weil er dort zuweilen die Tochter des Käsers sah, ein Mädchen mit einem Milchgesicht, aber rosa Backen und Händen. Es hatte immer ein Lächeln für ihn übrig. Besonders nah kam es ihm einmal beim Kartoffelauflesen, wo sie sich immer paarweise von einer Furche zur andern verschoben und deshalb zum Gespött wurden.

Dass es in seinem Dorf auch ein Gefängnis gab, wurde ihm bewusst, als er in der Bank seines Vaters, die sich neben dem Gefängnis befand, Geld abheben musste. Ein Mann sprang über einen Gartenzaun, um dem Strafvollzug zu entlaufen, musste aber aufpassen, sich im nahe gelegenen Wald nicht zu verlaufen. Wieder einmal war Christian wie gelähmt und handelte nicht. Am folgenden Tag las er in der Zeitung, der Häftling sei entkommen, und war froh über dessen wiedergewonnene Freiheit, im Gefühl, dass er, Christian, zwar auch gefangen war, aber nur in einem Gespinst überkommener Zwänge und nicht hinter Wänden. Noch jetzt freute er sich über die gelungene Flucht, weil Anna, eine 94jährige Frau, ihm vor Jahren erzählt hatte, was früher in eben diesem Gefängnis geschehen war. Mindestens einmal die Woche mussten die Insassen einzeln vor dem Direktor, der auch Gemeinderat war, erscheinen, damit er sie mit einem Stock züchtigen konnte. Als Anna diesen darauf ansprach, erwiderte er, Strafe müsse sein, sonst nehme der Sittenzerfall in einem nicht mehr aufzuhaltenden Masse überhand. Einer, der die Schläge erduldete, war ein 18jähriger Knecht. Er musste seiner Grossmutter, die in einem nahegelegenen Weiler wohnte, Schmerzmittel bringen. Da er zu Fuss unterwegs und wegen der Heuernte in Eile war, benützte er ein Fahrrad, das am Rande des Weges an einen Baum gelehnt war. Als er es auf dem Rückweg wieder an seinen Platz zurückstellen wollte, wurde er schon von zwei Polizisten in Empfang genommen. Der Besitzer des Fahrrades hatte der Polizei den Diebstahl gemeldet, worauf diese sofort ihres Amtes waltete. Der Knecht musste also im Gefängnis Züchtigungen über sich ergehen lassen, um ein besserer Mensch zu werden.

Christian verbrachte seine Kindheit, bei wechselhafter Witterung, in einer Zeit, als sie noch vom Gipfel des Dorfhügels aus im Winter mit vier oder fünf verbundenen Schlitten wie ein Lastwagenkonvoi bis hinunter über den ganzen Dorfplatz, wo sich zwei Strassen kreuzten, sausen konnten, weil das Auftauchen eines Autos so selten wie leere Kirchbänke am Sonntag war.

Kindertagesstätten und Kindergärten waren nicht nur unbekannt, sondern auch unnötig. Seine Mutter hatte ständig ein Auge auf ihn. Hatte er im Garten einen Baum erklettert, ging ein Fenster auf, und die Mutter mit ihrem flächigen Gesicht, eingerahmt von einem dunklen Viereck, verwies auf Gefahren, ermahnte ihn aufzupassen.

Christian hielt sich gern in seinem lauschigen Garten auf, einem Reich, in dem er sich auskannte, in seinem Revier. Er fühlte sich als Teil dieses organischen Kosmos, war in ihn hineingewachsen. Er liebte den narkotisierenden Fliederduft, die prächtigen Blütendolden und die himmelstrebenden Obstbäume, die er mit grosser Lust bestieg. Thronend und unerreichbar betrachtete er die Welt von oben, die Erwachsenen verloren ihre bedrohliche Grösse. War er unten, freute er sich an den Kaninchen, die im Sommer manchmal auf der Wiese in einem Gitter gehalten wurden. Sie gruben Löcher, durch die sie nach draussen gelangen, sich der so gewonnenen Freiheit erfreuen und ihm Gesellschaft leisten konnten, bis sie eingefangen wurden.

Jetzt erinnerten sie ihn an die grossen, glasigen Augen eines Hasen im Windsor Park, die ihn ungefähr 30 Jahre später lange starr anblickten. Vorher waren durchdringende Schreie erfolgt. Als Christian sich dem Schauplatz des Dramas näherte, bemerkte er, wie sich ein Hermelin in die Schlagader des Hasen verbiss und sich, als er dort war, schnellfüssig davonschlich. Der Hase lag auf dem Rücken und atmete schwer. Blutflecken. Christian war wie gelähmt. Als er den Anblick nicht mehr aushielt, entschied er sich zum Gehen. Was hätte er machen sollen? Musste man da eingreifen? Oder die Natur machen lassen? Auch als Kind war er nur Zuschauer, wenn Blut floss. Dann nämlich, wenn der Vater an Samstagen nach einem heftigen Genickschlag mit einem scharfen Messer die Halsschlagader eines Kaninchens durchtrennte. Der Sonntagsbraten wollte Christian nicht so recht schmecken.

Besonders schöne Kaninchen sah Christian bei Onkel Paul. Dieser kam ungefähr einmal im Monat auf Besuch. Christian tat jeweils nicht, was er bei Besuchen bis zum achten Altersjahr demonstrierte: das grosse Buffet im Wohnzimmer besteigen, um die ungewöhnliche Perspektive auf den Bäumen auch im Innern zu erproben oder sich einfach nur wichtig zu machen. Wenn Onkel Paul, untersetzt, mit breiter Stirn und flackernden Augen, eintraf, begann dieser, nachdem die Mutter einen Aschenbecher für die Zigarre auf den Tisch gestellt hatte, mit einem Thema, das nie fehlen durfte und das phantastische Dimensionen eröffnete, nämlich dass die Chinesen kämen. Sie seien in ihrem flächenmässig begrenzten Territorium so zahlreich, dass eine Expansion wie ein eruptiver Ausfall unmittelbar bevorstehe. Sie würden millionenfach ausschwärmen und wie Tschingis Khan bei uns alles ratzekahl schlagen. Keine Kirche sei vor ihnen sicher, die Glocken würden ein letztes Mal als Todesglocken läuten und dann für immer verstummen. Um eine Kulturrevolution chinesischer Prägung zu verhindern, hätte die Schweiz entschieden aufrüsten müssen. Aber jetzt sei es schon zu spät. Nach einem ausgiebigen Zug aus der Zigarre von Rauchschwaden benebelt, hob er erneut zu folgender Rede an. Nicht nur in China, sondern überall planten die Kommunisten die Weltrevolution. Das hätten die Ereignisse in Ungarn gezeigt. Und wenn die dann erst ihre Atombomben einsetzten, sei aller Tage Abend. Wie die gerüstet seien, sehe man jeweils bei der Parade am Jahrestag der Revolution. Er hatte sich jetzt in das ihm eigene Feuer hineingesprochen, aber Vater gelang es mit seinem diplomatischen Geschick, eine Feuerpause zu bewirken und von der Revolution zu den Kaninchen überzuleiten, die Onkel Paul in seiner Zucht mit viel Liebe umhegte. Die gleiche Zuwendung liess er seinem Auto gedeihen. Doch trotz der sorgfältigen Pflege versagte der Anlasser in einem Walliser Hochtal einmal seinen Dienst, so dass Christian bestaunen konnte, wie Onkel Paul mit seinen muskulösen Armen die Kurbel betätigte und er nach dem Anspringen des Motors stolz war, der modernen Technik gewachsen zu sein.

Prägend für Christian waren aber nicht die Errungenschaften der Technik, sondern die ländlichen Reize: Sträusse von Frühlingsblumen, die er seiner Mutter ständig brachte und für die sie mit der Zeit keine Vasen oder Gläser mehr fand; schattige Kluften in einem grün gesprenkelten Laubwald; sich sputende Heuerinnen vor einem drohenden Gewitter; abendliche Maiandachten, wo sie, die Kinder, oft schon barfuss, länger aufbleiben durften; Kuh- und Pferdeprämierungen goldener Sommertage. Eine war ihm wichtiger als die Geburt seiner sieben Jahre jüngeren Schwester. An diesem Tag tänzelten die Hengste - und die hatten es ihm angetan - besonders majestätisch. Seine Schwester beachtete er später mehr und gewann sie so lieb, dass er sie sogar gehen lernte. Und darauf mächtig stolz war.

Warum hast du deinen Bruder durch eine Schwester ersetzt?

Wegen der Kälte zog sich Christian nun in das nahe Gotteshaus zurück, wo er sich vor den brennenden Kerzen und dem Ewigen Licht erwärmen konnte. Im frisch renovierten Langhaus wurde er sich aber bewusst, dass die Segnungen der katholischen Kirche nicht hier, sondern besser durch ein Foto eingefangen wurden, das er am Morgen zu Hause betrachtet hatte. Hier, an einer Prozession, versammelten sich die tragenden Säulen, die drei Dorf-könige, der Ammann, der Pfarreipräsident und der Bankdirektor, die mit dem Sigrist einen Baldachin, eine Bedachung über dem die Monstranz tragenden Dorfpfarrer, gen Himmel streckten und Kir-che, Staat und Wirtschaft vertraten. Mit ihren Gaben wurden nicht alle beschenkt. Daneben weitere Priester mit ihren schmu-cken Gewändern, die Messdiener, die Lehrerschaft. Sogar ein Bi-schof hatte es auf das Foto geschafft. Alle waren unter dem Kreuz vereint. Christian hatte als Messdiener folgsam das Kreuz getra-gen, wenn am Schluss der lateinischen Messe, von der die Kinder nichts verstanden, das Libera nos zelebriert und jeder von den Sünden befreit wurde. Als Messdiener hatte er eine reine Weste, ihm war der Himmel verheissen. Messdienen war Ehrensache und als Auszeichnung von den Knaben begehrt, auch wenn sich Pfar-rer und Sigrist in der Sakristei nur durch Zurechtweisung und Kri-tik bemerkbar machten. War Christian nicht Messdiener, begab er sich mit den Schülern für den Dienst an Gott jeden Morgen paarweise auf die rechte Seite der Kirche. Auch die Mädchen hat-ten paarweise Einzug gehalten, belegten aber die linke Seite. Die strenge Trennung sollte unkeusche Gedanken verhindern und entsprechende Gefühle erst gar nicht aufkommen lassen. Trotz-dem suchte Christian die Frauenseite nach seiner Angebeteten ab. War er ihr nahe, fühlte er in einem für ihn nicht genau zu be-stimmenden Organ ein Kribbeln und Flattern.

Gleichgeschlechtliche Paare wurden auch bei den Bittprozessi-onen gebildet, die im Mai unter freiem Himmel stattfanden. Da der Rosenkranz gebetet und also Gebete, die jeweils emphatisch begannen, dann in allgemeines Geleier übergingen und allmäh-lich in ein Murmeln abfielen, ständig wiederholt wurden, ergab sich eine Monotonie, deren Intonation Gott gefällig stimmen und zu schönem Wetter bewegen sollte. Wenn lange Zeit schlechtes Wetter war und die Bauern deshalb an einem schönen Sonntag auf den Feldern arbeiten wollten, mussten sie nicht Gott, sondern den Pfarrer um Erlaubnis fragen.

Nicht an einer Prozession, sondern an einer Wallfahrt zu einer Kapelle nahm Tante Lina teil, wie sie bei einem Besuch berichtete. Sie hatte Maria um eine gelingende Ehe ihrer Tochter gebeten. Christian fragte sich damals, wie sie das angestellt hatte? Maria, zu der sie einen guten Draht hatte, sollte wohl Gott darum ersuchen, während der Ehe ständig zu intervenieren, wenn etwas schieflief, oder die Weichen so zu stellen, dass die Ehe reibungslos oder wie auf Geleisen verlief. Vielleicht schickte er dafür Schutzengel. Um dem Gebet Nachdruck zu verschaffen, zündete sie eine Kerze an und steckte einen Franken in einen Kassenschlitz, so dass es im Himmel und auf Erden klingelte. Wie die Zukunft bewies, blieb die Wirkung nicht aus.

Einmal vergass Christian bei einer Begegnung mit dem Pfarrer den Pfarrkindergruss «Gelobt sei Jesus Christus». Als der Pfarrer ihn zur Rede stellte, entgegnete er: «Gelobt sei Jesus Christus ist kein Gebot des Jesus Christus». Der Pfarrer machte grosse Augen, runzelte die Stirn und sprach: «Schon bei Christi Geburt haben die Hirten den Herrn gelobt und dann die Apostel und alle Gläubigen in Ewigkeit, Amen.» Damit war die Angelegenheit erledigt. Christian hütete sich in Zukunft, pfarrherrliche Allwissenheit anzuzweifeln. Die Augen des Pfarrers verfolgten ihn aber, wo immer er war. Und der Gott der Kirche schürte Ängste.

Ein Tag begann, nach dem üblichen Gottesdienst, nicht mit der Toilette, sondern der Fingernägelkontrolle. Wehe denen, die vorher im Stall hatten arbeiten müssen. Sie wurden vom Lehrer als abschreckendes Beispiel dar- und blossgestellt. Nicht weil sie wegen fehlender Maniküre von den Walküren nicht beachtet wurden und die Naildesigner verhungern liessen, sondern weil sie an ihren Nägeln Trauer trugen, was für den Lehrer nicht angebracht war.

Im Turnunterricht mussten die Schüler, mangels Turnhalle, über die trübe Brühe des verschmutzten Dorfbaches springen. Christian gelang der Sprung immer meisterhaft, er blieb nie stecken, da er voll austrainiert war. Im Wald hatten sie nämlich eine Felshöhle, die man nur kletternd erreichen konnte. Und in der Ecke der Schulstube musste er als Sohn des Bankdirektors nie stehen. Dorthin wurden nur Schüler geschickt, die den Unterricht gestört hatten oder schwer von Begriff waren. Dort hatten sie aber weniger Blickkontakt mit der sich allmählich füllenden Tafel, konnten nicht abschreiben, verstanden und bestanden noch weniger. Immerhin hatten sie Glück, dass sie nicht stundenlang mit ausgestreckten Armen, die durch Lasten beschwert wurden, knien mussten. Für manche war es auch ein Glück, wenn das Klassenzimmer sich im Erdgeschoss befand. So konnten Schüler auf der Flucht vor dem gewalttätigen, zwackenden Lehrer durchs Fenster ins Freie gelangen. Er hatte als Organist im Gottesdienst aber die Fähigkeit erlangt, mit einer Hand zu präludieren, damit Gottes Lob zu verkünden und mit der anderen einen neben der Orgel schwatzenden Schüler mit einem Backenstreich zu Ehren Gottes über die Backe zu streicheln.

Christian bekam, wenn er im Vorschulalter am Morgen im Bett wach lag und seine Eltern glaubten, er schlafe noch, manchmal einzelne Gesprächsfetzen mit: Warum musstest du wieder so früh aufstehen? Du hast nur deinen Beruf im Kopf. Oder Frau Müller. Die Leute munkeln ja schon. - Warum nimmst du heute keine Dusche? - Heute ist sie nicht nötig, das weisst du doch. - Man sollte ihn jetzt langsam auf die Schule vorbereiten. Ein bisschen Rechnen täte ihm gut. - Das lernt er dann noch früh genug. - Wir müssen aufpassen, dass er uns nicht durch die Finger gleitet. Die Mutter begnügte sich mit einem ablehnenden „Aba". Irgendetwas stimmte da nicht. Aber Christian wollte das für sich behalten, das war sein Geheimnis. Niemand durfte das wissen.

Dass dem Vater viel an Christians Erziehung gelegen war, zeigte sich auch bei anderen Gelegenheiten. Einmal wollte er aufs Karussell. Als die Mutter ihm Geld geben wollte, intervenierte der Vater: «Diesmal nicht, er soll nicht meinen, er müsse alles haben. Es geht mir nicht ums Geld, aber Kinder müssen den Verzicht lernen.» « Aber er hat ja heute für uns schon die Einkäufe besorgt und die Aufgaben gemacht.» « Gut, aber nur einmal.»

Einst versagten die Erziehungsmethoden des Vaters. Am Abend fuhr jeden Tag ein Autobus, ein sogenanntes Postauto, vor Christians Haus vorbei. Eines Tages, als er etwa 8 Jahre alt war, fragten ihn zwei ältere Kameraden, ob er den Mut habe, einen Stein auf den Bus zu werfen. Er, der ihnen sonst immer unterlegen war, wollte sich diesmal beweisen. Er fand einen Stein, der sich fugenlos in seine Hand einpasste, und wartete. Unterdessen hatten sich weitere Spielgefährten eingefunden, diese Neuigkeit würde also im Dorf viele Ohren finden. Als er vom Nahen des sehnlichst erwarteten Objekts erfuhr und eine Konfrontation unmittelbar bevorstand, brachte er sich in Position. Schon war der charakteristische Lärm hörbar, gleich musste das Postauto erscheinen. Als hinter dem rechten Gartenstrauch seine Schnauze endlich sichtbar wurde, musste Christian handeln. Er holte aus, soweit er konnte, und ab die Post. Doch er hatte nicht mit der Schnelligkeit des in voller Fahrt begriffenen Fahrzeugs gerechnet. Der Stein verfehlte das Ziel und landete im Kornfeld auf der gegenüberliegenden Strassenseite. Alle Zuschauer brachen in ein lautes Gelächter aus. Mit geschwellter Brust wollte er gleich einen anderen Stein aufheben und einen Baum anvisieren, um seine für einmal fehlgeschlagene Treffsicherheit unter Beweis zu stellen, als ein Spielkamerad ihm meldete, er habe gehört, seine Eltern wollten ihn sprechen. An die hatte Christian nun wirklich nicht gedacht. Was, wenn sein Vater von seinem Wurf erfahren hatte? Pochenden Herzens stieg er die Treppe zum ersten Stock hinauf, harrend der Dinge, die da kommen sollten. Sobald er die Wohnungstür öffnete, warf die dunkle Gestalt des Vaters, der sich noch im Arbeitszimmer befand, sich aber bereits erhoben hatte, ihren Schatten auf den hell erleuchteten Flur. Für einen gesicherten Rückzug war es zu spät, denn sogleich erschien er selbst, mit seinen 1.85 Metern ein Baum, mit sehnigem, aber geschwollenem Hals, unbestechlichem Blick und einer Miene, die nichts Gutes erahnen liess. Nach einem Räuspern, das für einmal kurz ausfiel, ertönte eine altbekannte, tremolierende Baritonstimme: «Was kommt dir eigentlich in den Sinn! Glaubst du, du seiest allein auf der Welt! Einen Stein gegen eine öffentliche Einrichtung werfen. Das haben einige gesehen, und die andern werden es noch erfahren. Bald wird es die Runde im Dorf machen, und dann wird es heissen, der Bub des Direktors dürfe sich alles erlauben.» Als er den Teppichklopfer holen wollte, um ihn körperlich zu züchtigen, was er vorher noch nie getan hatte, hielt ihn die fürsorgliche Mutter mit ihren Tränensäcken unter den seelenvollen Augen zurück. Das sei sicher nicht Christians Idee gewesen, die andern hätten ihn dazu aufgewiegelt. Für Christian wären die Schläge aber weniger schlimm gewesen als Vaters vernichtender Gesichtsausdruck und die strafenden Blicke. Der Vater ergab sich in sein Schicksal, bemerkte aber, Strafe müsse sein. Die Eltern kamen schliesslich dahingehend überein, Christian dürfe heute nicht ins Tea Room gehen, wo sich die Kinder vor dem einzigen Fernseher des Dorfes einen Pferdefilm ansahen. Er zog sich in eine Höhle zurück, die er sich in einem Ästehaufen eines gerodeten Thujahages eingerichtet hatte, unsichtbar und unschlagbar.

Du hast aber nie negativ über deinen Vater gesprochen.

Im Sommer war er einst mit der Familie fast einen Monat in den Schweizer Alpen. Für das Essen hatten sie vorgesorgt. Sein

Vater hatte einen alten, verbogenen Rucksack randvoll mit Gemüse aus ihrem Garten gefüllt. Damit mussten sie dreimal umsteigen, bis sie das schmucke, abgelegene Dörfchen erreichten. Wasser hatten sie jedoch in ihrem alten Holzhaus nicht. Sie mussten es im ungefähr dreihundert Meter entfernten Dorfbrunnen holen. Die Notdurft mussten sie fast draussen, das heisst in einem eigens dafür geschaffenen holzigen Anbau mit nicht zu verachtenden Zwischenräumen verrichten.

Einmal verbrachte Christian zwei Wochen in einer Alphütte, im Lager einer katholischen Jugendorganisation. Bei der Ankunft wurden sie vom heimeligen Geruch des Stalles willkommen geheissen, der blitzblank gereinigt worden war, weil er als Schlafsaal diente. Sie hielten sich jedoch meist draussen auf, in der Natur, wo sie viel wanderten, das Morsen erlernten, so dass sie sich nur mit Zeichen und ohne Worte verständigen konnten, eine Gespensternacht mit bengalischem Feuer erlebten und sich wacker hielten, nach dem Motto «Als Knappe Christi steh ich auf der Wacht und will treu sein den Geboten Gottes». So überstanden sie ein heftiges Gewitter, weil sie, unter der Anleitung des Kaplans, der als Vereinspräses sehr präsent war, den Rosenkranz beteten und es sich deswegen in eine andere Gegend verzog.

Etwas Ähnliches war schon Jahre vorher geschehen. Christian erwachte und hörte ein Geräusch. Dann sah er, dass die Schlafzimmertür geöffnet war, und erkannte bei fahlem Licht das ernste Gesicht des Vaters über ihm. Er bedeutete ihm, aufzustehen und ihm zu folgen. Es gebe etwas zu sehen. Als er beklommen das Schlafzimmer verlassen hatte, bemerkte er einen rötlichen Schimmer auf dem Klavier. Und dann das Feuer. Die Scheune des grössten Bauernhofes, wo Hans, ein Klassenkamerad, wohnte, ungefähr zweihundert Meter von ihnen entfernt, brannte. Sogar das Knacken der Balken war zu hören. Die Feuerwehr konnte dieses Flammeninferno nicht unter Kontrolle bringen, sosehr sie sich auch bemühte. Die Lohen frassen sich weiter, bis sie den Wohntrakt erreichten. Wie bei der Meeresbrandung, die Christian in einem Film gesehen hatte, bäumten sich die Flammen auf, fielen in sich zusammen und fanden neue Nahrung. Sie züngelten und zuckten noch in seinem Bett weiter, nachdem er in sein Schlafzimmer zurückgekehrt war.

Hoffentlich gab es keine Tote, hoffentlich konnten die Tiere gerettet werden. Am folgenden Tag, als immer noch Balkenreste glommen, kaufte sein Vater, pflichtbewusst, aber für einmal kurz- und nicht weitsichtig, ein langes Seil, damit sie sich, sollte es bei ihnen brennen, vom ersten Stock des Holzhauses abseilen konnten. Er befestigte es an einem Radiator und meinte, so seien sie sicher. Von Hans erfuhr Christian, dass weder Menschen noch Tiere zu Schaden gekommen waren. Sie seien bei Ramseiers, am Dorfrand, und die Tiere bei Brechbühls, dem Nachbar, untergekommen. Das Dorf als Schicksalsgemeinschaft.

Als sich Christian an die verkohlten Trümmer erinnerte, stand ihm etwas Anderes klar vor Augen. Er war damals der Kohlenjunge gewesen. Als Kind hatte er nämlich im Keller, der nach Moder roch, Steinkohlen für die Heizung holen müssen. In der Dunkelheit war er wie auf glühenden Kohlen, da er hinter jeder Türe Gespenster vermutete. So holte er für andere die Kastanien aus dem Feuer.

Der Vater war für Christian nicht nur strafende Instanz. Er schlug für ihn auch das geheimnisvolle, faszinierende Buch der Natur mit den wilden Tieren auf. Er machte ihn aufmerksam auf den Schrei des Mäusebussards, das Gurren der Wildtauben, auf frisch gegrabene Fuchslöcher, Goldfische in Teichen, zeigte ihm Tierbücher und schenkte welche zu Weihnachten. Hier begann Christians Passion für Tiere und den tropischen Regenwald, das paradiesisch schöne Habitat - und das Chaos.

Habe ich bemerkt.

Seine Tierliebe hielt ihn jedoch nicht davon ab, mit andern auf den Feldern Mäuse zu fangen. Ein in den Boden gestecktes Ästchen bezeichnete jeweils den Ort, wo sich eine Falle befand. Für eine tote Maus erhielten sie vom Bauern 10 Rappen, ein gern gesehenes und kostbares Sackgeld. Grausamkeiten blieben nicht aus.

Christian musste als Sohn des Bankdirektors, der durch seine Rechtschaffenheit und Redlichkeit von allen als Autorität anerkannt war, eine Vorbildfunktion erfüllen. In seinen Ohren dröhnten die gut gemeinten Worte seiner Eltern: Was denken die andern? Wenn er dem Vater das Zeugnis zeigte, äusserte dieser zwar keine Kritik, ja er lobte ihn sogar. Er konnte aber dem steinernen Gesicht, den hochgezogenen Augenbrauen und den Stirnfalten entnehmen, dass er bessere Noten erwartete. Von ihm, der die Zwei auf dem Rücken trug, dem Schwerenöter, dem Versager, dem Ins-Gras-Beisser. Dem Gras rückte Christian mit dem Rasenmäher auf den Pelz, verschonte jedoch besonders schöne Blumen, was dem Vater nicht gefallen wollte. Eingriffe in die Natur waren Christian schon damals zuwider. Er hätte eine Magerwiese mit grosser Biodiversität vorgezogen. Auch später, als er nicht mehr mähte und keine Noten mehr erhielt, sondern selber Zensuren erteilte und von seinem Beruf sprach, hielt der Vater nicht mit Kommentaren zurück, wobei ein Zungenschnalzen seine Aussagen jeweils bekräftigte. «Man muss bestimmt auftreten. Die Schüler merken es sofort, wenn man unsicher ist. Im Übrigen bist du noch jung, für einen Berufswechsel ist es noch nicht zu spät.» Dem konnte Christian nur beipflichten. Noch später dann die plötzliche Umkehr - Christian hatte sich trotz allem vorerst noch für Beständigkeit und gegen einen Berufswechsel entschieden - , als der Vater bereits im Ruhestand war und bemerkte, die Schüler würden ihn als Lehrer sicher schätzen, weil er über grosse menschliche Qualitäten verfüge. War das Altersweisheit oder Gnade? Oder der Dank für die regelmässigen Besuche am Sonntag?

Christian war also als Kind den Ansprüchen seines Vaters, eines Perfektionisten, seinen tieftraurigen, aber auch fordernden Blicken nicht gewachsen. Wobei der Vater nicht in jeder Hinsicht als Vorbild taugte. Er wurde als guter und berechnender Planer allseits geschätzt, verlor aber dadurch jede Spontaneität. So hatte er ausserhalb seiner beruflichen Tätigkeit Mühe, spontan einen Entschluss zu fassen. Musste er am Telefon eine Entscheidung treffen, erhielt man oft wenig später einen Anruf, bei dem er seinen Entschluss änderte.

Und dann, als Christian 11 Jahre alt war, geschah das Schreckliche. Er interessierte sich seit Jahren für die in seinem Dorf einquartierten Soldaten. Manchmal erhielt er Militärbiskuits. Er kannte alle Grade, konnte erkennen, ob er einem Obersten oder gar einem Divisionär begegnete. Er spähte mit Schauer und Ehrfurcht durchs offene Fenster, wenn draussen auf der Strasse die gewaltigen Centurion-Panzer vorbeiratterten und ihr Haus erzitterte. Besonders angetan hatten es ihm die Manöver. Er begab sich mit einzelnen Zügen in ihre Stellungen und verfolgte die Schusswechsel, auch wenn nur blind geschossen wurde. Als Waffennarr stellte er sich zur Verfügung, wenn der örtliche Schützenverein Kinder suchte, die am Sonntag, dem Ruhetag des Herrn, bei Übungen im Schützenstand die Treffer anzeigten. Christian fühlte sich im Graben unter den Scheiben wohl und liebte es, die Kellen zu schwenken: nach rechts, nach links, nach oben, nach unten. Am liebsten beschrieb er einen Kreis, weil er einen Volltreffer bedeutete. Es war für ihn ein besonderes Gefühl, von keinen Erwachsenen beobachtet zu werden, während die Kugeln über ihn pfiffen. Er kam sich wie die Soldaten im Manöver vor, die ja manchmal auch Löcher gruben, um besser getarnt zu sein. Er hatte aber stets bedauert, kein Gewehr in den Händen zu halten, mit gekniffenen Augen zu zielen und loszuballern. Das war für ihn das Grösste. Bis zu diesem denkwürdigen Tag.

Weil die sommerliche Hitze den Schützen zusetzt, machen sie eine Pause in einem nahegelegenen Gasthaus. Die Kinder sind also allein und unbeaufsichtigt. Für Christian eine willkommene Gelegenheit, einmal ein Gewehr in den Händen zu halten. Während seine Kameraden das Pausenbrot zu sich nehmen, begibt er sich zum Gewehrständer und überlegt, welche Waffe er nehmen will. Wenn er sich nicht täuscht, gehört die ganz rechts Herrn Müller. Der ist ein guter Schütze, das weiss er. Der Schaft glänzt verlockend, lädt zum Zugreifen ein. Als Christian den Kolben betastet, hat er den Eindruck, dass er sich gut in seine Arme schmiegt. Er muss nur die Hand ausstrecken, niemand wird ihm das verwehren. Jetzt ist der ideale Zeitpunkt. Er fasst den Lauf, stellt fest, dass das Gewehr schwerer ist, als er gedacht hat, packt den Kolben, bringt es in die Waagrechte und schwenkt es nach links und rechts – Päng! Wie von einem Stromstoss getroffen, wird er durchgeschüttelt. Nachdem er das Gewehr fallen gelassen hat, ist er wie erstarrt. Nein, hat er beim Hantieren den Abzug berührt? Aber warum steckt eine Kugel darin? Erst jetzt bemerkt er das Schreien. Das ist ja Paul, der mit dem Apfel! Der windet sich am Boden, hält die Hand an die Brust. Leute eilen herbei, der Müller und der Käser fuchteln wie wild durch die Luft, der Meier eilt zur Telefonkabine unter dem Schützenstand. Für Christian ist es jetzt besser zu verschwinden. Blut kann er jetzt nicht gebrauchen. Verstört rennt er unter totem Himmel über eine Trift. Sie ist ihm noch nie so gross erschienen und will nicht enden. Das Stieren blöder Kühe, der jähe Schrei des Bussards. In seinem Wald hechelt er an einen Ort mit dichtem Unterholz, den er kennt und der sicher ist. Er setzt sich auf einen bemoosten Stein und achtet darauf, keine

Ameisen zu zertreten oder zu zerdrücken. Die Ruhe tut ihm gut, die Vögel haben nicht aufgehört zu singen. Dann holen ihn die Gedanken ein, und in seinem wirren Kopf gärt es. Er hat doch nichts gemacht, alles ist so plötzlich geschehen, er weiss nicht wie. Was wohl mit Paul geschieht? Der hat jetzt Schmerzen. Aber die pflegen ihn jetzt sicher; soviel er weiss, kann der eingeschläfert werden, dann merkt er von allem nichts mehr. Nun macht sich in Christian bleierne Leere breit. Der Schreck hat Christian müde gemacht, sodass er einschläft. Als er aufwacht, ist es merklich dunkler. Er muss heim, sonst suchen ihn die Eltern. Es gelingt ihm, unbemerkt über einen Feldweg in den Garten zu gelangen. Er ist niemand begegnet, und gesehen hat ihn, soweit er das in der Dämmerung richtig wahrgenommen hat, nur Müllers Anni, die Unscheinbare und Unverdächtige. Als er vor der Stirnseite seines Hauses steht, ist er von Angst und Bangen erfüllt. Was soll er sagen? Der Vater hat vielleicht schon Kunde erhalten. Von der Mutter hat er nichts zu befürchten. Zerknittert betritt er den Flur und stösst sofort auf den Vater. Seinem finsteren Gesicht kann er entnehmen, dass er schon auf dem Laufenden ist. Er hat ihn noch nie so besorgt und leidend gesehen. Vielleicht ist das der Grund, dass sich seine Stimme zwar kehlig anhört, er aber nicht aus der Haut fährt und ruhig bleibt. Auf die Frage, was genau geschehen sei, bringt Christian nicht viel heraus, kann nur Ungenaues hervorwürgen. Die Mutter meint, das sei sicher nicht sein Fehler gewesen, er habe es ja nicht extra gemacht, und dass ein Schuss losgegangen sei, habe er ja nicht wissen können, es sei ein läppischer Zufall. Vom Essen, das sie ihm darauf vorsetzt, kann er nur einige Brocken hinunterwürgen. Für einmal macht es ihm nichts aus, früh ins Bett zu gehen. Am folgenden Tag bringt der Vater in Erfahrung, dass Paul noch am Unfallort an den Verletzungen gestorben ist.

Ist das die «Wunde der Kindheit», die du einmal erwähnt hast und die verschorft war? Ich hätte nachfragen sollen.

Für Christian begann nun eine Zeit, an die er sich nicht gut erinnern konnte. Die Polizei wollte mehr wissen, als er sagen konnte. Der Vater beruhigte, hielt ihn zu einem vorbildlichen Lebenswandel an. Er solle die Aufgaben pflichtbewusst erledigen und nicht Böses anrichten. Für die Mutter war eine Schonzeit angebrochen, sie tadelte ihn selten. Einige Kameraden schnitten ihn, andere hänselten ihn gelegentlich oder bemerkten, er solle aufpassen, was er mache. Er musste mehrmals erfahren, dass das Wasser des Dorfbrunnens nicht nur erfrischend, sondern auch kalt und nass war. Im Winter hatte er als Verfemter Schneebälle zu gewärtigen. Einigen Leuten ging er aus dem Weg, wechselte die Strassenseite. In der Bäckerei erhielt er manchmal helles Halbweissbrot, wo sie doch wussten, dass es seine Eltern dunkel bevorzugten. In der Metzgerei hatte er den Eindruck, dass sie sich nicht immer an die richtige Reihenfolge hielten und andere vor ihm bedienten. Aber vielleicht bildete er sich das nur ein. Er konnte sich auch vorstellen, dass die Leute hinter seinem Rücken tuschelten. Der Lehrer, sonst eher krude, nahm ihn schon unmittelbar nach der Tat fürsorglich beiseite. Er sei nicht verderbt, habe einfach nur Pech gehabt. Er solle sich jetzt noch mehr Mühe geben und eifrig lernen, damit er den andern beweisen könne, dass er ein anständiger Bub sei. Auch der Pfarrer nahm ihn ins Gebet, erklärte mit förmlichen Bewegungen schmierig, er bedaure den Vorfall. Einen Vorwurf könne man ihm eigentlich nicht machen, er sei nur vielleicht etwas forsch und ungeschickt gewesen. Der Herrgott habe sicher dafür Verständnis. Es sei aber wohl besser, wenn er das Messdienen für einige Zeit lasse, es sei für ihn ja sicher eine Belastung, in dieser Situation vor vielen Leuten aufzutreten.

Als Christian 12 Jahre alt war, fasste der Vater einen folgenschweren Entschluss und damit eine glor- und erfolgreiche Zukunft ins Auge. Eines Tages liess er sich folgendermassen verlauten: «Ich habe mit dem Herrn Pfarrer über dich gesprochen. Wir sind der Meinung, dass du das Gymnasium besuchen könntest. Da du dich aus dem Grund, den du kennst, in unserem Dorf nicht wohl fühlst, haben wir an ein Internat gedacht. Du würdest also an dieser Schule auch wohnen. Mir wäre das recht, weil ich, wie du weisst, viel Arbeit habe und mich deshalb nicht so viel um dich kümmern kann, wie ich möchte. Das würden liebe und gescheite Mönche eines Klosters übernehmen. Ich denke an die Klosterschule, die auch unser Herr Pfarrer besucht hat. Er meint, dass du dort vor schlechten Einflüssen bewahrt und auf einen Beruf vorbereitet wirst, in dem du deine Erfüllung findest. Wer weiss, vielleicht wirst du dich sogar zum Priester berufen fühlen. Ich möchte jetzt aber zuerst dich hören. Was meinst du dazu?» «Ich weiss nicht … wenn du meinst… . Du hast dir das sicher gut überlegt.» «Ja, das habe ich. Ich bin froh, dass du meiner Meinung bist. Auch deine Mama ist damit einverstanden.» Damit stand für Christian ein baldiger Wechsel vom Aussenseiter- zum Insidertum im Internat bevor. Der Vater änderte seine Meinung auch hier, allerdings erst ungefähr 40 Jahre später, als er ihm eine welke Hand gereicht hatte und bereits von Furchen gezeichnet war: «Ich weiss nicht, ob die Klosterschule für dich ein Gewinn war».

Ach, die Klosterschule. Auch das noch. Du kommst nicht von dir los, kannst nicht loslassen.

Bald rückte der zweitletzte Tag heran. Die Mutter breitete auf seinem Bett Hemde und Pullover aus, faltete sie, strich mit streichelnder Hand Falten weg und verteilte die Kleider nach mehreren Versuchen so im Koffer, dass alles Platz fand und kein leerer Raum übrigblieb. Der Schlaf übermannte Christian, jetzt zum jungen Mann geworden, spät. Am folgenden Tag stand er früh auf, er durfte den Autobus, den Zug und den Vater nicht verfehlen, bevor dieser zur Arbeit ging. Der Druck der langfingrigen Hände war sanft und gütig. Die Mutter passte auf, dass er nichts vergass. Sie fragte sich, ob er gesundheitlich in der Lage war, die lange Reise zu überstehen und dann den strengen Alltag im Internat zu ertragen. Essen konnte er trotz ihrer Aufforderung, sich zu kräftigen, nicht viel. Reden mochte er auf der folgenden Busfahrt zur naheliegenden Stadt und dem Gang zum Bahnhof auch nicht. Auf dem Perron rückte die Mutter seine Frisur zurecht, was er zu verhindern suchte. Dann die Ankunft des Zuges. Zuerst nur ein leises Sirren der Geleise, dann sich nähernde Glotzaugen, schliesslich ein drohendes Ungetüm, das alles mit seinem Getöse erfüllte. Als die Mutter bei der Ankunft des Zuges mit geröteten Augen Christians Wangen streichelte und ihn küsste, schämte er sich, drehte den Kopf und schnitt ein trotziges Gesicht. Im Zug nahm er die vorbeiflitzenden Landschaften nicht richtig wahr. Unbehagen vor dem Neuen, gepaart mit einer unbestimmten Melancholie, füllten ihn ganz aus. Die blauen Blumen im goldenen Feld, wo waren sie geblieben? Der Vater nannte ihn einen Träumer. Wann erwachst du endlich? Feine Gespinste trübten den Blick und wichen erst, als er sich am Ankunftsort den auf ihn einstürmenden Herausforderungen stellte.

Wegen der Kälte verzichtete Christian darauf, weitere Schauplätze aufzusuchen. Das Mittagessen wollte er nicht im Dorf einnehmen, sondern in seiner Kleinstadt, und zwar in der Gastwirt schaft, wo er jeden Tag ass. Heute ging er früh. Zu dieser Zeit hatte es wenig Leute, und es wurde bereits serviert. Hier konnte er seine potatoes, boiled with their skins essen, die er in London deshalb so geschätzt hatte, weil seine Landlady oft fish and chips oder sausages serviert hatte. Im Wirtshaus hier wurde er aber nicht nach London verschlagen, sondern in die Antarktis versetzt. Denn an den Wänden waren überlebensgrosse Bilder von Kaiserpinguinen angebracht. Er mochte diese Tiere. Sie gemahnten ihn mit ihrem watschelnden Gang überhaupt nicht an einen Kaiser und waren Christian deshalb lieb. Und da er als Kältemuffel nicht in die Antarktis gehen konnte und solche Reisen für ihn ohnehin unerschwinglich waren, suchte er diese Speisewirtschaft auf. Er bewunderte diese Pinguine, weil sie im antarktischen Winter über hundert Kilometer auf dem Eis zurücklegten, um den Jungen das Essen zu bringen. Vielleicht waren sie bald nur noch auf Bildern lebendig. Christian konnte sich vorstellen, dass die Jungen in einigen Jahren von der Eiskante ins Wasser stürzten und ertranken, wenn der antarktische Frühling das Eis schmolz.

Aussergewöhnlich war diese Gaststätte auch wegen der Serviertochter. Christian hatte sie, mit ihrem grauen und strubbeligen Haar, auf mindestens sechzig geschätzt. Bis sie ihm einmal, zu seiner grossen Überraschung, mitteilte, sie sei eine begeisterte Fallschirmspringerin und übe dieses Hobby fast jedes Wochenende auf einem nahe gelegenen Sportflugzeugplatz aus. Offenbar hatte sie die grauen Haare von den Sprüngen und war zerzaust wegen dem Wind und der Erschütterung beim Landen. Warum sie gerade dieser seltsamen Beschäftigung nachging? War es die Solidarität mit den Pinguinjungen, die vielleicht bald ins Meer fielen? Das würde er zum Glück nicht mehr erleben.

Auf dem Rückweg fiel ihm ein, dass er vergessen hatte, Trinkgeld zu geben. Er wollte das morgen nachholen.

Zurück in seiner Wohnung, beschloss er, da Stadtluft bekanntlich frei machte, nach dem Aufenthalt im Dorf sich einige Zeit in der Stadt zu ergehen. Zuerst die grossen Schuhe anziehen, da er im Winter immer zwei Paar Socken trug. Dann diese unmögliche Mütze, damit er sich nicht erkältete. Schliesslich noch Papiernastücher, weil er die Rotznase nicht mit dem Ärmel putzen wollte. Er war kein Schnuderbueb. Beim Verschliessen der Wohnungstür wollte Christian der Schlüssel nicht gehorchen, auch wenn er seine ganze Kraft auf Daumen und Zeigefinger der rechten Hand zu konzentrieren suchte, so dass sie ihn schmerzten. Endlich die Einsicht, dass er die Türklinke nach oben drücken musste. Er war wieder einmal nicht konzentriert.

Im Lift begrüsste ihn die Frau vom dritten Stock. Wie es ihm gehe. Sie wasche heute nur bis ungefähr drei Uhr. Nachher sei der Waschraum frei, falls er waschen wolle. Wie hatte er diese Liebenswürdigkeit verdient? Bei der letzten Begegnung mit ihr hatte er es ja eilig und gab deshalb auf eine Frage eine unbefriedigende Antwort.

Auf dem Gehsteig lustwandelnd, begegnete er beschäftigten Menschen, die geschäftig durch die Gegend eilten. Plötzlich fuhr er zusammen. Ein Bus der städtischen Verkehrsbetriebe hatte ihn fast erfasst, als er am äussersten Rand des Gehsteigs an einer Haltestelle vorüberging. Christian hatte ihn nicht gehört, der Motor war ja hinten. Man musste gut aufpassen. Besonders auf dem Lande, wenn die Strasse eng war und ein Gehsteig fehlte. Dann musste man, wenn ein Auto von hinten kam, schnell die Böschung erklimmen. Man durfte aber nicht sofort wieder auf die Strasse zurückkehren, weil noch ein zweites Auto folgen konnte. Dieses hörte man ja nicht. Also war Vorsicht geboten.

Beim Betrachten der Schaufenster dann der Traum. Christian befand sich auf einem Gehsteig, der parallel zu den Schaufenstern verlief und sich im Unendlichen verlor. Auf der linken Seite gähnte ein Abgrund. Aber kein rettendes Geländer gab ihm Sicherheit. Von weit unten hörte er Autogeräusche.

Hier jedoch war alles überschaubar und klar geordnet. Und er liebte diese Stadt: Die Anonymität war, im Unterschied zum Dorf, gewahrt, ohne dass er auf Begegnungen mit Bekannten verzichten musste.

Ein auf dem Boden kauernder Bettler riss ihn aus seinen Gedanken. Ja, er sollte etwas geben. Aber er wollte nicht vor aller Augen wie die gnädigen Herren von früher oder wie der reiche Onkel auftreten. Und jetzt war er ohnehin schon vorbei. Aber er hatte als Privilegierter das Privileg, im Jahr zwischen 600 und 800 Briefe von gemeinnützigen Organisationen zu erhalten, um mit Spenden sein Gewissen zu beruhigen. Morgen wollte er eine Einzahlung machen. So war das Geld besser angelegt als bei ihm. Er würde es ohnehin nur verrauchen.

Als sich Christian auf einem Fussgängerstreifen befand, musste er sich mächtig sputen, sollte sein rechter, etwas zurückgebliebener Fuss nicht von einem rassig anfahrenden Wagen erfasst werden. Zum Glück rutschte er nicht aus. Er war mit seiner Fitness zufrieden.

Dann beobachtete er einen Mann, der voyeuristisch menschliche Landschaften musterte und begutachtete. Blickfang war wohl die Taille.

Als er in Gedanken versunken war, sich in einem Raum befand, wo sie frei, nicht durch das Hier und Jetzt der realen Situation gebunden waren, und der Gottesfrage nachging, fragte ihn jemand, wo die Kathedrale sei. Er antwortete mit «Dort, wo Sie Gott zu finden glauben.» Eine Koinzidenz zwischen Gedanken und Worten war aber in seinen Abwesenheiten nicht immer gegeben. Manchmal antwortete er mit einem Automatismus. Auf die Frage, was er heute gegessen habe, hätte er «Suppe, Fleisch und Gemüse» gesagt, weil das fast immer so war.

Im Supermarkt, in der Welt der Dinge, denen sich Christian eigentlich nicht zugehörig fühlte - sie waren für ihn nur Tand - , stiess er auf ein Produkt, über dessen Identität keine Zweifel bestanden: I am Sensual Moments. Und wer war er, dessen Sinne weniger berauscht als vielmehr getrübt waren und der wieder einmal den Einkaufszettel vergessen hatte? Er glaubte zwar, das Wichtigste eingekauft zu haben, aber sicher war er nicht. Mit modernen oder modischen Bezeichnungen und Zeitströmungen versuchte er in seinem gemächlichen Tempo Schritt zu halten, ganz konnte er selbst mit Siebenmeilenstiefeln nicht folgen. Auf einer Auslage sah er die üblichen Prospekte, die Punkte versprachen. Er hatte jedoch zeit seines Lebens nicht viele Punkte gesammelt. Vor der Kasse der übliche Stau. Früher war das schnell gegangen. Er hatte sich immer an der richtigen Kasse angestellt. In letzter Zeit aber war ihm dieses Gefühl abhandengekommen. Und dass man immer mit Kreditkarten zahlen musste. Wenn die Verschuldung so weiter ging - in vielen Ländern zahlte man ja fast nur auf Kredit -, war die Welt eines Tages bankrott. Jetzt musste er die Jacke anziehen. Es war immer so stark geheizt, dass er Mantel oder Jacke abzog, um nicht verschwitzt in die Kälte hinauszutreten. Mit Befriedigung stellte er fest, dass er den Schirm nicht vergessen hatte.

Als er auf dem Fussgängerstreifen eine Seitenstrasse überquerte, musste er sich beeilen, da ein auf der Hauptstrasse entgegenkommendes Fahrzeug in diese Strasse einbog. Er sah gerade noch den bösen Blick des Fahrers und entschuldigte sich, so gut es ging, mit einer Handbewegung und einem Verneigen des Kopfes. Christian verstand den Lenker. Dieser konnte ja nicht warten, bis ein Fahrzeug auf der Gegenspur anhielt, um ihm den Vortritt zu lassen. Man sah halt nicht mehr alles.

Christian, als Sonnenanbeter, der den Winter bibbernd kaum überstand, kuschelte sich ganz in seine warme Jacke hinein und empfand so die glasige Kälte für einmal als angenehm. Auch weil er wusste, dass er bald in seine geheizte Wohnung treten konnte, und sich darauf freute.

Als er vor der Tür stand, bemerkte er, dass er den Wohnungsschlüssel hatte stecken lassen. Offenbar hatte er geahnt, dass er bei der Rückkehr froh war, den Schlüssel nicht in seinen vielen Taschen suchen zu müssen und sofort eintreten zu können.

Nachdem er den Kühlschrank geöffnet hatte, stellte er fest, dass er etwas eingekauft hatte, was er schon mehrfach besass.

Jetzt meldeten sich die Rückenschmerzen, Zeit, sich hinzulegen. Probleme mit dem Rücken hatte er schon immer gehabt. Schon bei der Aushebung für den Wehrdienst, als er 19jährig war, konnte sein Rücken nicht entzücken. Er wurde deswegen für dienstuntauglich erklärt. Da er kein Rückgrat hatte, hätte er sonst aus Angst vor der allgemeinen Meinung den Dienst nicht verweigert und wäre in den Krieg gezogen. Ein Arzt diagnostizierte später einen Bandscheibenvorfall, spielte dabei wohl auf einen Vorfall vor Schiessscheiben an.

Du hast diese Schmerzen erwähnt, aber davon nicht viel Aufhebens gemacht.

Auf dem Sofa öffnete sich der Schraubstock, der Schmerz liess allmählich nach, und Wohlbehagen breitete sich über den ganzen Körper aus, bis in die Fingerspitzen. Druck machte Freiheit Platz, ein Rückgrat zu haben war nicht mehr nötig. Er fühlte sich frei und leicht, und in dieser horizontalen Schwerelosigkeit taten sich neue Horizonte auf. Er war bereit für den ersten Satz von Mozarts g-Moll-Symphonie, KV 550.

Ich bin überrascht, dass Mozart zu deinen Lieblingskomponisten gehört. Er ist ja etwas unverbindlich und klingt einfach nur schön. Ihm fehlt Beethovens Grösse und Tragik.

Hier, wie in Mozarts grössten Werken überhaupt, ging es um Leben und Tod. Hier stiess man auf Hinter- und Abgründe. Hinter Mozarts Leichtigkeit blitzte Tragik auf. Es war transzendentale Musik von absolutem Ernst. Sie vereinte Freude und Leid, Licht und Dunkel, Einfalt und Einsicht, war Apotheose und Symbiose zugleich.

Wieder eine Überhöhung

Christian nahm ein Taschentuch zur Hand. Er war offenbar „empathiefähig". Dann Befriedigung und Erleichterung. Dieser Mozart hatte etwas gefühlt, was anderen verborgen blieb: das Sein, verhüllt durch den Schein. Er, der Klassiker, war deshalb auch ein Kind des Barock.

Christian liebte besonders die Moll-Tonarten. Die andern bezeichneten ihn deshalb wohl als melancholisch oder gar sentimental. In dieser Woche sollte aber eher Dur tonangebend sein.

Er ging nun auf den Balkon, um seiner Versuchung, dem süssen Zwang der Zigarette, nachzugeben. Er war Sklave eines Glimmstengels geworden, der allmählich kürzer wurde und schliesslich zu Asche verkam. Die er sich eigentlich aufs Haupt streuen sollte. Er wusste zwar um die Gefährlichkeit dieser Obsession, die ständige, aber nicht fassbare Bedrohung, welche von der Zigarette ausging. Aber Wissen führte nicht zu einem guten Gewissen. Handeln und sich wandeln waren für ihn kein Kinderspiel. Und was er neu begann, wurde schnell einmal alt. Rauchen war zu einer Überlebensstrategie geworden. Wenn er sich zu etwas aufgerafft hatte, belohnte er sich, ganz in Skinnerscher Manier, mit dem Placebo-Effekt einer Zigarette. Immerhin stellte er fest, dass er sein

Soll, oder besser Muss, nämlich zwölf Zigaretten, heute einhalten würde. Aber eigentlich war das jetzt nicht mehr wichtig.

Auf dem Balkon umhüllte ihn dichter Nebel. Von weit her Motorenlärm. Was mochte das sein? Allmählich schwoll der Lärm an. Dann ein Blinklicht. Das Ding trat damit aus der Aura des Unheimlichen, bekam ein Gesicht, ein Auge, das blinzelte. Schließlich die Lösung des Rätsels: eine Straßenreinigungsmaschine. Der Lärm war jetzt ohrenbetäubend, wurde aber sofort gedämpft, als die Maschine hinter einem Block verschwand, und verebbte allmählich. Die Stille danach war eher beklemmend als wohltuend. Dann hörte Christian den Vogel. Er trillerte in seinem Bauer auf dem Balkon des dritten Stocks dem Nebel zum Trotz unaufhörlich. Christian, als halber Ornithologe, hatte sich immer gefragt, welcher komische Vogel seine empfindlichen Ohren bei der Bestimmung der Singvögel irritierte und diese konkurrenzierte. Bis er ihn, das heißt den Käfig, von unten erblickt hatte. Offenbar waren dort neue Mieter eingezogen.

Geschnittene Bäume streckten ihre Wunden in den Himmel.

In einem Fenster des gegenüberliegenden Hauses, weit unter ihm, sah er wirbelnde und wogende schwarze Röcke, die fast bis zum Boden reichten. Dazwischen zackige Stöcke. Er dachte sich kahl geschorene Köpfe hinzu. Das musste etwas Asiatisches sein und unterschied sich vorteilhaft von schweizerischen Gepflogenheiten.

Da er Hunger hatte, bereitete er nun sein Abendessen vor. Wie immer drei Stücke Schwarzbrot, eine Portion Käse, Honig, ein Apfel, eine Banane. Er öffnete die Brotkapsel. Aber die war ja leer! Er hatte doch heute in der Bäckerei Brot eingekauft. Das wusste er. Er hatte die Verkäuferin noch gefragt, warum sie nicht mehr kleine Brote backen würden, da sie ja für ihn immer ein grosses Brot halbieren und vorher noch das Messer suchen musste. Jetzt fiel es ihm ein. Gerade dieses für ihn ungewöhnliche Intermezzo war der Grund, weshalb er den Geldbeutel hervorgeklaubt und das Brot bezahlt, aber nicht im Rucksack verstaut hatte. Zum Glück fand er noch einige Scheiben Knäckebrot.

Dann wandte er sich seiner Lektüre zu, einem Buch, das er vor einiger Zeit begonnen hatte und das er noch diese Woche zu Ende bringen wollte, dem «Nachsommer» von Adalbert Stifter. Stifter schnitt sich, nachdem er «herabziehende Schwerkraft» erlebt hatte und der Welt abhandengekommen war, die Kehle durch. Damit der Schein gewahrt blieb, wurde der Suizid vertuscht und als Todesursache «Zehrfieber» genannt. Der «Nachsommer», der gut zehn Jahre vorher entstand, war wohl parabolische Verbrämung. Hier flüchtete sich Stifter fatalistisch in eine brüchige Idylle, die im Gegensatz zur turbulenten Realität seiner Zeit, der politischen Krise und der technischen Revolution, stand. Der Held und die anderen Personen führten auf einem gegen aussen abgeschotteten Herrenhof, wo harmonia mundi herrschte, ein weltfremdes Dasein. Die Sprache, karg und farblos, passte wunderbar zu dieser sterilen Welt. So erlebte Christian diesen umfangreichen Roman, der im Untertitel als Erzählung bezeichnet wurde, als stimmig. Von dieser erhabenen Stimmung wurde er auch jetzt erfasst.

Weniger erhaben wurde er gestimmt, als er sich das heutige Fernsehprogramm vornahm, beginnend mit der Tagesschau.

Zuerst ein verheerendes Erdbeben, von dem in den folgenden Tagen sicher noch viel zu hören war. Er konnte sich die Befriedigung von Agnes, seiner Kusine, vorstellen. Nun hatte sie mit ihrem aufgeschwemmten Gesicht wieder einmal ein Thema gefunden.

Eine Stadt stand wegen eines Mordes „unter Schock". Da mussten dort ja alle Menschen für den Moment unansprechbar und wie gelähmt sein. Er glaubte nicht, dass das mit ihm wegen eines solchen Ereignisses geschehen konnte.

Die folgende Meldung betraf ihn schon eher. Die Ölmärkte waren „nervös". Er sah, phantasmagorisch, hektische und erregt schreiende Makler. Oder ungeduldige und gereizte Fahrzeuglenker vor einer Tankstelle.

Eine Chemische hatte hohe Gewinne erzielt. Und wie viele Arbeitsplätze hatte sie geschaffen? Oder profitierten nur die Aktionäre davon?

Immerhin war es hier nicht so wie in einer Nachricht, die er neulich gehört hatte, wo in einem Bericht nur das gesagt wurde, was man schon vorher wusste. Vielleicht war ja der Bericht vor dem Ereignis verfasst worden.

Christian hätte jetzt etwas Kaleidoskopisches bevorzugt. Er wartete jedoch auf das Wetter. Die Aussichten waren nicht düster.

Dann kam die Tierserie. Heute stand die dritte Sendung auf dem Programm. Er verstand nicht, dass er sich jetzt schon das dritte Mal die gleiche Einführung, eine Art Vorspann, ansehen musste. Es war ähnlich wie beim Fussball. Das armselige, von Taktik und Geld geprägte Geschehen auf dem schnittigen Rasen sollte durch einen Vorspann geniessbar werden, der höchste Spannung versprach und von süffiger Musik mit spritzigen Rhythmen untermalt war.

Nachher war Bettruhe angesagt. Er hatte, wegen dem Schlaf, einmal einen Kurs für Autogenes Training besucht. Sein schlechtes Einschlafen war aber wohl genetisch bedingt, denn eine Genese vollzog sich bei ihm nicht. Er war mit seinem Biorhythmus die Nachtigall und nicht die Lerche.

Damit er besser einschlafen konnte, dachte er an etwas, das nicht ihn betraf - er wollte sich heraushalten - und das ihn doch interessierte. In diesem Fall war es ein Fussballspiel. Kaum war ein Tor gefallen - Zack. Seine restless legs schlugen aus. Er hatte keine Macht über sie, wenn sie sich selbständig machten und zuckten, wie sie wollten. Es gelang ihm jetzt nicht mehr, Gedanken zu finden, bei denen er sich selbst und sein Bemühen, gut einzuschlafen, vergass. Die Kinder kamen ihm in den Sinn. Sie wohnten in Niger und waren auf einem Foto abgebildet, das er im Informationsblatt einer Organisation gesehen hatte, die sich in der Sahelzone betätigte. Morgen wollte er also noch eine zweite Einzahlung machen. Zack.

Er stand nun auf, damit ihm eine dieser späten Stunden zuteilwurde, die erfüllt waren und in denen er zu Einsichten gelangte, die tief in ihm schlummerten. Heute zog er sich warm an und ging auf den Balkon. Die Banane. Er war einmal als Gruppenleiter mit Kindern in einem Ferienlager gewesen. Ein Kind hatte bei einem nächtlichen Spaziergang auf die blasse Mondsichel gezeigt und ihn gefragt: „Siehst du die Banane?"

Von kindlicher Einfalt gerührt, vollzog er seiner Beine wegen noch einige gleichförmige und einschläfernde Runden in seiner Wohnung. Die Monotonie des Abschreitens bewirkte ein schrittweises Eintauchen in numinose Gelassenheit. Schliesslich begab er sich gemessenen Schrittes zur Ruhe und überliess sich Morpheus' Armen.

Und es wurde Abend, und es wurde Morgen: ein Tag
(Erster Schöpfungsbericht des Buches Genesis im Alten Testament)

Ich bin erstaunt, dass du als Atheist das Alte Testament zitierst.

Heute gab er sich ganz der morgendlichen Stimmung hin. Von letzthin hatte er noch Griegs «Morgenstimmung» im Ohr. Er hatte Lust sich so richtig in den Tag hinein zu kuscheln. Dazu sein geliebtes Schwarzbrot, der erste Kaffee. Und die erste Zigarette. Heute fühlte er sich für einmal nicht tranig.

Im Fenster brachen sich die ersten Sonnenstrahlen. «Härgott, i danke dier.» Er hatte das etwas laut gesprochen. Zum Glück war das Fenster geschlossen. Zielpublikum war ja er selbst.

Seine Mutter hatte ihm gesagt, er solle am Morgen immer «die gute Meinung» machen. Sie meinte damit wohl gute Vorsätze. Wie er den Tag einschätzte, hatte er gute Aussichten. Und er war ja seines Glückes Schmied. Das absolute Glück wollte er jetzt, nachdem der erste Tag nicht ganz geglückt war, nicht mehr erwarten. Oft wurden ja Erwartungen gerade dann übertroffen, wenn man keine hatte. Deshalb wünschte er sich eigentlich nichts mehr. Er war ein bewusst in einer Drei-Zimmer-Wohnung eines Blocks wohnender Mieter. Er wünschte kein Einfamilienhaus, jetzt ohnehin nicht mehr. Er war ja nicht eine Familie. Und es hatte in der Schweiz nicht viel Platz. Es war hier eng.

Trotzdem war er guten Willens. Er besass zwar jetzt kein «Wachstumspotenzial» mehr, aber für ihn war noch nicht aller Tage Abend. Die Flamme brannte noch. Zumindest für eine Woche.

Er fühlte sich jedoch nicht dem Agon-Prinzip verpflichtet, dem Leistungsdenken, das sich an Zahlen orientierte und seit der Antike nicht nur den Sport betraf. Er war zwar ein Sonnenanbeter, aber kein Ikarus, der, dem menschlichen Urtrieb verpflichtet, alles wagte, um fliegend die Unendlichkeit zu erkunden, der lebensspendenden Sonne zu nahe kam und abstürzte. Ständige Leistungsbereitschaft und Optimierungswahn hatte er hinter sich gelassen. Nun wollte er leben, ohne Agon, autonom und sich selber ergeben. Der Geschäftigkeit wollte er mit dem Tod, dem Stillstand begegnen. Suizid war für ihn letale Agonie, aber nicht Anomalie.

Auch wollte er den Tod nicht überwinden, sondern mit ihm, selbstbestimmt, den Verfall aufhalten. Er hielt sich dabei an die ursprüngliche Bedeutung von «leben», er wollte nicht am Leben «bleiben» oder «kleben».

Du verrennst dich in eine Sackgasse.

Und er liess keine Familie, keine Hinterbliebenen zurück, wurde von niemand schmerzlich vermisst. Vor allem hatte er keine Lust, jemand zur Last zu fallen. Er dachte an einen Bekannten mit Alzheimer, der von seiner Frau gepflegt wurde. Sie konnte sich keinen angenehmen Lebensabend gönnen, kam nie zur Ruhe, hatte nicht nur an ihm, sondern auch an sich schwer zu tragen. In einem Senioren-Heim wäre er, Christian, zwar versorgt, belastete aber wegen der hohen Kosten den Steuerzahler schwer.

Heute fühlte er sich fit, konnte sich nicht in einem Altersheim vorstellen. Deshalb wollte er dem Walking, seinem Jungbrunnen, treu bleiben, zumal er hoffte, die weiss schimmernde Kappe eines Berges zu sehen, der während den acht Jahren, in denen er in der Klosterschule steckte, sein Hausberg war und den er wie alle umliegenden Berge bestieg.

Sieht ganz nach einer chronologischen Abfolge aus.

Nach der schattigen Enge der Nacht war das Licht im Freien wohltuend: «Die Erde hatte ihn wieder.» Christian liebte das Licht. Auch wenn Blumen am Licht und nicht im Dunkel verwelkten.

Die Stöcke gaben ihm Halt. Mit ihnen fühlte er sich im Lot. Nun musste er es aber langsamer angehen lassen als früher. Er war sich jedoch bewusst, dass seine Schritte immer noch etwas zu gross waren. Und vielleicht liess er die Stöcke zu stark auf den Asphalt niederprasseln. So stark, dass er den Gummipuffer am rechten Stock verlor. Ein Gitter über einer Abflussrinne war daran schuld. Er kniete nieder, sah aber keinen Gummi, da das Gitter Schatten warf. Und mit der Entfernung des Gitters wollte er sich jetzt nicht befassen. Vielleicht liess es sich nicht gut entfernen. Auch hatte er schon zu lange auf den Knien verharrt. Da der rechte Stock ohne Schutz sein Kommen dem ganzen Quartier angekündigt hätte, verzichtete er auf dessen Verwendung und hielt ihn waagrecht. Der linke Stock genügte ihm.

Den Aufstieg zum Hügel bewältigte er so, dass er oben weder hypertonisch noch hyperventilierend ankam, sein Herz stotterte nicht, und er geriet auch nicht ins Japsen.

Unterwegs begegnete er dem Hund vom nahen Bauernhof. Er versuchte ihn mit tiefer Stimme zu beruhigen. Dieser wollte aber heute seinen Spieltrieb ausleben und wedelte, was das Zeug hielt. Christian gelang es nicht, ihn auf Distanz zu halten. Da es in der Nacht geregnet hatte und der Weg schmutzig war, hinterliess Phylax, wie er ihn getauft hatte, einige braune Flecken als Duftmarke auf seiner Trainerhose. Aber eigentlich machte das Christian nichts aus. Die Hose musste er nicht mehr waschen. Und er hatte eine innige Begegnung gehabt.

Dann war er auf seiner Bühne: Eine Wiese auf einer Hügelkuppe, zwischen 500 und 800 Meter breit. Von weit her das Rauschen der Autos. Der Blick auf die Stadt und die Alpen entschädigte für die Anstrengung. War man unterhalb der Kuppe, schienen die weissen Berge auf dem Gras zu wachsen.

Zuoberst wandte er sich ganz dem holden Mittelalter zu. Der Mahnfinger der Kathedrale zeigte hinter protzigen, gesichtslosen Wohnblöcken streng gen Himmel. Wie angeklebt. Parasitäres Gehaben war dem Turm aber nicht eigen. Er hatte, auch ohne Helm, seinen Platz behauptet, bevor neue Bauten das Dach seines Schiffes verdeckten. Das Weichbild der Stadt ertrug auch diese Härten.

Und da war sein Berg. Jetzt, aus der Ferne, verlor er seine Bedrohung, hatte sogar etwas Liebliches, ja sogar Verlockendes an sich. Im Internat waren die hohen Berge erhebend für diejenigen, die in die Höhe strebten, erdrückend aber für alle, welche die Weite suchten.

Neben den Bergen waren Christian in der Klosterschule auch grosse Säle vertraut. Sie liessen ihn ein Gemeinschaftsgefühl erleben. Die Schüler hatten täglich drei bis vier Stunden Studium. In den unteren Klassen mussten sie die Hausaufgaben unter Aufsicht eines Präfekten in einem grossen Studiensaal machen. Ein bisschen Privatleben kam auf, wenn man den gewaltigen Pultdeckel öffnete, ihn auf den wissbegierigen, aber vom Stoff vollgepfropften Kopf legte - man musste einen harten Schädel haben - und in dieser bequemen und zwanglosen Stellung, für die Aufsicht unsichtbar, längere Zeit ausharren konnte. Im grossen Schlafsaal hatte man eine nachhaltigere Rückzugsmöglichkeit: Man war immerhin von über zwei Meter hohen Wänden umgeben, so dass die Intimsphäre gewahrt blieb. Aber nur, bis der Präfekt am Morgen mit zwei kräftigen Schlägen an die Türe pochte. Erfolgte kein munteres Ja, zog er staccatohaft die Bremse, legte den Rückwärtsgang ein und klopfte, nun noch lauter und entschlossener, ein zweites Mal. Schliesslich waren alle wach und bereit für den neuen Tag.

In der ersten Klasse wurden sie neu eingekleidet. Alle trugen nun eine schwarze Kutte, die soziale Unterschiede nivellierte. So waren alle gleich. Die tarnende Kutte diente, wie die Pultdeckel, dem Verschleiern der Wirklichkeit. Wie die Badehose, mit der sie bei der gemeinsamen Dusche am Freitag, unter den Augen des Präfekten, die wahre Natur verbergen und zugleich jedem Zugriff entziehen konnten. Persönliche Anwandlungen des Individuums, Anhänglichkeiten und letzte Spuren von Heimweh wurden unter der Kutte erstickt. Christian konnte sich dieses Priestergewandes, das ihn ja eigentlich als Erwachsenen auszeichnete, dem er aber wegen dem Tod des Schneiders von der fünften Klasse an entwachsen war, nur dreimal im Jahr entledigen, nämlich bevor er ein Wiedersehen mit seinen Eltern feiern konnte und Ferien begannen.

In der Klosterschule war er nun nicht mehr Klassenbester, sondern figurierte unter der Kategorie «ferner liefen». Als er erstmals die Noten zu Gesicht bekam, wollte er sich aus Scham verkriechen. Und als staksiger Fussballer schaffte er es nicht einmal unter die ersten drei. Vor einem Spiel wählten zwei Klassenkameraden, welche die beiden Teams repräsentierten, jeweils wechselweise einen Spieler in ihre Mannschaft, damit nicht einfach die Schwachen gegen die Starken spielten. Dabei entschied sich der eine für den wertvollsten, bevor der andere sich für den nächst besten Fussballer entschloss. Dieses Prozedere dauerte so lange, bis der schlechteste in einer Mannschaft - Frauen gab es ja nicht – untergekommen war. Für Christian war es betrüblich festzustellen, dass seiner Meinung nach schlechtere ihm vorgezogen wurden, er hier nur ein Komparsendasein fristete und nicht die ihm gebührende Anerkennung fand. Einmal jedoch, als er in kurzer Zeit mehrere Tore geschossen hatte, erhielt er anschliessend von einem Lehrer ein Lob, das zugleich auch ein Tadel war: „Schade, dass du in meinem Fach nicht so glänzt".

Der Philosophieunterricht verlief nicht zu Christians vollkommener Zufriedenheit. Sie erfuhren, dass Gott nach Thomas von Aquin, dem grossen Kirchenvater, das Ens a se war, ein Sein, das in sich selbst notwendig und konstant war, während Notwendigkeit und Konstanz in ihrer sinnfälligen Welt, die immer an eine gewisse Zufälligkeit des Soseins gebunden war, ihren Grund nicht in sich selbst, sondern nur in einem andern hatten. Christian staunte ob solch gewaltiger Sätze und kam sich dabei klein vor. Obwohl unbedeutend und ohnmächtig, wollte er nicht sein wie Gott: ewig, unermesslich, allwissend, vollkommen. So konnte er nicht mehr an sich arbeiten, musste sich immer und überall so aushalten, wie er war, und das war langweilig, ein Attribut, das für viele seiner Mitschüler auf den Philosophieunterricht zutraf. Er geriet deswegen nicht ausser sich, sondern ging in sich und entdeckte das Sein an sich. Ontologie wurde zur Onkologie, Metaphysik zur Metastase, denn ein Krebsgeschwür der modernen Zeit machte sich bei ihm bemerkbar. Aus dem Gnomen des Philosophieunterrichts wurde ein Gnostiker und schliesslich ein Agnostiker.

Bei einem stiernackigen und kantigen Lateinlehrer, der aber die Aeneis elegisch schildern konnte, wurden sie sechsmal über denselben Stoff, den accusativum cum infinitivo, geprüft, bis er befriedigt war und befand, die Leistungen seien nun genügend. Obwohl er nicht niederträchtig handelte, rächten sie sich, indem sie vor einer Lateinstunde an die Türe des Klassenzimmers einen Zettel mit dem Hinweis klebten, der Raum dürfe aus Sicherheitsgründen nicht betreten werden und der Unterricht falle deshalb aus, worauf sie durch das milchige Fenster der Tür beobachten konnten, wie ein Schatten auftauchte und sich wieder entfernte. Sie hielten noch eine Zeit lang Silentium, bevor sie ungestüm aus dem Klassenzimmer in den Korridor hinausquollen. Natürlich wurden die Initianten dieser skurrilen Szene nicht verpetzt, in Christians Klasse wurde ja niemand ausgegrenzt.

Trotz solcher Erfolgserlebnisse blieben Latein und Griechisch für Christian tote Sprachen. In diesen Fächern wurde man von Nöten geplagt. Beim Übersetzen erreichte er das ersehnte Ufer wie Odysseus nur nach langen Irrfahrten. Da war einmal der Wortschatz, den man immer präsent haben musste. Für archaische Sachverhalte und Werte war das viel verlangt. Und dann musste man - die Erde war ja am Anfang wüst und leer - wohltönende Worte finden und dabei Ordnung ins Chaos bringen: Was gehörte zusammen, was bezog sich aufeinander? Die absolute Harmonie blieb Christian dabei oft verborgen. Das Bild liess sich nicht zusammenfügen, am Schluss ergaben sich nur Bruchstücke.

Christian kannte aber damals die wahren Probleme des Übersetzens noch nicht. Keine Übersetzung - und das galt vor allem für fiktionale Texte - war mit dem Original deckungsgleich. Wie konnte man sprachliche Finessen adäquat übertragen? Wie konnte man das Spiel mit Form und Bedeutung der Wörter, Lautmalerei und bewusst gesetzten Satzbau des Originals in einer Übersetzung weitergeben? Die Sprache von übersetzten Texten hielt Christian wohl deshalb manchmal für schematisch und stereotyp. Vor allem, wenn sie, zum Beispiel im Radio, vom immer gleichen Sprecher vorgelesen wurden. Ihm kam auch der gesprochene Text von synchronisierten Filmen in den Sinn. Er las deshalb fast ausschliesslich Originale, vorwiegend deutsche Texte. Literatursendungen sollten demzufolge auf fremdsprachige Bücher weitgehend verzichten oder, falls man sich ausnahmsweise nicht daranhielt, deutlich machen, dass man über eine Übersetzung und nicht das Original sprach. Seine Bedenken teilten bei der Übersetzung von Mundart wohl viele, weil dieses Idiom oft den Eindruck von archaischer Authentizität und natürlicher Lebendigkeit erweckte.

Beim Übersetzen konnte man sich grosse Freiheiten herausnehmen. Man war gleichsam Interpret des Textes. Wie konnte man den richtigen Ton treffen? Durch die passende Tonart und differenzierende Dynamik wurden immanente Schwereverhältnisse nachempfunden. Dabei mussten Mehrdeutigkeit, Symbolik und Metaphorik einbezogen werden.

Was heisst das?

Beim Übersetzen stellte sich wie beim Theater die Frage, ob man bei älteren Texten historisieren oder aktualisieren sollte. Der junge Christian, um auf ihn zurückzukommen, machte daraus aber kein Theater, auch wenn sie Sophokles übersetzten. Ödipus, ob historisch oder aktuell, wurde nicht Fleisch und Blut, Christian war ja von seinen Eltern getrennt. Und die Muttermilch hatte er nie vertragen, deshalb konnte er auch später keine blosse Milch trinken und keine Butter aufs Brot streichen, was den Vorteil hatte, dass man ihm nicht die Butter vom Brot nehmen konnte.

Im Griechisch erlebte er neben dem Übersetzen noch etwas Aussergewöhnliches, als er mit den anderen den Unterricht bestreikte und stolz war, sich für einmal ausserhalb der Legalität, des Üblichen zu befinden. Der Lehrer, Pater Josef, hager, halsstarrig und verschroben, steckte seine Adlernase in Dinge, die ihn eigentlich nichts angingen. Er hatte einem Schüler angedroht, ihn vom Unterricht auszuschliessen, wenn er seine Haare nicht schneide. Als dieser nicht bereit war, seine Haarpracht den Launen des Lehrers zu opfern, verwies ihn Pater Josef in der nächsten Stunde ruhig, aber mit stechendem Blick des Feldes. Nun folgte bleierne Stille: Sollten sie handeln und Solidarität üben? Sollte aus dem Zwei- ein Mehrkampf werden? Sollte beim Ringen um die Vorherrschaft griechisch-römischer oder Freistil gelten? Getreu dem griechischen Kampfgeist bei den Thermophylen, dessen Beschreibung von Xenophon sie übersetzt hatten, entschieden sie sich für griechischen Heldenmut, von Achilles und Hektor in der Ilias verkörpert, standen alle gemeinsam auf und verliessen demonstrativ das Klassenzimmer. Zur Strafe mussten sie mehrmals nachsitzen. Aber der Lehrer hatte nur einen Pyrrhussieg feiern können. Nach vollzogener Katharsis um Nachhaltigkeit bemüht, setzten sie sich schliesslich durch und erhielten einen andern Griechischlehrer. Aber auch unter dem Nachfolger fiel der Samen bei Christian nicht auf fruchtbaren Boden.

Eher furcht- als fruchtbar waren auch Physik- und Chemieunterricht. Der Unterhaltungswert hielt sich hier in Grenzen, weil Christian viele Formeln zu lernen hatte und demzufolge den praktischen Nutzen in Zweifel zog. Später dachte er oft daran, wenn er die Hände in den Schoss legte, unschlüssig, was zu tun sei. So geschehen, als sein Wagen auf einer Passhöhe zu rauchen begann. Oder wenn wieder einmal Radio bzw. Fernseher den Dienst verweigerten, er eine Lampe montieren musste und die nötige Energie - nicht die elektrische - fehlte.

Im Geschichtsunterricht bekamen sämtliche Kaiser des Heiligen Römischen Reiches Deutscher Nation Fleisch und Blut. Schlachten schilderte der Lehrer mit abstehenden Ohren und dröhnendem Bass so, dass man den Eindruck erhielt, dabei zu sein. Und er versäumte es nicht, sie eindringlich und mit echt scheinender Innigkeit zu bitten, in der Armee Karriere zu machen. Es gebe zu wenig katholische Offiziere. Offenbar sollten Schlachten und Kriege katholisch geführt werden.

Im Zeichenunterricht hatte Christian eine mittelmässige Note. Bis es ihm ein Gemälde mit dem Titel «Tierschicksale» angetan hatte. Der Künstler wollte, wie er in einer Vorstudie schrieb, den Satz «Und alles Sein ist flammend Leid.» bildlich ausdrücken. Christian liess sich bei einer Zeichnung über ein freies Thema von diesem Bild inspirieren. Er stellte die Faszination von Tieren, vor allem des Jaguars, im tropischen Regenwald dar, indem er versuchte, das Gewirr von geometrischen Formen, Zacken, leuchtenden Farben des Vorbilds zu übernehmen, so die Welt in Flammen zu versetzen und auf die Bedrohung der Natur hinzuweisen. Die Zeichnung war für ihn schicksalshaft. Er bekam eine ausgezeichnete Note und erhielt auch nachher immer bessere Noten als vorher.

Das Turnen war in dieser vergeistigten Welt insofern ein besonderes Fach, als dem Körper, einem Akzidenzium, einer unvollkommenen und missratenen Hülle des Geistes, die ihm gebührende Bedeutung zukam. Etwas Körperliches hatte Christian von diesem Fach denn auch in Erinnerung: die knochige Brust, die Knollennase und die verschmitzten Äuglein des turnenden Mönchs. Er, der auf Skiern in seinem gerafften schwarzen Habit nicht wie ein Habicht, sondern wie eine zu gross geratene Krähe durch die Winterlandschaft flatterte, zeigte bei Barrenübungen unter seiner drapierten Ordenstracht lange weisse Unterhosen. Dadurch verlor er seine Identität und Integrität als körperloses Wesen, bei dem alles Körperliche vom Talar verschleiert wurde.

Mit dem Geschlecht hatte es seine eigene Bewandtnis. Sinnlichkeit war seit Augustinus, der zuerst das Leben aus vollen Zügen genoss, dann sich vom sündhaften Treiben abwandte, den Sündenpfuhl mied und schliesslich vergeistigte, durch den Manichäismus in der katholischen Kirche verpönt. Beim Religionslehrer, einem glühenden Verehrer des Augustinus, vertieften sich die Falten von den Nasenflügeln zu den Mundwinkeln, wenn er mit Denkerstirn und fliehendem Kinn vom andern Geschlecht sprach. Er appellierte an die Verantwortung. Da müsse man aufpassen; es sei besser die Hände davon zu lassen, sonst verbrenne man sie. Das habe noch Zeit, da solle man nichts überstürzen, dafür seien sie noch lange nicht reif. Vielleicht hätten sie eine Schwester und so Kontakt zum weiblichen Geschlecht. Erfahrungen würden sie nach der Matura, dem Reifezeugnis, auf diesem Gebiet noch früh genug machen, die Probleme würden dann nicht lange auf sich warten lassen. Er orakelte dabei noch etwas von schlechter Gesellschaft, in die man gerate. Für Christian war jedoch gerade die Zeit das Problem. Sie ging nämlich zu langsam vorbei, er wollte nicht länger warten und endlich leben. Im Griechisch hatte er, als sie die Odyssee übersetzten, von der weissarmigen Nausikaa gehört. Diese sah er dann tatsächlich, aber nur im Film. Als an der Schule eine Romeo-und-Julia-Verfilmung gezeigt wurde, verliebte er sich in die Darstellerin der Julia, konnte nicht begreifen, dass man sich bekriegen musste, verfloss in Tränen, als sie am Schluss das Zeitliche segnete, und lag die halbe Nacht wach. Sie hatte ihm wohl deshalb so gefallen, weil sie keine Ähnlichkeit mit der Klosterschwester hatte, die in der Krankenabteilung des Internats arbeitete, und auch nicht mit den traditionellen Frauen im portugiesischen Nazaré, die sieben ausladende Röcke übereinander trugen, unter denen sich Kinder verstecken konnten, ohne Unzüchtiges zu sehen.

Das Spiel mit dem kleinen aber immer grösser werdenden Geschlecht behandelte der Religionslehrer im Sachbereich, den er als Miststock bezeichnete. Christian wollte sich dieses Spiel aber nicht vergällen lassen, auch wenn es nicht immer angenehm war. Er war einmal bei einer Mathematikprüfung auf der Suche nach der richtigen Lösung und unter Zeitdruck so verzweifelt, dass es von selbst, ohne sein Zutun, kam und er sich schämen musste.

Der pausbäckige Deutschlehrer behandelte mit seiner Fistelstimme während sechs Jahren alle bedeutenden Werke der deutschen Literatur, allerdings nur bis zum frühen 20. Jahrhundert. Die Moderne war für ihn zu heikel. Einmal wurde er bis über die platt gedrückten Öhrchen rot, als er einen ketzerischen Text von Bertolt Brecht, den ein Schüler unter dem Pultdeckel las, konfiszieren und verwahren musste.

Im Biologieunterricht mussten sie in der 5. Klasse Pflanzen für ein Herbarium sammeln. Dem gaben sie sich so lange fleissig hin, bis sie zu einem beliebten Gasthaus kamen. Bevor der gutmütige und leutselige Lehrer mit seinen Froschaugen den beschwerlichen Weg mit einem an Botanik interessierten Mitschüler fortsetzte, reichten sie ihren Abschied ein, um im Innern andere Blumen zu entdecken und als eifrige studiosi nicht nur botanische, sondern auch physiognomische Phänomene eingehend, aber nicht sachkundig zu behandeln. Da sie alle von Gesundheit strotzten, waren nämlich menschliche Anatomie und Physiologie im Unterricht nur ein Randthema. Stattdessen befassten sie sich ausführlich mit Pantoffeltierchen und Einzellern; der Mensch, Vielzeller und mehrdimensional, fristete nur ein Schattendasein. Das galt aber für den gesamten Unterricht. Das Leben blieb draussen, fand den Weg durch die enge Klosterpforte nicht.

Bei den ritualisierten Trinkgelagen des Studentenvereins wurde auf Befehl und mit rumpelnden Humpen ex getrunken, bevor der Wirt eine weitere Runde kredenzte. Dabei intonierten sie schnittige Studentenlieder, mit schwellender Brust zu ewiger Lust, der ewigen Freundschaft Krone ward zu höchstem Lohne. Sobald sie aber ausreichend gebechert hatten, kippte die Stimmung in der Corona. Allmählich sanken die Pokulierer in sich zusammen, kippten die Humpen nicht mehr nach hinten, sondern die brummenden Schädel nach vorne oder beglotzten sich mit triefenden Augen. Das kollegiale Hochgefühl der Kommilitonen machte einem sich verstärkenden Unwohlsein Platz, bevor sie von einem Kater heimgesucht wurden. Zuvor ging der Pulk in einer externen Eskapade und in Einerkolonne mit sturmem Kopf durchs Dorf, indem man sich taumelnd Halt gab und zugleich auch welchen erhielt, bis man schliesslich ins traute Heim zurückfand. Solche Trinkbrüderschaft konnte aber Christians heimliche und dumpfe Sehnsucht nicht stillen. Die Kommilitonen des Vereins gaben ihm den Vulgo Tacitus. Er, der Schweiger, der Stille. Oder war er der Unstillbare?

Felix, ich kann dich mir nicht bei diesen Trinkbrüdern vorstellen. Ist das deine animalische Seite?

Natürlich war am frühen Morgen noch nicht ans Trinken zu denken. Nachdem man sich um 5.45 Uhr mit kaltem Wasser von nächtlichen Sünden gereinigt hatte, musste man pünktlich im Studiensaal zum Gebet erscheinen. Wehe, man kam zu spät. Zu spätes Aufstehen wurde geahndet. Man musste sich zwar nicht wie die Kandidaten bei der Priesterweihe auf den Boden legen und Staub fressen wie die Schlange in der Genesis, man war ja noch nicht Primiziant. Für diejenigen wurde eine Zwischenlösung, das Knien im Gang, getroffen. Man beugte gleichsam die Knie vor allem, was einen an diesem Tag erwartete. Aber man musste immerhin nicht auf den Knien gehen wie griechische Wallfahrer auf einer Wallfahrtsinsel. Nach dem Gebet begab man sich an seinen Platz im Studiensaal und unterzog sich dem Silentium, dem Stillschweigen und Stillhalten.

Vor den Malzeiten hatten sie sich jeweils in einem Gang zu besammeln, bevor sie sich in Einerkolonne beidseits der Wände zum Speisesaal begaben. Der Gang war so lang, dass er sich in der Unendlichkeit zu verlieren schien und die Türe am Ende der Flucht, die Sättigung verhiess, nur als brauner Punkt sichtbar war. Trotz dieser Aussichten fühlte sich Christian eingeengt, denn die Richtung war vorgegeben, ein Ausbruch nicht möglich. Durch diesen Gang musste er auch wandeln, wenn er am frühen Morgen über weitere Gänge in die Kirche gelangen wollte, um als Messdiener eines Paters in einer Seitenkapelle den Tag würdig zu beginnen. Das gespenstige Dunkel wurde im Winter, wenn zu dieser Stunde die Nacht dem Tag nicht weichen wollte, manchmal von aufflackernden Kerzen in angrenzenden Räumen durchzuckt.

Gewöhnlich besuchte Christian die Messe jedoch mit den andern. An kalten Wintermorgen war das Weihwasser im Innern der Kirche gefroren, und beim Atmen erhielt man den Eindruck, sie würden einander den fehlenden Lebensodem einhauchen oder Rauchopfer darbringen. Als die Zelebranten, angeführt vom Zeremonienmeister, einen feierlichen Einzug abhielten, der am Sonntag bombastisch ausfiel, war die Zeit für Christian gekommen, seinen persönlichen Gottesdienst zu feiern. Er legte in eine eigens dafür mitgebrachte lateinisch-griechische Prachtausgabe des Neuen Testaments einen Band Kriminalgeschichten, so dass er zwar nicht vor dem Auge des Herrn, aber immerhin vor den wachsamen Blicken des Präfekten gut versteckt war. Beim Kyrie Eleison (Herr erbarme dich) wurde eine Person des Drogenhandels verdächtigt. Sobald das Gloria (Ehre sei dem Herrn) ertönt war, wurde der Verdächtige festgenommen. Als dann ein Mönch das Evangelium von den sieben klugen Jungfrauen mit den Lampen vorlas, erwies sich der Verdacht als unbegründet, und der Arretierte wurde umgehend in die Freiheit entlassen. Während der Gabenbereitung wurde nun eifrig recherchiert. Bei der Verwandlung des Brotes und Weines in den Leib und das Blut Christi geschah ein erster Mord. Wurde das Vaterunser gebetet, begann, nach erneuter Verhaftung, ein Verhör. Beim Agnus Dei (Lamm Gottes, ... gib uns deinen Frieden) floss ein zweites Mal Blut. Als das Brot, also der Leib Christi ausgeteilt wurde, erfolgte die Obduktion der Leiche. Die Gläubigen wurden schliesslich entlassen, ohne dass der Fall gelöst war. Aber die Fortsetzung folgte in der nächsten Messe. So hatte Christian dem Herrn einen Dienst, sogar einen Gottesdienst erwiesen und die Kälte überwunden.

Hatte er in der Messe weder eine Bibel noch eine Fibel und auch keine andere Erbauungsliteratur zur Hand, richtete er seine Augen zum Himmel und liess sich von der Deckenmalerei der Barockkirche berauschen. Putten und andere leichtfüssige Fabelwesen umgaben Gott mit ihren anmutig bewegten Leibern. Diese ineinander verschlungenen Gestalten fügten sich zu einem kunstvoll arrangierten Zug, der in einer einzigen dynamischen Bewegung das ganze Bild erfüllte. Die Rotundenwelt mit Bogenöffnungen, aus der eine Treppe zu ihm, Christian, herabzuführen schien und die zum Aufstieg einlud, wurde von übernatürlichem Himmelsglanz erfüllt. Das überschwängliche Spiel der Rundungen liess Christian andere verschämt verhüllte Kurven erahnen. Wieder einmal ertappte er sich in seiner Erdenschwere, die ihn von der erfüllten Geistigkeit des Jenseits und der Transzendenz in die Niederungen banalen Sinnesgenusses herabzuziehen drohte. In der Gesamtbewegung wurde die Einzelfigur aufgesogen und verlor sich wie er in der Masse der schwarz bekutteten Klostergemeinschaft, die ja ebenfalls dem Himmel zustrebte. Das strahlende Licht, das Gott, der Mittelpunkt, aussandte, erreichte ihn nicht, obwohl die Grenzen zwischen Bild und Kirchenraum in verwirrender Weise verwischt wurden und verflossen. Auf Wolkengebilden in luftiger Höhe, welche die Illusion des Unermesslichen und Unendlichen erzeugten, schwebten ätherisch innig Betende. Auch ihnen fühlte sich Christian nicht zugehörig. Die Raumerweiterung war für ihn aber verheissungsvoll, auch wenn er zugleich die Enge innerhalb der Klostermauern empfand. Nach dem Gottesdienst fiel es ihm schwer, sich wieder von dieser vorgetäuschten Dreidimensionalität in die Eindimensionalität der Klosterschule einzufinden. Er verabschiedete sich von der luftigen, phantastischen Scheinwelt und schloss sich der geordneten Reihe seiner in den rigiden Alltag hineinschreitenden Mitschüler an.

Felix, war nicht dein ganzes Leben illusionistisch? Hast du dich nicht vor der realen Welt verschlossen?

Gebetet wurde wieder am Mittag, Punkt 12, und zwar der Englische Gruss, der bei Christian französisch angehaucht war: Heilige Maria, Mutter Gottes, lass mich zwischen schwarzen Strapsen in deine schneeweisse Unterwelt eintauchen. Bitt für mich, armen Sünder, und verschaffe mir Lüste, in denen ich mich verliere, jetzt und in der Stunde meines Todes.

Christian hatte von den Vorgesetzten glücklicherweise nicht viel zu befürchten. Einmal aber bestellte ihn der Präfekt, mit seinem schwarzen Talar eine schattige Erscheinung, die Menschen auf Distanz halten konnte, auf die Präfektur. Da er, kahlgeschoren, sich die Haare nicht raufen konnte, ergriff er Christians Pelz und schüttelte ihn kräftig. Er solle im Studium nicht mehr so oft mit seinem Banknachbarn schwatzen. Wenn das nicht aufhöre, könne er ganz andere Massnahmen ergreifen. Christian dachte an die Gänge zum Duschraum, wo der Präfekt mit einem Stock wartete, wie ihm Mitschüler berichtet hatten. Die Präfektur verliess er trotz der schmerzhaften Prozedur mit Stolz. Für einmal hatte er etwas angestellt, galt nicht als der brave, angepasste Musterschüler und blieb trotzdem vom Bannstrahl, der Wegweisung, verschont. Dann war die Reihe an seinem Nachbarn. Er, zart, fragil und androgyn, verliess den Ort der Kasteiung weniger fröhlich, hatte Tränen in den Augen.

Felix, ich kann nicht verstehen, dass du so lange in der Klosterschule geblieben bist.

Eine besondere Zeit waren die drei fastnächtlichen Tage. Für diese Zeit wurde ein Raum von der 5. Klasse gänzlich umgestaltet. Daraus entstand die Mi-Bar. Seine Klasse hatte talentierte Zeichner, die aus dem Raum das Universum schufen und so die Klostermauern sprengten. Jeder Barbesucher wurde also durch die das Dreidimensionale betonenden Kulissen in den Weltraum versetzt. Die Erde war, aus dieser luftigen Höhe und von diesen freiheitlichen Gefilden aus betrachtet, faszinierend schön.

Ein Freund erzählte Christian, sie, ein Jugendverein, hätten, als sie ein Theaterstück aufführen wollten, den Pfarrer fragen müssen, ob sie Mädchen beiziehen dürften. Nach der abschlägigen Antwort spielten Männer Frauenrollen. Ganz wie in der Antike.

Und wie an der Klosterschule in den Sechzigerjahren, wenn an der Fastnacht ein Theater aufgeführt wurde.

Nach der sündhaften Ausgelassenheit streute man sich am Mittwoch, dem Anfang der Fastenzeit, Asche auf das Haupt. Dann begannen sie zu schweigen. Es folgten drei Tage Exerzitien, Einkehrtage. Einige konnten sich mit dem abrupten Wechsel nicht gut abfinden, zumal man während dieser Zeit nicht sprechen durfte. Christian jedoch behagte diese Beschaulichkeit. Man konnte viel lesen, wenn auch nur religiöse Literatur, und man hatte vor allem keinen Unterricht.

Die Fastenzeit hatte er als Kind anders erlebt. Weil sie eine bonbonlose Zeit war und man die erhaltenen Bonbons aufbewahren musste, entstand unter den Kindern ein grosser Konkurrenzkampf: Wer hatte die meisten Guetzli im Glas? Am Karsamstag wartete man lange vor den offenen Gläsern, bis die Osterglocken um 5 Uhr abends das grosse Gelage einläuteten. Nun verschwand Bonbon um Bonbon in den leeren Mägen. Das war aber gar nicht bon. Kämpfe und Magenkrämpfe liessen nicht lange auf sich warten.

Die acht Jahre an der Klosterschule waren zwar keine Fasten-, aber eine lange Zeit. Da sie gleichförmig verlief, erschien sie Christian in der Erinnerung als kurz. Heute hatte er Mühe, das alles zu verstehen. Aber es gab auch Positives. Einen eigentlichen Initiationsritus kannten sie nicht. Und Christian wurde vom «Klassentätsch», der gewaltigen und gewaltsamen, jedoch nachhaltigen und nachwirkenden Strafaktion gegen einen dem klasseninternen Verhaltenskodex sich nicht anpassenden und für den Klassengeist nicht förderlichen Schüler, verschont. Bei ihr schützte die Kutte wenig, und Christian war deshalb froh, nur Komparse, Zuschauer, zu sein. Er hatte sich ja angepasst, entsprach der Norm, hatte keine Ecken und Kanten, die geschliffen werden mussten. Es gab zwar einige wenige, die versuchten, ihr Revier zu markieren, aber wenn man sie kannte, wurde man mit ihnen ohne weiteres fertig.

Nach dem Mittagessen konnte er jeweils auf etwas Positives hoffen, wenn er vor der Präfektur die Post erwartete. Vielleicht trafen ja Süssigkeiten ein, von gütigen Händen sorgsam in ein Paket gelegt. So konnte er die dürftige Kost mit einem süssen Nachtisch ergänzen. Die Pakete erinnerten ihn an die Grosszügigkeit der Eltern bei der winterlichen Fütterung der Vögel.

Viel Freude bereitete ihm auch die Musik. Die Klänge der gewaltigen Orgel vor und nach den Gottesdiensten erfüllten ihn mit sonntäglichem Festgefühl und hallten lange nach. Und ein Mitschüler, der ein ausgezeichneter Pianist und Komponist war, spielte neben vielen bezaubernden Stücken auch die Klavierbearbeitung des Chorals «Jesus bleibet meine Freude», eines Werks von Johann Sebastian Bach. Christian lauschte jeweils, nachdem er sich in einen Raum begeben hatte, der an das Zimmer angrenzte, wo der Mitschüler übte. So konnte er zuhören, ohne zu stören. Er schätzte, im Unterschied zu Puristen, in dieser Komposition die kongeniale Verbindung von Barock und Romantik. Bachs Strenge wurde gemildert, und das Stück erhielt neue Klangfarben und dynamische Differenzierung. Für Christian verwies das fliessende Hauptmotiv auf den unaufhaltsamen Kreislauf des Lebens mit all seinem Lieben und Guten. Es drehte sich um einen innigen Cantus firmus, die Mitte, um die alles Lebendige kreiste. Und jede noch so jämmerliche Kreatur, sogar er, war angenommen. Jeder war im grossen Plan einer allumfassenden und umsorgenden Macht einbegriffen, konnte zuversichtlich und vertrauensvoll in die Zukunft blicken. Die Art, wie am Schluss das Forte in das Pianissimo bis fast zum gänzlichen Verstummen verhallte, versetzte ihn in eine Hochstimmung und erzeugte Glücksgefühle: Wie herrlich und reich an Schönem das Leben doch war! Christian hatte so für sich Bach entdeckt, einen Komponisten, der ihn das ganze Leben begleitete und, dem Choral gemäss, seine Freude geblieben war. Bei dessen Musik, deren Qualität wohl nur einige späte Werke Mozarts erreichten, hatte er den Eindruck, dass er sie eigens für ihn komponiert hatte. Er wurde von ihr berührt, wie Adam von Gott an der Decke der Sixtinischen Kapelle. In Bachs Melodik und Harmonik fand er die ihm gemäße Ordnung. Das war seine Sphäre: »Die Sonne tönt nach alter Weise in Brudersphären Wettgesang (…). Die unbegreiflich hohen Werke sind herrlich wie am ersten Tag.«

Felix, du und deine Musik, ihr habt euch gefunden. Da hast du dich gespürt, hast etwas zugelassen, da hat etwas den engen, aber auch schützenden Panzer gesprengt.

In höheren Sphären wandelte er auch an den Vakanztagen, freien Tagen, an denen sie Bergtouren unternahmen und im Frühling auf rutschigen Jacken Hunderte von Metern die Schneehänge hinunterglitten, wobei erstaunlicherweise keiner verletzt wurde.

Erfreulich war, dass das Klostertor, die einzige Lücke in der massiven Klostermauer, tags immer offen war, auch wenn Christian unerlaubterweise in den Ausgang ging. Dieser war nur am Donnerstag- und Sonntagnachmittag erlaubt.

Trotz der Enge und der religiösen Indoktrination hatte er aber nie das Bedürfnis, dem Mief jahrhundertealter Angepasstheit zu entfliehen. Er fühlte sich im vielfältigen Kosmos seiner Klasse, seines sozialen Netzes, geborgen, nichts Schlimmes konnte ihm passieren. Sogar bei einem Ausgleiten auf einer sehr steilen Skipiste, das eine ungefähr zweihundert Meter lange Rutschpartie zur Folge hatte, so dass er glaubte, es sei aller Tage Abend, wurde er durch ein Netz aufgefangen, das ihn vor einem Sturz über Felsen bewahrte.

Wenn er heute der Irreversibilität der Zeit ein Schnippchen schlug, das Feld von hinten aufrollte und die Sanduhr umkehrte, musste er gestehen, dass sie innerhalb der Mauern in einer eigenen Welt lebten und ihnen vieles vorenthalten wurde. Das war ihm damals nicht bewusst. Er konnte sich dem Sog der Freiheit entziehen. Denn alles war genau geregelt, alles war vorgegeben. Man verlangte von ihm kein Ringen um Entscheidungen, er konnte Verantwortung ganz einfach abtreten. So bestand er das Internatsleben, diese Verwahrung auf Bewährung. Hatten sie das Himmlische Jerusalem einmal verlassen, lauerten Gefahren, und Unsicherheit machte sich breit. Ihm erging es draussen freilich nicht so, aber er hörte von andern. Er fragte sich, wie das seine Leidensgenossen an der nächsten Maturatagung sahen und was sie zu berichten hatten. Aber das würde er ja nicht mehr erleben.

Ihm hatten vor allem glatte Arme und lange Haare gefehlt. Er vermisste die «schöne gnädige Frau» des «Taugenichts». Nur einmal, in den Sommerferien, nachdem sie die Novelle von Eichendorff gelesen hatten, wurde er in einem Lebensmittelladen von sonderbaren Anwandlungen heimgesucht. Er suchte hier vergebens nach Steinfrüchten, die ihm mundeten. Sie lagen Christian besonders am Herzen, weil ein Steinkern die Samen schützte und unter Verschluss hielt. Beim Zahlen dann die Kassiererin, blaue Augen, elfenhaft. Sie schenkte ihm ein selbstzufriedenes Lächeln. Der Augenaufschlag gehörte ihm. Die Bluse war oben geöffnet, ein Knopf hing lose herab. Sie verbarg zarte Knospenbrüste. Darunter elfenbeinerne Alabasterhaut. Die feingliedrigen Hände krallten sich in den unförmigen, gefurchten Brotlaib. Noch ein Aufschlag der pechschwarzen Wimpern als Abschied. Sie hatte ihn beachtet. Wie hatte er das verdient?
O ihr weissen Arme der Nausikaa!
Trunkner Schauer

Er versucht das Bild zu retten, rauscht nach Hause in die Wohnung, die für einmal leer steht.

Schuhe aus, Hosen weg, Schublade auf.

Hastig reisst er die blaue Mappe an sich, öffnet den Deckel, zerrt die Blätter über mittelalterliche Mystik, die als Tarnung dienen, heraus, und da ist es, das blitzblanke Hochglanzheft.

Fast hat er die Türe vergessen. Sie ist fest verschlossen, der Schlüssel lässt sich nicht stärker nach links drehen.

Das Sonnenlicht kann er jetzt nicht gebrauchen. Sachte lässt er die Jalousien herab. Es muss leise geschehen, das Quietschen ist verdächtig. Unten liegen die Rollläden eng an, kein Durchblick. Aber die Gitterstäbe an der Wand beunruhigen. Zu viel Licht, zu viel Öffentlichkeit! Ein letzter Ruck. Endlich Nacht.

Nun ist er soweit. Es gibt keine Vorbehalte mehr. Er streicht sanft über das schimmernde Titelblatt. Wo soll er das Heft aufschlagen? Gelbe Post-its am oberen Rand winken ihm zu. Er entscheidet sich für Marion. Sie blickt ihn traurig an. Ihn, der so gerne helfen möchte. Sie ist sicher arm, wird vielleicht sogar ausgebeutet, geschlagen. Sehnt sich nach Liebe, Geborgenheit. Nach jemand, der es wirklich gut mit ihr meint, der sie wirklich liebt. Nein, sie will keinen Draufgänger, keinen Herzensbrecher. Sie sucht einen verständnis- und liebevollen Freund.

Er drückt seinen Mund auf ihre Lippen und gibt sich ganz hin:

«Ein verschlossener Garten ist meine Schwester, [meine] Braut, ein verschlossener Born, eine versiegelte Quelle.
Wie schön ist deine Liebe, meine Schwester, [meine] Braut!
Wieviel köstlicher ist deine Liebe als Wein und der Duft deiner Salben als alle Balsamöle!
Eine Gartenquelle [bist du], ein Brunnen mit fließendem Wasser und [Wasser], das vom Libanon strömt.»
(Das Hohelied 4,10 ff., Altes Testament)

Christian ist erschöpft, aber zufrieden.
Und jetzt die Waschungen.
War das der «Miststock», die Irrungen und Wirrungen im sechsten Gebot?

Nächtige Schwermut, nebelverhangen

Felix, das ist für mich dunkel und befremdend

Seine Sehnsucht nach einer Frau wurde längere Zeit nicht gestillt. Oft schrie etwas in ihm. Aber es fand kein Gehör. Und er konnte sich nicht sagen: «Mein Herz ist unruhig, bis es ruht in dir.» (Augustinus). Er konnte sich gar nicht vorstellen, dass eine Frau etwas an ihm fand. Und seiner Schüchternheit und seinen Hemmungen war er nicht gewachsen. Er wagte nicht den ersten Schritt. Und den letzten schon gar nicht.

Der Klosterschule entwachsen, hatte er sich einmal ein Herz gefasst und sich im Raucherwagen eines Zuges im gleichen Abteil wie eine adrett angezogene junge Frau niedergelassen. Wie sollte er das Gespräch beginnen? War das Wetter ein Thema? Oder sollte er sie um Feuer bitten? Schliesslich seine Frage: «Wohin fahren Sie?» «Nach Zürich». «Eine interessante Stadt». «Ja, aber etwas lärmig». «Wohnen Sie dort?» «Ja, leider». «Möchten Sie lieber auf dem Land leben?» «Ja, aber dann wäre der Arbeitsweg lang.» «Was arbeiten Sie?» «Verkäuferin». «Gefällt Ihnen dieser Job?» «Ja, schon. Etwas muss man halt machen.» Er schaute hinaus, stellte aber fest, dass er diese Landschaft hinreichend kannte und dass er jetzt etwas sagen sollte. Er hatte den Faden verloren, und die Fragen waren ihm ausgegangen. Ähnlich wie den Menschen auf Sumatra, die fünf bis sieben Standartfragen auf Lager hatten, beginnend mit: „Hallo, Mister, how are you?" Aber nicht wie Journalisten, die so oft Zusatzfragen stellten, bis sie die von ihnen gewünschte oder erwartete Antwort erhielten.

Bei den Indonesiern war die Strategie wegen der mangelhaften Englischkenntnisse eingeschränkt. Bei ihm waren es nicht die Sprachkenntnisse. Vor allem fehlte ihm der Mut, nach Telefonnummer oder Adresse zu fragen. In Bern verabschiedete er sich höflich, liess sich aus dem Zug spucken und überliess sich seiner Trauer. Die Frau blieb eine ephemere Erscheinung.

Er dachte wieder an die schöne Nausikaa. Sie, die Königstochter, hatte dem schiffbrüchigen Odysseus Erste Hilfe geleistet, bis Alkinoos, ihr Vater, ihn gastfreundlich aufnahm. Er war der König eines Volkes, das sich mit Pfeil und Bogen wenig zu schaffen machte, aber tüchtige Seefahrer hervorbrachte und Kunst sowie Gastronomie hochhielt. Er stahl so Achilles und Hektor, den Helden von Troja, die Show. Auch deshalb lag seine Tochter Christian am Herzen. Im Griechischunterricht hatte man das freilich anders erzählt.

Zuhause hatte er Bilder von attraktiven Frauen. Doch er wusste nicht, ob die Frau seiner Träume auch wirklich seine Traumfrau war.

Unerfahren und ungeschickt, fühlte er sich im Umgang mit Frauen, dem starken Geschlecht, schwach und unsicher. Er war auf diesem Parkett etwa so geschickt wie ein Elefant, der einen Tango tanzte. Immer zwischen Angst und Sehnsucht hin- und hergerissen, taumelte er und machte sich dabei lächerlich. Seine Schüchternheit war ihm aber nicht nur abträglich, wie Frauen ihm nachträglich berichteten.

Christian hatte als Kind Maria zur Schönsten und Liebsten auserkoren. Die reinen und makellosen Züge der Marienstatuen gefielen ihm. Besondere Verehrung wurde der Muttergottes an der Marienandacht vor einer linden Mainacht zuteil. Hier wurde auch die Lauretanische Litanei gebetet.

Von den Mariendarstellungen beeinflusst, hatte er eine besondere Vorliebe. Die Frau wurde für ihn erst zum anderen Geschlecht, wenn sie lange Haare trug. Würde er das lauthals verkünden, verwiesen ihn fromme Katholiken auf Mariae Verkündigung, mit der Bemerkung, über Maria sei der Heilige Geist gekommen, er aber sei von einem Geist erfüllt, der die Frau auf ihre Fraulichkeit reduziere. Es gäbe sicher auch Feministinnen, die ihre kurzen Haare raufen und aufbegehren würden, weil sie für ihn nicht begehrenswert wären.

Nun, nach der Matura, öffnete er das Tor in den Garten der Lüste, um Blumen zu pflücken. Er gab der Versuchung nach, in diesen verbotenen Gefilden zu verweilen, und suchte, allen manichäischen Anwandlungen zum Trotz, nach Frauen, die äusserlich bestens ausgestattet waren.

Man merkt, dass dieses Thema in deinen Kreisen noch zu Beginn der Siebzigerjahre tabu war.

Wenn er sein Palmares unter diesem Gesichtspunkt betrachtete, stellte er Promiskuität und eine Steigerung fest. Eine Steigerung von ich- zu dubezogener Nabelschau, von einer Vertikalität zu einer Horizontalität und von geistigen Höheflügen zu einem Kriechgang in den Niederungen.

Dabei orientierte er sich vorerst an Schimären, wurde von schwülen Gefühlen und kitschigen Phantasmagorien heimgesucht: Er liess sich vom Brodem einer Hyazinthe betäuben, von Brokat mit goldenen Fäden entzücken, von der Broderie eines leichten Gewandes hinreissen, vom brodelnden Feuer bezaubernder Augen entflammen. Er bemühte sich dabei, zu charmieren und einen Galan abzugeben. Wenn er sich die Frau aber nicht mehr als Projektion einer Laterna magica erträumte, sondern ihr begegnete, von Angesicht zu Angesicht, wurde aus dem «beatus ille homo», dem Seligen, ein Trübseliger.

Durch die Verkennung wahrer Werte wurde er schuldig, als er eine Frau zurückwies, die ihn innig liebte. Sie war Kinderkrankenschwester, träumte vom grossen Glück der Mutterschaft, von Sternen am heiteren Himmel, davon, Grenzen zu überschreiten, ihr Schicksal mit anderen zu teilen, zu verschmelzen, sah Funken sprühen, während sie sich darauf beschränken musste, hilfsbereit und beliebt zu sein, gebraucht zu werden, Dankbarkeit als Lohn. Wenn ihr die Wohnung zu eng wurde und sie getrunken hatte, brach sie auf, fuhr durch die Gegend, hielt Ausschau, atmete freier, bis sie sich bescheidete und heimkehrte.

Wenn er andere Frauen traf, beruhigte er sein schlechtes Gewissen mit dem Wunsch seines Urologen, er möge ein befriedigendes Sexualleben führen und seine Libido nicht verkümmern lassen.

Gib dich nicht so dämlich!

Eine, die von weit herkam, traf er ganz in der Nähe, er musste also vorsichtig sein. Was dachten die andern? Wenn er von den bildlichen Darstellungen Marias in den Anrufungen der Lauretanischen Litanei ausging, war sie nicht der starke Turm Davids, sondern mit ihrer grazilen Gestik die geheimnisvolle Rose. Er sah ihren Schmollmund und die Stupsnase auf der Terrasse eines Kaffees. Da lag etwas drin, die wollte er haben. Aber wie? Sein Herz pochte zum Zerspringen, und seine Gedärme zogen sich zusammen. Aber sie liess ihn trotz allem Zaudern nicht mehr los. Vielleicht erwiderte sie seine Blicke. Nichts geschah. Sollte er ihr einen Drink anbieten? Aber das war zu auffällig. Vielleicht hatte es Gäste, die ihn kannten und die er nicht bemerkte. Und eine Zigarette konnte er ihr auch nicht anbieten, sie rauchte ja nicht. Er zahlte und begab sich in ihre Richtung. Beim Vorbeigehen richtete er seinen Blick nochmals demonstrativ auf sie, aber sie hatte anderes zu tun. Etwa nach hundert Metern hielt er inne und überlegte sich das Ganze noch einmal. Schliesslich stürzte er sich in der Hoffnung, ihm werde schon etwas einfallen, mit Todesverachtung in die Schlacht - eine Amazone war sie ja nicht, sondern eine zierliche Afrikanerin. Dann hub er an zu sprechen, wie Odysseus vor der weissarmigen Nausikaa, und ohne ihre afrikanische Provenienz und den dunklen Teint zu bedenken, quoll es aus ihm heraus: «Ich fühle mich allein, darf ich mich zu Ihnen setzen?» Jetzt hatte er gesprochen, jetzt war alles anders, der Jungvogel hatte sich in die Tiefe gestürzt, und nun wollte er sich seinem Schicksal ergeben; er war auf eine missglückte Landung und einen Aufprall gefasst. Sie aber fällte nicht das von ihm erwartete Urteil, das ihn vernichten sollte, zeigte ihm nicht die kalte Schulter, sondern lächelnd eine Hand, die auf einen Stuhl zeigte, und fragte ihn nach seinem Namen. Sie gab sich als Mariem aus Senegal zu erkennen und teilte ihm mit, dass sie in drei Tagen die Schweiz verlassen und in ihre Heimat zurückkehren müsse. Das Abenteuer, kaum begonnen, war also schon wieder zu Ende.

Eine Frau bzw. ein Mädchen sah er jedoch nach dem Aufenthalt im Internat regelmässig, seine sieben Jahre jüngere Schwester, keine Nachgeburt, sondern eine Nachgeborene. Als nicht in weiser Voraussicht geplantes Kind bereitete sie ihm wohl mehr Vergnügen als dem Vater. Christian erinnerte sich vornehmlich an ihre schwierigen Zeiten, als sie eine kaufmännische Lehre machte und sich von ihrem ersten Freund getrennt hatte. Damals, als er wegen den Studien noch bei seinen Eltern wohnte, bemerkte er mehrmals Spuren von Verbrochenem in der Toilette. Auch fiel ihm auf, dass sie oft auf die Toilette ging. Mehrmals glaubte er, sie erbrechen zu hören, besonders nachdem sie Süssigkeiten gegessen hatte, die sie, wie er feststellte, oft einkaufte. Als er sie deswegen zur Rede stellte und fragte, ob sie Magenprobleme habe, antwortete sie mit ihrem spitzen Gesicht, den schmalen Lippen und mit glasigen Augen spitz, sie sei zu dick. Er entgegnete, sie solle sich nicht so viel Süsses genehmigen. Das Leben sei verschissen; wenn sie esse und breche, fühle sie sich nachher besser. Ob sie nicht einen Psychiater oder Psychologen aufsuchen wolle. Das bringe doch nichts. Sie habe in ihrem Büro einen Kollegen, der sie mobbe, der immer alles besser wisse. Er wollte über ihre Ess- und Brechsucht nicht den Stab brechen, ihr die Übelkeit nicht übelnehmen. So konnte sie, mit gebrochenem Herzen, der die Büroarbeit zum Kotzen war, ihren Ärger herauskotzen. Aber er verstand nicht, wie man eine Lösung gewaltsam herbeizuführen suchte, indem man sich Gewalt antat. Er konnte sich auch nicht erklären, warum sie in diesen Strudel hineingezogen worden war. Er wollte jedoch nicht weiter auf sie eindringen und stellte seine Fragerei ein. Später bat sie ihn mehrmals, sie bei Konzerten zu begleiten. Trotz seiner Vorbehalte gegenüber Popstars erwies er ihr diesen Dienst, denn er glaubte, dass sie, auf sich allein gestellt, die Agora, öffentliche Plätze mit grossen Menschenansammlungen, nach Möglichkeit mied. Seid sie verheiratet war und ein Kind hatte, gehörten diese Probleme der Vergangenheit an.

Vom Walking zurück und ermüdet, legte er sich hin. Auch der Rücken machte sich bemerkbar. Wieder hob er ab, diesmal im Gedenken an das pralle Leben auf einer Reise.

Bekannte hatten ihn gefragt, ob er nicht reise, da er ja nun Zeit dazu habe. Christian huldigt zwar nicht der Losung eines ihm bekannten Liedes: «Härgott, Härgott, mach ùm üsersch Ländli, i dr Noot as Wändli». Jetzt aber war Reisen für ihn Luxus. Früher war er oft unterwegs. Nun, nach den vielen Reisen in südliche Länder, war er anderer Meinung. Es folgte aber noch die Nachbearbeitung.

O Bogota. Du giltst wahrlich nicht als bigott. Es gibt wohl kein Verbrechen, das man dir nicht andichtet. Und doch bist du nicht von den Schlimmsten eine.

Zurück vom Stadtrundgang verlangten Christian und seine Gruppe von der Wache ihres Tracks Auskunft. Sie war weder belästigt worden, noch hatte sie etwas Verdächtiges gesehen. Alles Gepäck war unversehrt. Christian war froh, dass er es nicht vermisste. Auf seinen Reisen war es nämlich dreimal nicht angekommen, als er am Fliessband des Flughafens beklommen wartete. Aber er hatte Glück. Er bekam es jedes Mal, bevor er mit einer Gruppe die Reise auf dem Festland antrat.

Erst am nächsten Morgen fehlte ihnen etwas, allerdings etwas Wichtiges. Man hatte in der Nacht ihren Benzintank geleert. Während sie auf Nachschub warteten, betrachtete er die Slums gegenüber. Er war erstaunt, wie farbig sie waren. Blautöne herrschten vor. Er hatte sich das ganz anders vorgestellt.

In Venezuela wurden sie dann von der Polizei aufgehalten. Zum Glück machte sie nur Stichproben und liess sie bald ziehen. Sie waren ja keine Drogenkuriere.

In den Llanos die grosse Überraschung. Christian hatte von dieser Landschaft, dessen Tiefe ihn beeindruckte, vorher nicht gehört, und nun wimmelte es nur so von seltenen Vögeln, Capibaras, Kaimanen, Piranhas.

Als er die erste Anakonda sah und José, der drahtige, wettergegerbte Guide, ihn aufforderte, sie zu berühren, zögerte er. Aber sie hatte gefressen und machte jetzt einige Tage, wenn nicht Wochen Siesta. Also streckte er langsam seine Hand aus und streichelte sie. Sie fühlte sich kühl, rau und leblos an. Langsam und ruhig, fast elegant glitt sie nach einiger Zeit von ihrem schattigen

Hochsitz ins Wasser hinab. Was für Horrorgeschichten hatte Christian vorher nicht von diesen gewaltigen Wasserschlangen gehört! Und nun diese Sanftheit.

Und die Hilfsbereitschaft von José. Sie waren an Land gegangen, um seltene Hühner zu beobachten. Als sie zurückkamen, befand sich das Boot ungefähr zwanzig Meter vom Ufer entfernt. Sie hatten vergessen, es zu befestigen. José schlug, wegen der Kaimane, mit einem dicken Stock mehrmals auf das Wasser, so dass es hoch aufspritzte. Dann der Sprung ins Wasser, ungefähr dreissig kräftige Kraulbewegungen, und es dauerte endlos lang, bis José das Boot erklettert hatte. Erst jetzt wurde sich Christian seiner Anspannung bewusst. Sie wich nur allmählich. Schliesslich machte sich Erleichterung breit. José stieg wortlos aus dem Boot. Er hatte alles ruhig, gekonnt und mit der grössten Selbstverständlichkeit gemacht. Selbstverständlich war es auch für seine Begleiter. Sie waren nur mit sich selbst beschäftigt. Christian aber fiel José um den Hals, strich ihm über die Oberarme und drückte ihm die Hand.

Auch beim Fischen der Piranhas hatte José alles für ihn getan. Immer wieder liess Christian die Schnur mit dem Fleischstück ins Wasser gleiten. Keine Sekunde verging, erfolgte schon ein Ruck. Ein sofortiges Ziehen: Das Stück Fleisch war weg, aber vom Piranha fehlte jede Spur.

Überhaupt hatte er die Llaneros, Venezuelas Cowboys, ins Herz geschlossen. Sie waren herzliche Gastgeber und hielten sich bei ihren wehmütigen Gesangseinlagen nicht zurück. Der eine begann, mit rauer Stimme und von der Gitarre begleitet, der andere replizierte. Einen solchen improvisierten Gesangsdialog hatte Christian bisher noch nicht gehört.

Und dann die Höhle. Nachdem sie einige Hundert Meter eingedrungen waren, plötzlich ein ohrenbetäubendes Krächzen und Kreischen. Sie sahen an der Decke gräuliche, rabengrosse Vögel, die es nur hier gab und die in der Nacht auf ihrer Futtersuche die Höhle verliessen. Wie konnten sie ohne Sonnenlicht leben?

Das Dunkel setzte Christian nicht nur hier zu. Auf einem wilden Campingplatz wurde eines ihrer Zelte in der Nacht überfallen. Am Morgen fehlten aber nur Frottiertücher und Hemde.

Und dann war da noch die Spaghetteria am See. Sie, d.h. er und Karin, hatten für den Abend den Küchenjob übernommen und sich für Spaghetti Carbonara entschieden. Da das Wasser im Tank des Trucks nicht ausreichte, mussten sie in der Dunkelheit Seewasser holen. Die Spaghetti Carbonara wurden, wegen des etwas kleinen Topfs, karbonisiert, ein käsiger, beiger Brei, zu dem die andern gute Miene machten, den sie lächelnd und mit aufmunternden Worten herabwürgten. Als Christian später am Sketchabend diese Vorgänge, unter anderem mit lustigen Pflanzen-Fischlein, als skurriles Schattenspiel präsentierte, beglückwünschten ihn alle zur gelungenen Produktion. So wurde aus Misslingen Erfolg.

Aber solche Reisen hast du ja gar nie gemacht. Werden so Träume wahr?

Ein Erfolg wurde auch das Orinoco-Delta. Wieder einmal hatte er sich von der Gruppe getrennt und war auf eigene Faust weitergegangen. Christian erinnerte sich an das kleine Riesenotterjunge auf dem Camp des Holländers. Das herzergreifende Piepsen dieses allerliebsten Babys war ihm noch in den Ohren. Eine Nacht verbrachte es sogar in der Hängematte eines Campbewohners. Aber da war kein Mutterersatz. Und Christian fragte sich damals, wie lange es wohl diese Tiere, die faszinierenden Riesenotter, im Delta überhaupt noch gebe. Es war aber nicht dieser Gedanken, der ihn die vorherige Nacht im Camp schlecht hatte schlafen lassen, sondern schauerliche Töne aus dem Dschungel, der Lärm der

Brüllaffen. Einmal ganz nahe, dann wieder weiter entfernt. Sie waren mit ihren territorialen Ansprüchen im Recht.

Zurück in Tucupita, dem Ausgangsort, erfuhr er, dass soeben eine Gruppe ins Delta aufgebrochen sei. Der Frau des Organisators, einer India, ging sein Bedauern so nahe, dass sie ihren Bruder bat, ihn mit dem Boot zur Gruppe zu führen. Da es schon später Nachmittag war, mussten sie unterwegs bei einem Verwandten übernachten. Als sie in der Dämmerung den steinigen Weg zum Haus hochgingen, sah er, wie sein Gefährte einige Zeit die Kiesel betrachtete, dann einen Stock zur Hand nahm und damit mehrmals heftig auf den Boden schlug. Erst jetzt sah Christian das dunkle, längliche Etwas auf dem Weg. Er erfuhr, dass es eine der giftigsten Schlangen der Gegend sei. Am andern Morgen befand sie sich immer noch dort. Jetzt, in der Helligkeit, sahen die Überreste der kleinen Schlange unscheinbar aus und hatten jede furchterregende Wirkung verloren.

Fast unheimlich war es ihm aber wieder am Abend zu Mute, als er sich bereits bei der Gruppe befand. Sie gingen an einem breiten und stillen Gewässer an Land. Plötzlich tauchte eine dunkle Masse für kurze Zeit aus dem Wasser. Vorerst konnte er sich das nicht erklären. Erst später fiel ihm ein, dass es hier Seekühe haben könnte.

Nichts Unheimliches, aber doch Bewegendes spielte sich im Lichtkegel ihrer Lampe ab, als sie Brotkrümel von ihrer Mahlzeit dem aufgewühlten Wasser übergaben: ein taumelndes Getümmel von emporschnellenden, zappelnden, sich windenden und umschlingenden kleinen Fischlein. Hell und Dunkel, Gross und Klein waren in diesem Gewässer vereint oder bestanden nebeneinander.

Als er am folgenden Morgen mit Lorenzo, dem Guide, im Boot die Hängematten verstaute, sprachen die beiden andern Weggefährten, zwei Franzosen, mit Indios aus nahegelegenen Hütten.

Kaum hatte er aufgeblickt, hielten sie ein Kapuzineraffenbaby in den Armen. Sie hatten es für ungefähr 10 Dollars gekauft. Er konnte seine Entrüstung nicht verbergen. Schliesslich einigte man sich darauf, dass sie es einer Wildlife-Station in Tucupita vermachten, falls es eine gab. An eine Ausreise mit dem Jungen war ja ohnehin nicht zu denken. Nein, die traurigen Blicke, die runzeligen Fingerchen, die feingeäderten Ärmchen und das zitternde Köpfchen konnte er nicht mehr vergessen.

Erhellend jedoch die bunte Vielfalt der Tiere: das Blau der grossen Schmetterlinge, das Gelb-Weiss-Schwarz der Tukane, das Rot-Gelb der Aras hoch oben in den Bäumen.

Gegen Schluss nahm Christian mit ungläubiger Miene und skeptischen Blicken beteuernde Worte von Lorenzo entgegen. Sie enthielten zwei aussergewöhnliche Aussagen. Sein Vater war von einem Jaguar angefallen und getötet worden. Und: Auf der andern Seite des Deltas war ein Indianerschutzgebiet, das von niemand betreten werden durfte. Niemand komme von dort lebendig zurück. Zwei Beamte der Indianerschutzbehörde seien dort ein- und nie mehr aufgetaucht. Ob das nicht Gerüchte waren? Gefahr lag nun einmal wirklich nicht in der Luft.

Nicht ungefährlich war jedoch ein Vorfall einige Tage später, nachdem Christian sich wieder der Truck-Gruppe angeschlossen hatte. Sie fuhren gegen Abend an einen Waldrand, um dort die Zelte aufzuschlagen. Kaum hatten sie den mit kleinen Ästen übersäten Boden einer genaueren Prüfung unterzogen, erfolgte ein Schrei. Eine Kanadierin war von einer Schlange gebissen worden. Auf dem Boden windeten sich zwei kleine, unscheinbare Reptilien. Sofort die Suche nach einem grossen Stein oder dicken Ast, um eine der beiden Schlangen zu zermalmen. Christian wunderte sich über die Geistesgegenwart der Engländer und eines Australiers. Die Schlange war für die medizinische Behandlung der Frau, wegen des Serums, wichtig, überlebenswichtig. Diese hatte sich unterdessen beruhigt, atmete aber schwer. Ihr grosses Glück: Sie waren für einmal in der Nähe eines Spitals, nicht weit von Tucupita entfernt. Sofort wurde sie mit dem Truck eingeliefert. Später erfuhr Christian, dass sie über zwei Wochen im Spital verbracht hatte und noch nach vier Wochen nicht richtig gehen konnte. Er schämte sich damals. Bei ihm mischte sich Bedauern mit Schadenfreude. Er hatte sich wegen der Schlangen immer bemüht, feste, hohe Schuhe zu tragen, während andere, selbst der Fahrer, ihre nackten Füsse in Sandalen steckten und sich über ihn lustig machten.

Später der zweite Satz aus dem Klaviertrio D 929 von Franz Schubert. Das Hauptmotiv, am Anfang vom Cello gespielt, war von melancholischer Schönheit, löste Glück aus, das Trauer enthielt und so an Fülle gewann. Wie das Kerzenlicht dann besonders schön war, wenn es durch das Dunkel kontrastiert wurde.

In diesem Trio zeigte sich auch Schuberts Genie. Sein Melodien-reichtum war unerschöpflich und aussergewöhnlich, wenn man bedachte, dass er nur 31 Jahre alt wurde. Verglich man damit, was andere Komponisten, zum Beispiel Beethoven, Bruckner, Wagner in diesen jungen Jahren geschaffen hatten, war Schubert unerreicht. Was wäre wohl, wenn er noch 30 Jahre länger gelebt hätte? Nicht auszudenken. Vielleicht waren aber seine Schaffenskraft und die Lebensfülle dermassen, gleichsam konzentriert, dass er, erschöpft und ausgelaugt, nicht länger leben konnte.

Würde er heute leben, besetzte er während zehn bis fünfzehn Jahren, der Dauer seines Schaffens, die Charts der Hitparade. Ja, er hätte sie ganz für sich.

Schubert hatte offenbar nicht nur eine Kopfstimme, sondern gleich mehrere. Christian stellte sich dessen Gehirn als mikrokosmischen Akustikraum vor, wo jede Bahn oder jedes Feld eine eigene Melodie erzeugte. Und das ständig. Schubert musste also immer Notenblätter bei sich haben. Christian sah ihn kritzeln. Beim Essen, in der Kutsche, auf der Toilette. Dass dieser überhaupt noch schlafen konnte.

Christian sehnte sich nun nach Licht. Er ging auf den Balkon. Ein schimmernder Streifen am Himmel war durch dunkle Wolkenfetzen bedroht. Die sirrenden Schwalben fehlten noch, aber eine stolzierende Rabenkrähe tummelte sich auf dem Dach des gegenüberliegenden Hauses. Die Raben waren für ihn nicht Unglücks- oder Galgenvögel. Rabeneltern kümmerten sich fürsorglich und mit viel Geschick um ihre Jungen. Sie konnten sich mit ihren unterschiedlichen Lauten besser verständigen als manche Menschen.

Bei diesem Anblick hatte Christian ein Adlerküken aus einem Film mit Blutflecken auf seinem weissen Flaum vor Augen. Ein grösseres Junges hackte auf es ein, und das immer wieder. Bis es elendiglich zu Tode kam. Ein schlechtes Jahr, nicht nur für das Küken, sondern auch für die Mutter. Sie konnte nur ein Junges durchbringen.

Das Leid aller Kreatur. War das Gottes unerforschlicher Ratschluss? Die beste aller Lösungen?

«Der Mensch denkt und Gott lenkt» gehörte der Vergangenheit an. «Der Mensch denkt, dass Gott lenkt» kam der Wahrheit näher (frei nach B. Brecht).

Für Gläubige war Gott der Allgütige, der weise Schöpfer. Leid und Unglück der Menschen hatten ihren Sinn. Erfüllung wartete im Leben nach dem Tod.

Aber was war mit den Tieren? Diesen sprach das Christentum eine Seele und damit das Jenseits ab. Obwohl Bonobos zu 98 Prozent die gleichen Gene wie der Mensch hatten. Sie, die Probleme, Konflikte nicht mit Gewalt, sondern friedfertig und festumschlungen auf ihre unvergleichlich-sinnliche Weise lösten.

Christian musste wieder seine beiden Pflanzen begiessen. Die eine - sie hatte Nachmittagssonne - brauchte viel Wasser, die andere, ein Schattengewächs, wenig.

Was war Tier, was Mensch? Was war das menschenähnliche Wesen vor einer Million Jahren in Afrika?

Bisher hatte man nur an den Menschen gedacht. Hatten aber Primaten, im Unterschied zum Menschen, dem gewalttätigsten Säugetier, keinen Anspruch auf Linderung im Jenseits? Waren ihre Leiden und ihr Schmerz sinnlos? War das die weise Schöpfung des Allgütigen?

Theodizee der Tiere

Der persönliche Schöpfergott hatte sich verabschiedet, war nicht mehr glaubwürdig.

Christian, als Analytiker, hatte diesen Fall solange seziert und zerlegt, bis dieser in seine Bestandteile zerfiel. Aber er rätselte, ohne des Rätsels Lösung zu finden. Vielleicht war Gott das ganz Andere, das niemand kannte und niemand verkündete.

Etwas langatmig

Dass es aber ein anderes Leben nach dem Tod gab, für alle Lebewesen, auch für die Tiere, das wollte er, der Agnostiker, nicht ausschliessen. Er war immer auf der Suche nach Sinn, nach absoluter Gerechtigkeit gewesen. Christian hatte ihn aber nicht im Buddhismus gefunden, der ja mit seiner Inkarnation und dem Achtfachen Pfad einen ähnlichen Weg ging.

Aber wenn es ein Jenseits gab, konnte er dann bestehen? Uralte Ängste meldeten sich.

Also hast du doch Zweifel, Angst und alles, was dazugehört.

Fast alle seine Freunde waren gläubig. Aber wenn Verbundenheit zu Gebundenheit wurde?

Wer seinen eigenen Weg gehen wollte, musste ohne Hilfe auskommen.

Leichter Schwindel erfasste ihn.

Er hörte das gellende Lachen eines Spechtes:

OGOTTOGOTTOGOTTOG

Das alles wollte Christian Susanne sagen. Sie hatte ihm einst einen Brief geschrieben und darin ihre Anteilnahme an seinem Schicksal, einer weit zurückliegenden Krise, zum Ausdruck gebracht. Dass sie noch an ihn dachte und besorgt um ihn war, nachdem er sie viele Jahre nicht mehr gesehen hatte, berührte ihn sehr. Sie hatte ihm einen Flyer mit Daten von Einkehrtagen, Glaubenskursen und Meditationen beigelegt. Jetzt waren aber andere Zeiten angebrochen. Vor vielen Jahren hatte er noch in einem Kirchenchor gesungen.

Nun war er der, der er war.

Eine Ansichtskarte sollte es sein, zumal er fast jeden Tag von gemeinnützigen Organisationen Karten mit Einzahlungsscheinen erhielt. Sie füllten drei Schuhschachteln. In dieser letzten Woche würde er sie nicht aufbrauchen. Eine Karte wollte er Susanne also schreiben. Aber nicht die mit dem Dampfschiff.

Jetzt nahm er, da der Magen sich meldete, eine Salami zur Hand und setzte sich an den Küchentisch. Das Blut an seinem linken Zeigefinger, nachdem er schon eine beträchtliche Anzahl Rondellen geschnitten hatte, rief einen Spaziergang im Wald in Erinnerung.

Deine assoziative Logik ist gewöhnungsbedürftig.

Er war erstaunt, keine Rehe zu sehen. Plötzlich erblickte er von weitem einen Mann mit oranger Kopfbedeckung. Zuerst hielt er ihn für einen Waldarbeiter. Als er sich näherte, wurde ein Gewehr sichtbar. Also ein Jäger. Sobald Christian bei ihm war, hielt dieser einen Zeigefinger vor den Mund und bedeutete ihm, nicht weiter zu gehen und hinter ihn zu treten. Minuten verstrichen, bis Christian auf der gegenüberliegenden Seite unter den Ästen eines Baumes hohe schwarze Schuhe nach rechts treten sah. Dann wieder Stille. Plötzlich ein Rush nach links, und da war es, er konnte es fast nicht glauben, das Wildschwein. Ein Schuss knallte. Es blieb ungefähr fünf Meter von ihm entfernt stehen, fiel um und strampelte am Boden mit allen Vieren. Jetzt musste endlich der Todesschuss erfolgen. Der Jäger nahm sich Zeit, viel zu viel Zeit, trat zur Beute und schoss in den Kopf, so dass das Strampeln augenblicklich aufhörte. Blut ergoss sich über den Schnee. Christian wusste nicht, dass Blut so rot sein konnte. Und zugleich so lebendig. Es war seiner Meinung nach ein noch nicht ausgewachsener Eber. Erst jetzt wurde ihm bewusst, dass er zum ersten Mal in der Schweiz ein Wildschwein sah.

Allmählich kamen andere Jäger, die den Ort umzingelt hatten, zum Vorschein. Sie teilten ihm mit, dass es in diesem Wald sonst keine Wildschweine gebe, dass sie aber am Vormittag die Spuren gesichtet hätten.

Er hatte sich das etwas anders vorgestellt. Der Eber konnte sich nicht mehr suhlen. Er, Christian, aber schon. In seinen Empfindungen.

Am Abend bestaunte er den raschen Sonnenuntergang: Wenn die Sonne hinter den Bäumen verschwand, senkte sie sich so schnell, dass man eine Bewegung auszumachen glaubte.

Nachher hatte er noch seinen Bunten Abend: eine Literatursendung. Jemand vermerkte, dass das besprochene Buch gut sei, weil es modern sei. Heute könne man nämlich nicht mehr so schreiben wie früher. Heute sei eine poetische Sprache nicht mehr gefragt. Ein anderer verwechselte Typen mit Charakteren. Ein Dritter machte auf Klischees aufmerksam. Bei der folgenden Besprechung wurden diese als Ironie betrachtet. Weil man sie von dem bekannten Autor nicht erwartete. Offenbar war man hier mit der Buchkritik überfordert. Da wurde alles durcheinandergewirbelt, wurden Fiktionales und Reales, fiktiver Erzähler, impliziter und realer Autor vermischt. Textimmanenz war für die Gesprächsteilnehmer offenbar ein Fremdwort. Man huldigte dem realen Autor und brüstete sich auch noch, ihn getroffen zu haben. Oder man gebärdete sich als Pseudopsychologe: Wie entwickelte sich eine Romanfigur? War das Geschehen glaubwürdig? Bezeichnenderweise wurden von den Gesprächsteilnehmern, diesen «Experten» für fiktionale Texte, am Schluss als Lektürevorschläge nur Sachbücher genannt. Sie waren offenbar mit den faszinierenden Möglichkeiten der Fiktion zu wenig vertraut oder wandten bei der Beurteilung von Belletristik die gleichen Kriterien an wie bei Sachbüchern, was dem vorausgehenden Gespräch entsprach. Vielleicht hing das damit zusammen, dass Literaturwissenschaftler untervertreten waren. Es kam Christian vor, wie wenn für ein Programm über physikalische Phänomene Chemiker eingeladen würden. Die Sendung war zwar unterhaltend, wurde ihm aber doch etwas zu bunt. Er schaltete den Fernseher ab und begann mit den Vorbereitungen der Nachtruhe. Da er den Eindruck hatte, das Grosshirn drücke massiv auf seine vordere Schädelhöhle, massierte er seine Stirn, damit der Schmerz nachliess.

Und Gott sprach: Es werde eine Wölbung mitten in den Wassern, und es sei eine Scheidung zwischen den Wassern und den

Wassern! (…) Und Gott nannte die Wölbung Himmel. Und es wurde Abend, und es wurde Morgen: ein zweiter Tag.

Heute wurde er durch Lärm früh geweckt. Ein Nachbar liess die Jalousien mit solch aggressiver Wut niederdonnern, dass er aufschreckte. Weil Christian den richtigen Dreh nicht heraushatte und ihm männliches Durchsetzungsvermögen fehlte, beschränkte er sich darauf, die Storen möglichst langsam und leise hinuntergleiten zu lassen. In seiner «Achtsamkeit» hatte er es sich auch angewöhnt, sich über Vorzüge von Konkurrenten und Rivalinnen des Gegenübers nur soweit auszulassen, als es sich nicht in Frage stellen musste.

Das stimmt.

Er bemühte sich ausserdem, Vielrednern am Telefon zuzuhören, während er sich eine Sendung ohne Ton ansah. Dabei begann es aus ihm heraus zu sprechen, ohne dass er wusste, was da kommen sollte, gleichsam ohne sein Zutun, und er munterte sie durch die üblichen Verstärker zum Weiterreden auf.

«Empathie» liess er heute aber sich selber zukommen. Er wollte sich einen schönen Tag gönnen, plante deshalb einen Ausflug in seine Schlucht und legte bereits seinen Rucksack vor die Türe, damit er ihn später nicht vergass.

Als er nach dem Frühstück das Haus verliess, wandte er sich dem samtenen Blau des Himmels zu. Wenn er jetzt aufs Land fuhr, konnte er noch auf etwas Sonne hoffen.

Zuerst ein Halt vor einem Rotlicht. Es war grün, aber das Auto vor ihm fuhr nicht an. Offenbar war der Lenker am Diskutieren und meinte, er sei allein auf der Strasse. Weiter hinten ein Hupen, so dass Christian zusammenfuhr. Ungehaltene Fahrer konnte er jetzt nicht gebrauchen.

Später hielt er an, um einem Lenker auf einer rechten Seitenstrasse den Vortritt zu lassen. Keine Geste des Dankes.

Dann in der Schlucht. Er liebte diese Urlandschaft. Eine urzeitliche Gegend hatte er schon in Island gesehen, als er von Norden quer durch die Insel nach Süden fuhr: Eine grosse Ebene, in die Gletscher mündeten. Dabei kam ihm ein Bild von der Eiszeit in den Sinn. In Island fehlte nur das Mammut. Ein Teil dieser Route bestand aber aus Steinwüste und gefiel Christian deshalb weniger.

Hier, in der Schlucht, fiel ihm das Steinmosaik auf. Es sprang ihm sofort in die Augen und machte, weil dieser Teil bereits an der Sonne lag, einen „blendenden Eindruck". In seiner Struktur entsprach es Christians strukturierten Tagen.

Zum Glück musste er diesmal nicht den Bach durchqueren. Er gedachte eines Ausflugs. Damals, im November vor mehr als 30 Jahren, spielte ein Freund von ihm Christophorus und trug bei der Durchquerung eine glückliche Frau wie einen umgeschnallten Rucksack über das Wasser. Dieses war so kalt, dass Christian seine Füsse am Ufer warm erschienen. Immerhin war er unversehrt. Nicht wie vor noch längerer Zeit. Damals, in der Klosterschule, ging er an einem „Vakanztag" mit einem Klassenkameraden einen Bach entlang, als beinahe der schlimmstmögliche Fall eintrat und er nach einem gewaltigen Sprung über das Wasser auf einem grossen, runden, glitschigen Stein ausrutschte. Er fiel im Handumdrehen und blitzschnell, kurzerhand Hals über Kopf oder kopfüber, auf den Stein und musste unverrichteter Dinge zusehen, wie er sich die Stirne blutig schlug. Er erinnerte sich noch an das viele Blut in den Augen und wie er rotsah. Die Wunde musste genäht werden. Nicht auszudenken, wenn er gegen einen spitzen Stein gefallen und ein Auge verletzt worden wäre.

Auf dem Rückweg warf er einen Blick auf zwei reglose Forellen in einer Rinne. Der Weg war schmal und steil. Christian, im Zeichen des Steinbocks geboren, konnte die Serpentinen sicher erklimmen, indem er, der Zentrifugalkraft misstrauend, den Pfad genau fixierte, versuchte sich im Lot zu halten und nicht auf die Seite schaute.

Die steile Kluft erinnerte ihn an eine andere Kluft, eine Uniform. Als er mit 19 zum Soldaten und damit zum Mann wurde, bot ihn der Staat zur Aushebung auf. Er meisterte den 80-Meter-Lauf mit Bravour, obwohl er ihn auf einem Naturweg mit vielen Kieseln absolvieren musste. Trotz dieser Glanzleistung wurde er wegen seines deformierten Rückens, wie oben erwähnt, nur dem Hilfsdienst zugeteilt, was seiner Mannhaftigkeit in den Augen anderer nicht förderlich war; er wurde nur zum halben Mann befördert und in ein Sanitätsdetachement des Hilfsdiensts eingeteilt. Er war jedoch froh, keine Waffen tragen zu müssen, zur Dienstverweigerung war er zu feige. Nicht wie sein Freund Andreas, dessen Gerichtsversammlung sich bezeichnenderweise in einem Schloss abspielte, das früher als Gefängnis gedient hatte. Der Auditor sprach über die Köpfe hinweg, würdigte das Auditorium keines Blickes und liess sich nicht aus der militärischen Fasson bringen. Der Verteidiger schilderte wortreich die pazifistische Haltung des Angeklagten: Sogar Fliegen, Wespen und Kakerlaken liess er leben. Eine Mücke tötete er nur, wenn sie ihn gestochen hatte und, weil sie eine Wiederholungstäterin war, die Gefahr eines erneuten Stiches bestand. Der Verteidiger erwähnte auch seinen tiefen Glauben, Quelle seines christlichen Lebenswandels und seines Nonkonformismus, der sich unter anderem darin zeigte, dass er fast seinen gänzlichen Besitz verschenkt und, zum Eremiten bestimmt, sich für einige Zeit in eine tiefe, enge Schlucht zurückgezogen hatte, wo er meditierte und das Leben eines Einsiedlers fristete.

Offenbar hatte der Auditor gut zugehört. Der Verwirklichung ethischer Gesinnung und der Vorspiegelung richtiger Tatsachen angeklagt, erhielt der Freund sieben Monate Gefängnis. Sobald das Urteil gefällt war, ertönten Pfiffe. Es war jedoch weder eine

Militärkapelle anwesend noch Fastnacht. Deshalb wurden die beiden Störenfriede, die ihren Unmut musikalisch und friedlich kundgetan hatten, von zwei Polizisten sofort dingfest gemacht und für zwei Tage in Haft genommen. Peter, ein Bankangestellter, begründete die zweitägige Absenz in seiner Bank mit Schwindelgefühlen. Christian aber wurde sich seiner Feigheit bewusst. Er hätte als Student die Absenz nicht rechtfertigen müssen. Aber er zog den geschmeidigen Gang auf dem Weg des Kommerzes und der Konventionen vor. Er war immer noch nicht zum Mann geworden.

Nicht wie Andreas, der dadurch nicht irritiert wurde und den er noch vor dem Prozess in der Schlucht, wo dieser die ihm eigene Welt fand, besucht hatte. Schroffe Felsen ragten auf beiden Seiten in den nur wenig preisgegebenen Himmel. Christian war umgeben von mächtigen Felsbrocken, auf denen nicht selten verkrüppelte Tännchen genügend Erdreich fanden, um zu überleben. Andreas überlebte hier in einer ungefähr 3 Meter breiten und 4 Meter langen, von ihm gezimmerten Holzkonstruktion, die mit Plastikplanen überspannt war und wegen der Feuerstelle einen Rauchfang enthielt. Daneben floss ein Bach vorbei, der hier nur murmelte, weiter unten gluckerte und dann über eine Stromschnelle stürmte, bevor er sich durch eine enge Pforte zwängen musste. Erreichbar war dieser Ort nur auf einem kaum sichtbaren Pfad, der halsbrecherisch um Felszacken führte und nur Eingeweihten vertraut war. Diese urwüchsige Landschaft war nur vom Dahinplätschern des Baches und gelegentlich vom Schrei eines Bussards oder Milans erfüllt.

Ungefähr 30 Jahre später, an einem öden Wintertag, traf Christian seinen ehemaligen Weggefährten, der von einigen für bizarr gehalten wurde, aber nie geckenhaft auftrat, mit einem Gehstock im Zug. Die blossen Füsse in Sandalen, mit schulterlangem Haar, braungebranntem, wettergegerbtem Gesicht, treuherzigen Augen und strahlend wie eh und je reichte er Christian eine schrundige Hand. Wie es ihm gehe. Gut. Er müsse heute zu einem Alternativmediziner, er habe Knochenkrebs. Das sei sicher schlimm. Vor vier Jahren, als ein Arzt die Diagnose gestellt habe, schon. Er habe ihm damals noch ein Jahr gegeben. Wie er, Christian, sehe, lebe er aber immer noch, obwohl er sich keiner Chemotherapie unterworfen habe. Er nehme jetzt auch keine Schmerzmittel mehr. Dem sei ein längerer Prozess vorausgegangen, er habe ziemlich an sich arbeiten müssen. Jetzt sei er glücklich, könne zwar nicht mehr gut gehen, aber sonst fehle es ihm an nichts.

Christian bewunderte seinen Lebenshunger. Er hätte gerne gewusst, ob Andreas immer noch hungrig war oder ob die Krankheit seinen Willen gebrochen hatte.

Auf der Rückfahrt bemerkte Christian schon von weitem das Haus eines seiner Professoren. Es war, wenn auch etwas kitschig, so doch ganz hübsch. Es besaß, wie ein Schlösschen, ein rundes Türmchen und neoromanische Kirchenfenster mit Butzenscheiben. Weiß verputzt, eine Kombination von geistlichem und weltlichem Mittelalter, strahlte es Sanftmut aus und war umrahmt von Blumenfeldern. Als er das holde Mittelalter von nahe betrachtete, stellte er fest, dass es sich bei den Blumen um gelbe Primeln und artig nickende Schneeglöckchen handelte.

Schnupperst du wieder Luft von früher? Frühere Orte wirken offenbar inspirierend auf dich.

Christian hatte es nämlich, im Unterschied zu Andreas, der Möbelschreiner war, nach der Matura mit Professoren zu tun. Die Universität, ehrwürdig, gesetzt und behäbig, war nicht vom 68er Fieber erfasst. Er belegte Geschichte als Haupt- und Literaturwissenschaft als Nebenfach. Als Historiker eignete er sich seine Relativitätstheorie an, nach der es oft unsinnig war, Traditionen und Konventionen aufrechtzuerhalten, auch wenn sie althergebracht waren, weil eben alles zeitbedingt war und deshalb ständig hinterfragt werden musste. Leider beschränkte man sich auf Historien, chronologische Ereignisgeschichte, während die Entwicklung der Menschheit ja eigentlich alle Bereiche des menschlichen Lebens erfasste. In der Literaturwissenschaft lernte er genaues und kritisches Lesen. Man machte sich Gedanken über die Literarität von Texten, die Mechanismen und Mittel, mit denen der Leser gegängelt wurde. Analytisches Denken vermisste er aber, wenn Literatur an der Öffentlichkeit verhandelt wurde. Die Literaturwissenschaft verharrte im Elfenbeinturm, schwieg und überliess das Feld anderen.

Er verbrachte die Zeit ausserhalb der Vorlesungen vor allem damit, Arbeiten zu schreiben. Wenn er lange am gleichen Thema arbeitete, hatte er manchmal - und das galt besonders für die Lizenziatsarbeit - den Eindruck, alles, was er schreibe, sei banal. Dann war es nicht leicht, die Blockade zu überwinden und sich neu zu motivieren. Manchmal musste er sich hinlegen. Einmal, bei einer Seminararbeit, war er so wenig von seinem Geschreibsel überzeugt, dass er es nicht mit der Maschine schreiben konnte und die Kladde einem Kollegen zur Niederschrift gab. Er erhielt für die Arbeit eine gute Note.

Sein Hauptaugenmerk galt aber dem Studium als Vorbereitung auf seinen späteren Beruf. In der Didaktik lernte er, wie man die perfekte Lektion planen konnte. Die Lernziele waren korrekt formuliert, die Sozialformen abwechslungsreich, die Zeit auf die Minute genau eingeteilt. Schaubilder veranschaulichten die abstrakte Materie, sodass alle Schüler wissbegierig und hoch motiviert nach dem Höchsten strebten. Dass Lehrer mit den Schülern und diese mit den Lehrern Probleme haben könnten, wurde ausgeschlossen. Wenn Schüler nicht bei der Sache waren oder den Unterricht störten, hatte der Lehrer Ausbildung und Beruf verfehlt.

Eine neue Dynamik fand Christian nach der Matura in einer Jugendgruppe, die Aktivitäten für Jugendliche organisierte und dabei auch katholische Gottesdienste durchführte. Ob diese Messen kirchentauglich waren, bezweifelte er. Es war sein letzter Versuch, der Kirche neues Leben einzuhauchen. Wegen ultramontanen Zwängen und lebensfremden Erlassen der Hierarchie kehrte er ihr alsbald den Rücken zu.

Einmal teilte er fast tausend Jugendlichen der Region einen achtseitigen Frageborgen aus, der ihnen den Puls fühlen sollte. Für die Auswertung verbrachte er mit andern zusammen eine Woche in den Bergen, weil er dafür frische Luft benötigte. Sie ergab, dass die Jugendlichen in einer andern Welt als die braven und regelmässigen Kirchgänger lebten. Sie waren für die katholische Kirche zu jung und hatten sich von Mutter Kirche, die in der theologischen Tradition als Braut Christi bezeichnet wurde, aber nichts Weibliches an sich hatte, abgenabelt.

Die Gruppe war auch an der Renovation eines Jugendzentrums beteiligt. Christian erzeugte mit dem Kompressor ohrenbetäubenden Lärm und baute eine Mauer, die wenig professionell gelang: gerade sah anders aus. Hier erkannte er erstmals, wie anstrengend diese Betätigung war. Er arbeitete für Gottes Lohn, wurde sich aber bewusst, wie wenig Bauarbeiter für diese harte Arbeit bezahlt wurden.

Die Zeit der frühen Siebzigerjahre, nach dem Aufenthalt im Himmlischen Jerusalem, war für ihn aber auch die grosse Befreiung. Er wurde ein Kind der 68er Revolution. Er wollte in ihrem Dunstkreis prometheisch den Himmel stürmen. Erstarrtes taute auf, Schleusen öffneten sich, Mauern wurden niedergerissen, Berge abgetragen, Brücken gespannt in eine Zukunft, die verheissungsvoll winkte.

Davon haben wir bei dir nicht viel gemerkt. Ist wohl die Wunschvorstellung eines alten 68ers.

Allmählich kam er aber zur Überzeugung, dass er sich seinen Träumen und Erwartungen verweigern musste. Wenn er am Ziel begann, sich auf einem Gipfel am Meeresstrand befand, in den Wald ging und dort die unendliche Weite einer Ebene fand, ein Haus betrat und von einer in der Ferne sich verlierenden Strassenschlucht umgeben war oder hinter einer potemkinschen Fassade in einem französischen Garten mit Springbrunnen verweilen konnte und wenn in der Nacht die Sonne das Dunkel durchbrach, kam er der Welt abhanden.

Träume konnten täuschen. Aus der Ferne bot sich ihm ein Traumbild dar. Das mit dem saftigen Grün der unteren Regionen kontrastierende strahlende Weiss und das Glitzern des Gletschers winkten ihm verheissungsvoll zu und lockten ihn zum Aufstieg. Doch je näher er dem Gletscher kam, desto mehr verlor er an Glanz. Harsche Gräben taten sich auf. Schliesslich erreichte er mühsam ein abweisendes Geröllfeld. Mit letzter Kraft bewältigte er kantige Steine und drang zur Gletscherzunge vor. Aber diese, verdreckt durch Moränenerde und -steine, hatte jeden Glanz verloren und wies ihn zurück. Die Ferne hatte ihn getäuscht, die Nähe enttäuscht.

Er war kein Phantast. Er wollte nicht abheben, verdrängte Sehnsüchte und suchte sich in praktischer Arbeit auf das Positive zu «fokussieren». Er sammelte zum Beispiel für eine Menschenrechtsorganisation auf Standaktionen Unterschriften. Dabei erwiesen sich seine Vorurteile als ziemlich haltbar: Frauen unterschrieben zum Beispiel eher als Männer, Junge eher als Alte. Deshalb stimmten seine Einschätzungen meistens, sodass er viele Volltreffer landete: Unterschriften mit Diskussion. Selbstgefällige,

Pressierte und Pikierte sowie grimmige und griesgrämige Frage- oder Ausrufezeichen belästigte er nicht und ließ sie in Ruhe. Er war zwar nur ein Tropfen auf den heißen Stein. Aber steter Tropfen höhlte ja den Stein. Und es war immerhin ein Tropfen. Dieser konnte für einen kleinen Käfer in der Wüste zum Überleben wichtig sein.

Auch körperliche Arbeit verschmähte Christian nicht. Er lernte eine harte und damit prägende Tätigkeit in einer Mosterei kennen, wo er in den Ferien acht Wochen arbeitete. Er musste am Fliessband stundenlang 1-Liter-Flaschen in Harassen versorgen oder diese auf Palettes stellen. Das musste im Eiltempo geschehen, das Fliessband wartete nicht. Am Abend war er so geschafft, dass er nach dem Essen sich nur noch auf das Sofa legen und fernsehen konnte, bis er einschlief. Manchmal hatte der Vorarbeiter mit ihm ein Einsehen und schickte ihn in einen Nebenraum, wo er einige Zeit mangelhafte Dichtungsringe aus Gummi von den Flaschenverschlüssen löste und neue anbrachte. Er hatte nicht gewusst, dass Dichtung so spannend sein konnte.

Am Nachmittag stattete er seiner Stadt einen erneuten Besuch ab. Er musste ja seine Einzahlungen machen und für Nachschub sorgen. Da er sich wegen der Wanderung in der Schlucht müde fühlte, nahm er das Auto. Es brachte ihm erneut kein Glück. Als er auf einer langen Geraden für einmal etwas schnell fuhr, musste er nach einer Kirche jäh bremsen, weil eine ältere Frau den Fussgängerstreifen querte. Sofort ein Blick in den Rückspiegel. Der Wagen, der seit einiger Zeit förmlich an seinem Kotflügel klebte, liess nicht auf sich warten: kein Quietschen der Bremsen, nur die Erschütterung des Aufpralls. Nun war es wieder soweit. Aber wo war der Schmerz? Er spürte nichts. Also musste er etwas machen. Da er den Motor abgewürgt hatte, drehte er den Zündschlüssel und oh Wunder, der Motor sprang an. Er hielt an und erkundigte sich nach seinem Hintermann. Das war ja fast ein krimineller Akt. Als er sein Auto auf dem Gehsteig geparkt hatte, stellt er fest, dass dieser keine Fahrerflucht begangen hatte, sondern ihm glücklicherweise redundant Red und Antwort stand. Dabei bemerkte er, dass der eigentliche Grund des Unfalls sich ihnen langsam näherte. Es war eine attraktive Blondine, die in einer Polizeiuniform steckte, den Verkehr beobachtet hatte und sich bei ihnen mit metallischer Stimme zu Wort meldete. Der Putschautist entschuldigte sich, machte keine Ausflüchte geltend, ausser dass er der Polizistin bedeutete, sie sei eigentlich die Ursache des Ganzen. Er sei nämlich aufmerksam gefahren, bis er sie bemerkt habe und von ihr auf Grund ihres nicht zu übersehenden Äussern abgelenkt worden sei, was seine konzentrierte Fahrweise beeinträchtigt habe. Er sehe jedoch davon ab, sie für den Sachschaden haftbar zu machen, da er einsehe, dass er auch zu einem kleinen Teil schuld sei. Er wisse jetzt, dass man sich von nichts, auch nicht durch eine aussergewöhnliche Erscheinung von einer korrekten Fahrweise abbringen lassen sollte. So wurde dieser Fall gütlich gelöst, der Wagen hatte nur einige Kratzer abbekommen, die jetzt ohnehin nicht mehr von Belang waren, und Christian setzte seine Fahrt in dem Bewusstsein fort, dass er diesmal glimpflich davongekommen war.

Weniger milde war ein Kollege von Christian gestimmt, als er von einem besonderen Erlebnis mit einem Raser erzählte. Er war gemütlich und zugleich vorsichtig eine Strasse in den Voralpen hinaufgefahren. Hinter ihm ein Wagen, der durch Hupen und Lichtsignale ihn zum Anhalten bewegen wollte. Als der Kollege das schliesslich bei einer Ausweichstelle tat, parkte der Verfolger sein Auto hinter dem seinen, verliess es, und bedeutete ihm, ebenfalls auszusteigen. Als er sich näherte, beschwerte sich der Schnellfahrer mit verkniffenem Gesicht und nach unten gezogenen Lippen lauthals, er sei nicht allein auf der Strasse, fahre wie ein Anfänger, müsste an seinem Auto eigentlich den L der Fahr-schüler anbringen und wurde sogar handgreiflich. Der Kollege flüchtete vor dem penetranten Kerl in seinen Wagen, konnte noch schnell die Plakettennummer aufschreiben und setzte seine Fahrt fort, nachdem der andere davongebraust war. Da er Klage eingereicht hatte, kam es zu einer Verhandlung vor dem Friedens-gericht. Dabei betonte der Richter gegenüber dem Angeklagten, dass der Kollege als Lehrer eine Amtsperson sei. Ihr müsse man mit Respekt begegnen, ihr gegenüber gezieme sich das erwähnte Verhalten nicht. Gerade mit Tätlichkeiten müsse man zurückhal-tend sein. Der Kollege war sich am Schluss nicht sicher, was ihn mehr geärgert hatte: die Heldentat des Rasers oder die Worte des Richters.

Neben der Polizistin waren in den Siebziger- und Achtzigerjah-ren noch andere Frauen nicht zu übersehen. Der Frühling er-wachte zuerst in der Jugendgruppe, wo Christian, der lauretani-schen Litanei entsprechend, weder die Zuflucht der Sünder noch die Pforte des Himmels, sondern den Morgenstern fand, eine Frau mit leuchtenden Augen, einem gütigen Mund, einer grazilen Ges-tik und einem federnden Gang. Einmal war er in der Badeanstalt, liess seine Blicke über die Lustbarkeit gleiten - goldene Haare, süs-ses Bangen - erkannte sie, wagte es aber nicht, sich neben sie zu begeben, also sein Badetuch neben das ihre zu legen. Er konnte doch nicht einfach; eine Abfuhr war ihm sicher. Er war kein strot-zendes Kraftpacket, sondern kraft- und saftlos, zeigte auch keinen knackigen Hintern.

Ein andermal führten sie in der Nacht ein Weihnachtstreffen oberhalb einer bewaldeten Schlucht durch. In der Annahme, dass es dort zu wenig Holz für Feuer gäbe, konnte er einen hilfsberei-ten Bauern dazu bewegen, mit Traktor und Wagen vorher eine

Ladung Holz hinzubringen. Als sie auf vollem, aber klapprigem Gefährt in der Nähe des Besammlungsortes ankamen, stellten sie fest, dass Berge dürren Holzes sie an der Weiterfahrt hinderten. Die Scham trieb Christian wieder einmal die Röte ins Gesicht, und er entschuldigte sich beim Bauern, der seine Entschuldigung mit einem Lächeln quittierte. In der Nacht stand oder genauer sass er mit dem Morgenstern namens Elisabeth bei einer Grotte Posten. Umgeben vom Lichtermeer der Kerzen, gaben sie sich der vorweihnächtlichen Stimmung hin. In ihm brannte es lichterloh. Sie aber hatte kalt. Was sollte er tun? Vielleicht konnte er ihr seine dicke Jacke anbieten. Aber dann war er bei der klirrenden Kälte zu bemitleiden. Die grösste Wärme konnte indes, wie er aus dem Physikunterricht wusste, durch Reibung erzeugt werden. Aber wie sollte er das anstellen? Er konnte sie doch nicht in die Arme nehmen und sich an sie schmiegen. Seine Kehle war zugeschnürt, die Stimme belegt. Während er weiter sinnierte, von wechselseitiger Osmose träumte und sich Mut einredete, tauchten Kollegen auf. Als sie von Elisabeths Empfindungen erfuhren, erklärte sich einer bereit, sie am Posten zu ersetzen. Sie konnte sich an einem andern Posten in einer nahegelegenen Kapelle nützlich machen. Und dann war sie weg und eine Gelegenheit vertan. Er hätte eigentlich ein Recht auf sie gehabt, hätte sich nicht zurückhalten müssen. Er hatte nämlich sie und eine andere Frau auf einer Bergwanderung mit einem dicken Zaunstock gegen einen aggressiven Widder verteidigt, der sie während ungefähr einer Stunde immer und immer wieder angegriffen hatte.

Einer Frau kam er auch während eines fünfmonatigen Sprachaufenthalts in London näher. Sie war Südkoreanerin, fragil und grazil, zeigte mit ihrem Schmollmund immer ein Mona-Lisa-Lächeln und schob mit einer gekonnten Bewegung das Haar hinter die Ohren, wenn sie auf Highheels heranstelzte. Er führte mit ihr im Englischunterricht Rollenspiele auf, die die Mitschüler belustigten und die Lehrerin zur Bemerkung veranlasste, er sei ein smooth talker. Er gefiel sich darin, ihren Ehemann oder ihren Bruder zu spielen. Nicht aber ihren Onkel. Mit diesem teilte sie, wie sie berichtete, eine Wohnung, und zu diesem kehrte sie nach dem Kurs zurück. An Weihnachten erhielt er später, als sie nach Südkorea zurückgekehrt war, von ihr immer die grösste Karte, die sie hatte auffinden können, und immer enthielt sie eine Vorrichtung, die er betätigen musste, damit Verborgenes sichtbar wurde. Geheime Botschaften enthielten auch ihre Briefe. Der Mann, den sie in London als ihren Onkel ausgegeben hatte, war ihr Geliebter und hatte sie verlassen. Was konnte ihr jetzt das Leben noch bieten? Die Sekretariatsarbeit war langweilig, ihr Zuhause auch. Nachdem sie ihm das mehrmals geschrieben und angedeutet hatte, sie würde gern in Europa leben, er aber nicht darauf einging, versiegten die Briefe. Er war einer Beziehung mit einer Asiatin nicht abgeneigt, aber was dachten die andern? Hatte er wieder einmal eine Chance verpasst?

Die nächste traf er bei einem Ausflug, als er sich in der Provence aufhielt. Sofort hatte er nur Augen für sie. Sie hatte eine blasse Hautfarbe, ebenmässige Gesichtszüge und zelebrierte ihre vollendeten Umgangsformen. Ihr blühender Kussmund hauchte ihm Vielversprechendes ein. Der Zufall wollte es, dass sie, eine Japanerin, die eine Europareise unternahm, am gleichen Tag in die Schweiz reiste wie er. Sie war allein und er war allein. Also nahmen sie denselben Zug. Wieder hatte der Zufall seine Hand im Spiel. Seine Eltern, bei denen er logierte, befanden sich in den Ferien, sodass ihr Haus leer war. Freiheit und Intimität waren somit als idealer Rahmen gegeben. Aber ihre Annäherungsversuche gediehen nicht weit. Apotheose waren verschränkte Hände bei einer Wanderung und innige Berührungen, als er sie über einen Bach trug. Das geschah aber nicht nach Mozarts Arie „Reich mir die Hand zum Leben". Grössere Nähe wagten sie nicht. Zeichen ihrer Verbundenheit war ein Briefwechsel und eine japanische Puppe, die sie ihm als Dank schickte. Trotz abenteuerlicher und langer Seefahrt erreicht diese ihn unbeschädigt. Doch das Eigentliche kam in ihren Briefen nicht zur Sprache. Die Japanerin war nicht zu packen, glitt ihm durch die Hände. So blieb sie jungfräulich und makellos wie die japanische Puppe, bis ihre Korrespondenz - Das im lateinischen Ursprung enthaltene „übereinstimmen" und „antworten" war nicht mehr gegeben - ein Ende fand.

Ich vermisse eine richtige Liebesgeschichte. Du erzählst hier nur Episoden mit verschiedenen Frauen, bei denen man nicht lange genug verweilen kann. So kann man sich nicht in das Geschehen hineinversetzen

Viel später, erst in den Achtzigerjahren, befand er sich in Jakarta. Er ging dort in ein modern konzipiertes, aber baufälliges Hotel, in dem ihm sofort mitgeteilt wurde, sie hätten Drogen. Das war aber nicht das, was er suchte. Beim Empfang begurrte ihn ein Täubchen. Eine Frau mit blaugesprenkeltem Kürzestrock, schwellenden Rundungen und sinnlichen Lippen schwebte leichtfüssig und mit wiegendem Gang heran und machte ihm schöne Augen. Er folgerte daraus, dass sie nicht abgeneigt war, in sein Zimmer zu kommen. Ein Gespräch mit ihr war, obwohl sie über eine wie mit Butter geschmierte Stimme verfügte, nicht einfach, weil ihre Englischkenntnisse sich in Grenzen hielten und sie das laute Geräusch der Klimaanlage übertönen mussten. Sie war in Sulawesi aufgewachsen, wohnte seit Jahren in Jakarta und kannte einen angesehenen Polizeikommandanten, der sie beschützte und den sie um Hilfe bat, wenn ihr Unrecht geschah. Die Frau, Linda, hatte als Macke, den Kopf oft nach hinten zu werfen, was Christian zu Beginn irritierte. Sie bewunderte seine blaugrünen Augen und schloss vielleicht deshalb durchschnittlich alle fünf Sekunden ihre schwarzen Rehaugen. Beim Beischlaf, seinem erstmaligen, vertraute er auf den Gummi, obwohl dieser in den Romanen nicht vorkam, weil sonst die dem Eros geweihte Stimmung getrübt wurde. Hier wäre diese Vorsichtsmassnahme aber nicht nötig gewesen, weil er so erregt war, dass die Ejakulation erfolgte, bevor er in die Frau eindrang, und er sich als Versager fühlte. Immerhin liebte er ihre sachten Berührungen an Brust und Beinen. Er dachte an zarte Wasserpflanzen, die ihn beim Schwimmen ganz sanft liebkost hatten. Beim nächsten Mal gelang der Beischlaf. Christian stellte zu seinem grossen Erstaunen fest, dass das Leintuch nass war, was ihn zu der Annahme veranlasste, Linda verfüge über genügend Autosuggestionskraft, um sich mit geschlossenen Augen einen attraktiven Partner vorzustellen. In der Nacht fand er wenig Schlaf, weil eine nahe Disco mit Lärm nicht zurückhielt und sich in den Pausen Geckos bemerkbar machten, die auf Mückenjagd waren. Die Reptilien waren jedoch klein, ganz im Gegensatz zu denen, die Tage später in einem Bungalow die Wände unsicher machten und die eine stattliche Länge von etwa 30 Zentimeter erreichten.

Als er Linda zu seinem vierwöchigen Ausflug nach Sumatra einlud, verbrämte sie ihre Absage mit Ausflüchten. Nach der Exkursion im Billighotel zurück, hielt er kribbelig nach Linda Ausschau. Sobald sie sich trafen, teilte sie ihm mit, sie müsse wegen Magenbeschwerden in ein Spital, habe aber kein Geld, um den Aufenthalt zu bezahlen. Nach einer grosszügigen Abfindung liebten sie sich noch einmal, bevor er die Rückreise nach Europa antrat.

Heute bedauerte er, dass er die Frauen aus Asien für immer aus den Augen verloren hatte. Was, wenn er sie an einem Treffpunkt, zum Beispiel in Singapur, wieder sehen könnte. Aber darauf konnte er jetzt nicht mehr hoffen.

Am späten Nachmittag lagen Wahlzettel und Wahlprospekte vor ihm. Nun musste er sich entscheiden. Er hatte noch die politische Fernsehsendung von letzthin in Erinnerung. Es ging immer um das Gleiche: Wer hat Recht? Und es war ein Polittheater. Wenn man den Ton abstellte, musste er gestehen: Es waren gute Schauspieler. Sie beherrschten ihre Rolle: Gekonnte Gesten. Einige waren Wiederholungstäter, die ihr Amt nicht nur besetzen, sondern besitzen wollten. Alles klang etwas glatt und vage, alle waren ihrer Klientel verpflichtet. Und die äussere Erscheinung war selbstredend. Die Uniformierten hatten einen Rechtsdrall, die Schäbigen tendierten nach links. Das war auch auf den Fotos der Wahlprospekte so. Ihm wurde bewusst, dass die Männermode langweilig war.

Die Partei mit den geschniegelten Köpfen und dem süffisanten Lächeln wählte er sicher nicht. Sie zitierte Stereotype, gab zwar mit gewetzter Zunge vor, das Volk zu vertreten, wollte aber in Wirklichkeit nur Macht und Pfründe verteidigen. Und sie war eine Partei der Privilegierten. Wenn arme Schlucker hundert Franken stahlen, sollten sie, besonders Ausländer, streng bestraft werden. Reiche Despoten von armen Ländern hingegen, die das Volk unterdrückten und aussaugten, sollten nach dem Gusto dieser Partei durch die Geheimniskrämerei der Banken geschützt werden. Krämer waren für Christian auch die fetten Spekulanten, die, zu ihrem Vergnügen, mit Milliarden spielten. Sie gingen kein Risiko ein. Bei Verlusten mussten Unbemittelte und Mittellose die Zeche bezahlen. Zum Beispiel Ruth, eine alleinerziehende Mutter von vier Kindern, die, im Gefolge der Finanzkrise, wegen den Spekulanten ihren Job verloren hatte. Diese hatten sich einige Zeit ruhig verhalten, griffen aber jetzt umso mehr zu und verkauften Ramsch. Und wurden dafür fürstlich belohnt. Dafür war also die wohlbestallte Krawattenpartei. Deregulierung hatte sie auch auf ihr Banner geschrieben. Ja keine staatliche Aufsicht. Spielregeln waren jetzt nicht zu gebrauchen. Und sie war für eine starke Armee, damit diese ihren Besitz schützen konnte. Das war ihre Richtschnur. Schnurgerade zeigte sie die allgemeine Richtung an.

Aber berücksichtigte man, dass nach einer Umfrage 98 % der Schweizer sehr oder eher glücklich waren, musste sich die Politik offenbar nichts vorwerfen. Deshalb raffte er sich zum Wählen, diesem staatspolitischen Akt, auf.

Nach einem achtjährigen Aufenthalt innerhalb von Klostermauern und der sich daraus ergebenden Stabilitas loci war die Lust in den Siebziger Jahren gross, auf Reisen die Weite und Freiheit zu erkunden. Im Ausland wusste er sich unbeobachtet, fühlte sich freier und leichter. Von viel Interessantem abgelenkt, vergass er seine für ihn oft beschwerliche Befindlichkeit. Symptom dafür war das fast gänzliche Ausbleiben des Stuhlgangs, was für ihn nicht nur deshalb angenehm war, weil er so mehr Zeit für anderes hatte. Er fiel ihm auch leichter, sich Menschen zu nähern. Er besuchte im Ausland Sehenswürdigkeiten, die er in der Schweiz für des Sehens nicht würdig erachtet hätte, weil für ihn die Aura der touristischen Attraktion fehlte.

Auf einer Schifffahrt war er in Italien zu einer winzigen Insel gelangt, wo sich als einziges Gebäude nur ein Kloster mit einem Kiosk befand. Daneben hatte es aber einen kleinen Strand, auf dem Frauen ihre entblössten Brüste zur Show stellten. Die vorbeiziehenden Mönche konnten diese Provokation wohl nur aus wirtschaftlichen Gründen dulden. Der Kiosk war eine wichtige Einnahmequelle.

In Italien besass er kein Haus, aber ein Zelt, das er einmal an einem Strand auf Sand gebaut hatte, was ihn in der Nacht zum Aufstehen nötigte, weil es dem starken Wind zu erliegen drohte. Der Aufenthalt war hiermit versandet, er brach sein Zelt am folgenden Tag ab.

Auf dieser Reise schoss er seine ersten Fotos. Als er sich einer Stadt auf einem Felsvorsprung näherte, machte er, da er kein Tele besass, als Perfektionist fünf Fotos, bis die Distanz stimmte und die Stadt auf dem Bild die richtige Grösse hatte.

Eine andere Reise führte ihn auf eine griechische Insel, wo es mehr Kapellen als Einwohner gab. Jeder besass also im Durchschnitt mehr als eine Privatkapelle, in der er für sein Seelenheil beten konnte.

In der Sowjetunion machte er verschiedene Erfahrungen. Am Strande des Schwarzen Meeres wimmelte es von Marienkäfer. Erstaunlich, dass sich die Glücksbringer gerade in diesem Land befanden. Aber sie brachten ihnen, der Gruppe, mit der er reiste, kein Glück. Schon bei der Einreise, an der polnisch-sowjetischen Grenze, mussten sie Lehrgeld bezahlen. Sie lernten nämlich, dass sich Bestechung nicht lohnte. Sie mussten gegen einen Schmierbetrag keinen Pflichtwechsel tätigen. Dafür wurde ihr Bus während zwei Stunden genauestens untersucht. Sogar die Unterseite wurde geöffnet, konnte doch auch beim Getriebe ein Pulversäckchen, das Neue Testament oder das Kommunistische Manifest versteckt sein. Beim Verlassen des Landes, an der rumänisch-sowjetischen Grenze, bezahlten sie ihr korruptes Gehaben teuer, indem der Pflichtwechsel nachgeholt wurde, da sie keine Bestätigung vorweisen konnten, ihn bereits vorgenommen zu haben. Was sollten sie nun mit den Rubeln anstellen? Länger konnten sie nicht in der UdSSR bleiben. Eine Lösung ergab sich schliesslich, als jemand aus der Gruppe das Land nicht verlassen konnte, weil sein Pass abhandengekommen war. Sie gaben ihm ihr Geld, damit er wenigstens keine finanziellen Probleme hatte, wenn er ein Schweizer Konsulat oder die Botschaft aufsuchen musste.

Autokratie erfuhr er in Marrakesch am eigenen Leib, wobei nur die empfindliche Nase in Mitleidenschaft gezogen wurde. Er, der ein Einzelzimmer gebucht hatte, musste hinnehmen, mit einem ihm fremden Mann ein Zimmer zu teilen, der wegen einer wohl reisebedingten hartnäckigen Diarrhoe mehrmals in der Nacht aufstand und das Zimmer verpestete. Schuld daran war der marokkanische König, der spontan den Entschluss gefasst hatte, nach Marrakesch zu ziehen, so dass der eindrückliche Begleittross viele schon gebuchte Hotelzimmer in Beschlag nahm und so unfreiwillige Partnerschaften herbeiführte.

In Frankreich, wo noch viel Platz vorhanden war, fand er oft intakte Natur, so etwa in Gebieten mit vielen Teichen oder kleinen Seen, wo er im Frühling die Nachtigall und den Kuckuck, gelegentlich auch den Pirol belauschen konnte. Hier genoss er auch die absolute Ruhe.

An der Atlantikküste war das anders. Die Elemente verschworen sich gegen ihn. Der Wind hatte aufgefrischt, zerzauste die Gräser und trieb die Wellen mit heftigen Stössen zu Gischt speienden Ungeheuern. Als sich sein Reisegefährte trotzdem dem Wasser anvertraute, glaubte Christian, hinter ihm nicht zurückstehen zu können, und folgte ihm. Bald merkte er, dass er dieser Prüfung nicht gewachsen war. Er strampelte panisch und unentwegt, aber das rettende Ufer kam nicht näher, bis er sich der Ruhe befleissigte. Auch wenn er seeuntüchtig und ein schlechter Schwimmer war, versuchte er sich mit kontrollierten und weit ausholenden Schwüngen über Wasser zu halten, bis es ihm gelang, soweit vorzudringen, dass er festen Boden unter den Füssen spürte, so Anlass zu einem Kaffee fand und sich den Fischmarkt ansehen konnte. Dieser war deshalb faszinierend, weil sichtbar wurde, was sonst verborgen blieb.

Manchmal war die Welt verquer. Einmal sah er durch das Fenster seines Wagens, als er bei einem Bauernhof anhielt, einen Fuchs inmitten von friedlich Körner aufpickenden Hühnern. Wahrscheinlich liess sie ihr Todfeind in Ruhe, weil er in der Scheune daneben logierte und wusste, dass er sonst seinen Schelter verlassen und anderswo Unterschlupf finden musste.

Nun, nach den zwei anstrengenden Ausflügen, war er müde, Zeit sich hinzulegen. Er wollte sich auch vor dem ausruhen, was heute noch auf ihn zukam.

Wenn schwere Lastwagen vorbeifuhren und er ein Zittern verspürte, fragte er sich, was geschehen würde, wenn das Büchergestell neben dem Sofa, zum Beispiel bei einem Erdbeben, während seiner Mussestunde auf ihn fiele. Diesmal passierte jedoch nichts, so dass er seine Blicke in die Weite schweifen lassen konnte, über Europa hinaus, wieder nach Südamerika.

Auf zum Falto Angel, dem höchsten Wasserfall der Welt. Im Flieger bemerkte Christian tanzende schraubenartige Gebilde auf dem rechten Flügel. Ein Flugzeug aus den Vierzigerjahren. Deshalb behagte ihm beim Wasserfall das immerwährende Kreisen auf engstem Raum nicht. Dieser hatte wenig Wasser, verglichen mit den grossen Fällen, die er schon gesehen hatte. Die Wände der Tepuis, der tausend Meter hohen Tafelberge inmitten des Dschungels, aber beeindruckten ihn. Die Tepuis bargen eine einzigartige endemische Flora und Fauna, wie er gehört hatte.

Dann die Landung auf der Schotterpiste in Canaima. Hier war sein Paradies: üppige tropische Vegetation, die sich bis zum Sandstrand der türkisblauen Lagune vordrängte. Im Hintergrund ein Wasserfall, der nun bedeutend mehr Wasser aufzuweisen hatte. Auf einer seiner Fotos war das braun getönte Wasser zu einem Erdrutsch mit kantigen Brocken erstarrt.

Einige Jahre später hatte Christian in Venezuela weniger Glück. Er wollte die Gran Sabana, wo sich der Salto Angel befand, von Ciudad Bolivar aus auf dem Landweg erkunden. Für den Einkauf von Lebensmitteln gab er einem verwitterten guia ungefähr 400 Dollar, da eine Stundung nicht gewährt wurde. Dazu war er bereit, weil ihm drei Deutsche begeistert von ihrem Ausflug mit dem Guide erzählten. Sie waren mit ihm sogar auf Fotos abgebildet. Am verabredeten Termin vor einer Kirche erschien jedoch kein Reiseleiter, wie lange Christian auch wartete. Nun wanderte er von einer Polizeistation zur andern und machte so Bekanntschaft mit der venezolanischen Administration. Der Typ sei bekannt und verschwinde jeweils, wenn der Schwindel ans Licht komme. Seine Naivität hatte Christian wieder einmal einen Streich gespielt.

Zurück zur Truck-Gruppe. Als sie wenig später das jetzt verwahrloste, triste El Dorado durchquerten, wo Myriaden von Goldgräbern ihre Illusionen begraben hatten, begann Christian mit einem kleinen Sprachführer Portugiesisch zu büffeln, da sie nicht mehr weit von der brasilianischen Grenze entfernt waren. Trotzdem entging ihm der Ameisenbär nicht, der auf Nahrungssuche war und dem sie genüsslich zuschauten. Ein mit seinem Rüssel drolliges, gutmütiges Tier, dem trotz seiner scharfen Krallen niemand böse sein konnte. Es verkörperte für Christian Urzeit, ursprüngliche Natur.

In Boavista, auf der brasilianischen Seite, war wegen Überschwemmungen zu Lande kein Weiterkommen mehr möglich. Sie mussten also den Truck verschiffen und auf einem Fluss die Reise fortsetzen. Da sie einige Tage warten mussten, beschloss Christian, das Flugzeug nach Manaus zu nehmen, und trennte sich von der Gruppe. Es war aber nicht so einfach, wie er sich das vorgestellt hatte. Viele Leute, die wegen der Überschwemmungen nicht mit dem Bus reisen konnten, hatten dieselbe Idee und belagerten den Flughafen. Nun konnte er sein Portugiesisch brauchen. In einem Gespräch mit einer Frau die Frage, woher er sei. Verlegenes Kratzen und eine schüchterne Antwort. « Ah suiço». Für einmal brachte ihm seine Nationalität Glück. Die Frau war die Kusine eines VARIG-Piloten und konnte ihm so ein Billett verschaffen. Was sich als schwieriges Unterfangen angekündigt hatte, war nach ungefähr einer Stunde erledigt. Obrigado.

Am Flughafen in Manaus sah er einen leeren Bus. Als er den Chauffeur fragte, welcher Bus in die Stadt fahre, deutete dieser auf seinen. Da es schon dunkel und er allein war, hatte er ein sonderbares Gefühl. Nach der Fahrt verlangte der Chauffeur eine ungeheure Summe. Christian gab ihm ungefähr zehn Dollars und suchte eiligst das Weite.

Er stellte sofort fest, dass er in der Altstadt war: abgeblätterter Kalk an weissen Wänden kolonialer Bauten. Aber was jetzt? Ein Hotel zu dieser vorgerückten Stunde zu finden war nicht leicht. Er betrat ein Haus, wo kristallene Kronleuchter fehlten, von dem er aber Gastfreundschaft erwartete. Sofort wurde er von einer Empfangsdame zu einem hölzernen, schummrig beleuchteten Korridor im ersten Stock geleitet. Auf beiden Seiten befanden sich kleine Zimmer mit einem Bett, deren Schmalseiten gegen den Korridor hin gänzlich offen waren, wenn nicht ein Vorhang die Sicht zu einem kleinen Teil beeinträchtigte. Leicht gekleidete Frauen winkten ihm mit eleganten Bewegungen zu. Unschlüssig, was er tun sollte, wandte er sich an die Empfangsdame. Diese wies ihm das hinterste Zimmer auf der rechten Seite zu, einen quadratischen Raum mit einem Bett. Aber er hatte etwas gehört. Er verliess das Zimmer und bewegte sich auf einen kleineren, quer verlaufenden Korridor zu. An dessen Ende, halb im Freien, befand sich ein Müllhaufen. Darauf das Krabbeln und Papiere Knabbern von Ratten. Wenn man sie so betrachtete, waren es gelenkige, niedliche Tiere.

Trotzdem war es ihm hier nicht geheuer. Er betrat sein Zimmer, schulterte seinen Rucksack und durchschritt den langen Korridor, nicht ohne nochmals einen Blick auf die Frauen zu werfen.

Zum Glück fand er nicht unweit, noch an derselben Strasse, ein Hotel. Die Tür seines Zimmers ging zwar nach draussen, wobei sie nur bis ungefähr fünf Zentimeter oberhalb des Fussbodens reichte, aber ausser einem länglichen Käfer entdeckte er nichts Verdächtiges. Er war zufrieden. Seine Müdigkeit liess ihn alles andere vergessen.

Als er aufstand, war es schon spät. Das viele Licht zeigte klare und eindeutige Konturen. Nun konnte er sich orientieren. Und alles Bedrohliche war gewichen. Aber etwas erfüllte die diesige Luft. Wie in Tucupita. Er spürte die tropische Üppigkeit: fleischige Pflanzen, sich rankende Lianen. Die Schwüle hatte bei ihm jedoch nicht Agonie zur Folge. Er hatte Lust auf einen Urwaldtrip und wollte alles Nötige veranlassen. Und am Nachmittag ein anderes Hotel suchen.

Gegen Abend gesellen sich zur Feuchtigkeit noch betörende Ausdünstungen und Gerüche. Und betörende Vorstellungen: vegetative Fruchtbarkeit, triebhafte Fülle, schwülstige Orgien. Christian wird in einen Strudel gerissen. Schweissausbrüche. Fieberträume. Brütende Schwäne, grazile und filigrane Silberreiher. Ein Knäuel von Venus und Cubido mit glatten Armen und sanften Rundungen. Jetzt muss etwas geschehen.

Hier ist er allein, niemand beobachtet ihn. Soll er es wagen? Er hat schon in der Klosterschule oft davon geträumt. Bisher hat er noch nie den Mut dazu gehabt. Würde er sich nicht lächerlich machen? Er ist zu schlank, sogar mager. Und wie soll er es anstellen? Aber er ist jetzt 28 Jahre alt, und irgendeinmal muss es geschehen. Das erste Mal.

Doch sein Magen meldet sich. Er hat heute noch fast nichts gegessen. Das Fleischstück ist nicht zähe. Aber er lässt die Hälfte stehen. Sein Gedärm hat sich zusammengezogen, und er muss die Toilette aufsuchen. Sie ist erstaunlich sauber. Er hat sich Mut angetrunken, aber die Angst lähmt ihn. Trotzdem, er hat sich entschieden, es muss sein.

Draussen ist es bereits dunkel. Plötzlich wird er unsicher. Wo ist das Frauenhaus gewesen? Er betritt mit pochendem Herzen ein Gebäude und bringt gestenreich sein Anliegen vor. Er merkt, wie ihm die Schamröte ins Gesicht steigt, und verhaspelt sich. Gleichzeitig wird ihm bewusst, dass er am falschen Ort ist. Die Dunkelheit hat ihm einen Streich gespielt. Er entschuldigt sich mit einem freundlichen Obrigado und geht hinaus.

Erleichterung macht sich breit. Er muss sich keinen Vorwurf machen, er hat es versucht. Es soll nicht sein. Diese Welt verschliesst sich ihm. Trotzdem: Für einmal hat er sich überwinden können und seine ganze Kraft aufgeboten, die jahrelang erträumte Erfüllung vor Augen. Und nun? Leere, Nichts. Langsam kehrt er in sein Hotel zurück. Der aufmerksame und geneigte Leser weiss, dass ihm später, in Jakarta, das Glück hold ist.

Am nächsten Morgen hatte er ein frühes Erweckungserlebnis. Eine Sekte, wohl die Pfingstbewegung, stimmte sich mit munteren Liedern in den Tag ein. Der Gesang war laut, da die Wände seines winzigen Zimmers – das Bett war der einzige Gegenstand – wie im grossen Schlafsaal der Klosterschule nicht bis zur Decke reichten. Doch irgendwie fühlte er sich so dazugehörig.

Er hatte um 10 Uhr einen Termin bei einem Reisebüro ausgemacht. Unterwegs grüsste ihn das Theater, Zeuge des einstigen Reichtums der Gummi-Barone. Die Abfahrt verzögerte sich, da Mitreisende noch Hängematten kaufen mussten. Am Hafen verrottete Mauern, brodelndes Treiben geschäftiger Hafenarbeiter, tuckernde Fischkutter.

Hinter dem blaugrünen Tuchstreifen des gewaltigen Amazonas war das Ufer seinen Blicken entrückt, die Grenze zwischen Himmel und Wasser verwischt, und er wurde von der suggestiven Aura der Einheit allen Seins erfasst.

Wie fischreich die Gegend war, sahen sie, nachdem Fischer auf einem Seitenarm des Amazonas an mehreren Booten ein Netz befestigt und es, prallvoll, in die Höhe gehievt hatten. Es enthielt, wie sie sagten, fast zwei Tonnen Fisch. Sie sahen appetitlicher aus als die Krustentiere, welche er einmal bei Indios zu sich nahm.

Nicht zu verachten war aber Gürteltier und – Tage später – noch etwas Anderes. In einem schmalen Boot fuhren sie mit einem Indio auf ruhigem Gewässer in die Nacht hinaus. Sonderbar das Gefühl, wenn herabhängende Zweige ihn, Christian, in der Dunkelheit berührten und streichelten. Plötzlich viele leuchtende Punkte, auf die der Indio den Lichtkegel seiner Taschenlampe richtete. Er verlangsamte die Fahrt, bewegte sich langsam an den Punkten vorbei, beobachtete, hielt an – und dann schnellte seine Lanze los. Ein Volltreffer. Er zog einen jungen, ungefähr achtzig Zentimeter langen Kaiman an Bord, der sogleich zu einem Rusch nach hinten ausholte und dann innehielt. Dieser war, durch das Licht der Taschenlampe geblendet, erstarrt und so sichtbar geworden. Deshalb wurden Kaimane in der Nacht gejagt. Christian konnte sich damit nicht anfreunden, da er glaubte, der Bestand an Kaimanen werde in dieser Gegend immer mehr reduziert, musste aber eingestehen, dass das Reptil am folgenden Abend ausgezeichnet schmeckte.

Ein Glück, dass sie andere Tiere verschonten. So ein putziges Faultier, das Christian zuerst wie ein Plüsch- oder Stofftier vorkam und das sich, ihm ganz nahe, auf einem Ast am Rande eines Sees befand. Es verzog sich im Zeitlupentempo und erst nach längerer Zeit allmählich in höhere Gefilde.

Was er an Tieren noch sah, kannte er schon vom Orinoco-Delta. Er genoss auch hier das überquellende, verschwenderische Wachstum und die verschiedenen Grüntöne. Und die unterschiedlichen Farbschattierungen der Menschen. All das, was ihm in der Schweiz fehlte.

Nun war es Zeit für die Männerrunde. Einmal im Monat traf er sich mit Freunden zu einem Glas Wein. Diesmal hatten sie sich für ein Raclette entschieden. Er hatte sich bereit erklärt, die Einladung per Mail zu verschicken. Daraus wurde, da ihm damals Zukunftsperspektiven noch fehlten, eine Lümmelei: Handlungsschwanger, wie ich bin, und eingedenk, dass man nicht weiss, was das Leben für einen bereithält, und es plötzlich zu spät sein könnte, möchte ich in züchtige und geziemende Tat umsetzen, was ich längst, d. h. von alters her angekündigt und versprochen habe. Ich lade euch zu einem hoffentlich gemütlichen Raclette-Abend im Wirtshaus zur Männertreue ein. Als Tag habe ich den Mittwoch auserkoren, da er, dem Namen entsprechend, die Mitte der Woche ziert, aber nicht im Gedenken, dass «wir mitten im Leben sind vom Tod umgeben». Ich bitte euch, mir von den beiliegenden sorgsam ausgewählten Terminen den passenden kundzutun. Als Zeitpunkt würde ich „beim Eindunkeln" vorschlagen, aber da ich die meteorologischen Anstalten nicht mit der Frage belästigen möchte, wann das am betreffenden Datum ist, schlage ich euch vor, mir den bahngängigsten oder –günstigsten Zeittermin zu nennen. Ich ersuche euch bereits jetzt dringendst, nächtliche Eskapaden auf dem Heimweg zu vermeiden und die Polizeistunde strikte einzuhalten. Einige von euch müssen sich am folgenden Tag früh in die Vertikale versetzen. In Erwartung einer baldigen Antwort grüsst untertänigst … .

Die Gespräche waren auch diesmal sachlich, wie wenn sie einen Pakt geschlossen hätten, nichts Intimes preiszugeben. Es war eben eine Männerrunde. Tagesaktualität, politisches Taktieren, Fussballresultate, neue Publikationen verhinderten zu befürchtendes Gähnen. Christian büsste auch unter Weingenuss seine Akribie nicht ein. Er fragte nach und berichtigte, wenn die andern es mit Begriffen wie „romantisch", „tragisch" oder „mittelalterlich" nicht genau nahmen, Wörter, die von vielen Leuten und in den Medien oft falsch verwendet wurden. Er tat dies aber nicht, um sich als gesellig zu erweisen, Geselligkeit war nicht sein Ding. Auch diesmal blieb Persönliches auf der Strecke. Sein Geheimnis gab er nicht preis.

Leider war Hans nicht erschienen. Christian hatte ihn, den Chemiestudenten, seinerzeit bei einer Menschenrechtsorganisation kennengelernt und ihn seither regelmässig getroffen. Sie waren sogar «vernetzt»: Die Beziehung hatte sich in einem Mailverkehr «digitalisiert» und «verschriftlicht». Übriggeblieben war ein kleiner Teil, den Hans verschuldete hatte. Hans hatte ihm einige Zeilen über ein Buch hinterlassen, auf die er geantwortet hatte. Er freute sich damals, Hans sein Evangelium zu verkünden. Und er war dabei nicht bereit, auf Abstraktionen zu verzichten.

Christian
Du schreibst, dass dich die momentane Lektüre langweile, weil sie wenig Handlung habe. Für dich ist also der Plot vorrangig, und du lässt dich mehr vom Ausgang der Handlung als vom Vorgang des Erzählens leiten. Du liebst einen kausalen, chronologischen Erzählstrom, von dem du dich treiben lassen kannst, der sich unaufhaltbar dem Ende entgegen ins Meer ergiesst, wo er versiegt und sich die Spannung auflöst. Belletristik soll, wie der Film, für dich möglichst spannend sein. Zur Spannung habe ich aber ein gespanntes Verhältnis. Mir kommt unerträgliche Überreizung in den Sinn. Langeweile hingegen bereitet mir kurze Weile und kann für mich eine hohe Spannkraft haben.

Für mich hat die Literarität eines Textes, die Form, zum Beispiel die Sprache, eine grosse Bedeutung. Wenn ein Werk formal und gedanklich von hoher Qualität ist, liest man es gern mehrmals und entdeckt dabei immer wieder Neues. Geschichten gibt es genug, man findet sie überall. Jeder und jede hat sie. Es geht nur darum, sie aufzuspüren. Die Geschichte der Menschheit ist eine unerschöpfliche Quelle voller aufregenden Geschichten und Ereignisse. Wohl deshalb sind in letzter Zeit viele Bücher verlegt worden, die historische Stoffe aufnehmen (Zweiter Weltkrieg, Migration). Die oft gestellte Frage nach dem autobiographischen Hintergrund ist dabei irrelevant, weil sie nichts mit der Beschaffenheit und Qualität des Textes zu tun hat.

Jetzt bist du in deinem Element, zelebrierst déformation professionelle.

Fiktion bietet die Möglichkeit, die Sprache auszuloten, im jeweiligen Kontext neue Konnotationen, also assoziative Bedeutungen, zu erzeugen und mit ihnen zu spielen. Manche modernen Romane oder Erzählungen scheinen mir, besonders sprachlich, etwas brav. Die Literatur geht ja in der Postmoderne andere Wege als die E-Musik oder die Malerei, hat sich nach einem mutigen Auftritt einiger Autoren in den Sechziger- und Siebzigerjahren Neuem verschlossen und zurückgebildet, zurück in die alten Zeiten. Gängige Verhaltensmuster und Floskeln werden nicht ohne weiteres preisgeben. Viele Leser und sogar Kritiker lehnen leider Verfremdung, sprachliche Experimente und neue Darstellungsmittel ab. Sie halten sie für verwirrend, wenn nicht gar verworren. Auch sind poetologische Komponenten, eine Metaebene, bei vielen nicht sonderlich beliebt.

Christian, verschone uns mit diesen Begriffen.

Nicht nur kreative Sprache, sondern Sprache überhaupt hat gegenüber dem Bild ganz allgemein an Bedeutung verloren. Ich ärgere mich immer, wenn ich vor dem Computer lange auf Mails warten muss, weil sie viele Bilder enthalten. Oder wenn ich an touristischen Fixpunkten fix und fertig bin, weil ich nicht weiss, wie ich mich bewegen soll, um niemand beim Fotografieren zu stören. Mehr das nächste Mal.

Hans

Ich habe zwar nicht alles verstanden, finde aber, dass auch die beste und gepflegteste Sprache nichts nützt, wenn die Handlung uninteressant ist. Im Übrigen ist die Sprache, jedenfalls die poetische, für mich oft zu kompliziert, zu blumig, zu schwülstig und scheint mir veraltet. So schreibt man doch nicht. Für mich soll sie einfach und genau sein. Erklär mir das.

Christian

Du bewegst dich da in erlauchten Kreisen, denn gewisse Kritiker sind auch deiner Meinung. Als positive Attribute eines Sprachstils werden von ihnen auch «spröde», «schnörkellos» (ja keine Sprachgirlanden), «unsentimental», was immer das heissen mag, oder «unprätentiös», was wie «unsentimental» eine inhaltliche Komponente hat und wohl «ohne literarische Ambitionen» heissen mag, genannt. Sprache sollte ihrer Meinung nach ausserdem elegant und leichtfüssig wie eine Taube daherkommen, damit der Leser fliegen kann. Wie ich dir schon geschrieben habe, kann ich mir auch etwas Anderes vorstellen. Dichtung sollte als hypothetischer Raum von ungeahnten Möglichkeiten sich vom Tatsachenbericht unterscheiden.

Was meinst du?

Aber jeder Sprachstil kann gut oder schlecht sein. «Poetische»

Sprache kann Gefühle auslösen, ohne kitschig, verbraucht oder epigonal zu wirken. Eine einfache Sprache mit vielen kurzen Hauptsätzen (Parataxe) kann eine Person treffend charakterisieren. Und was kompetenten Lesern abgegriffen erscheint, kann für andere originell sein. Es kommt auf den Adressaten an.

Weil also die Sprache entscheidend ist und zudem der Text nicht zum Hören, sondern zum Lesen geschrieben wird, finde ich sog. Lesungen problematisch. Der Hörer muss sehr konzentriert hören, damit er auch sprachliche Finessen mitbekommt, weil er ja etwas nicht mehrmals lesen kann. Das gilt vor allem bei schwierigen Texten. Und das mag ein Grund sein, warum viele Autoren es dem Leser bzw. Hörer leichtmachen wollen.

Viele stellen sich auch vor, dass der Dichter gleichsam von der Muse geküsst wird und Kalliopes Gabe, ungefiltert und unreflektiert, mit grossem Gestus in einen genialen Wurf umsetzt. Dass der Text ein Konstrukt ist, wollen sie sich nicht eingestehen.

Hier noch ein Wort zur zeitlichen Struktur. Ob ein Text chronologisch erzählt wird oder viele Rückblenden (Analepsen) und Vorausdeutungen (Prolepsen) enthält, ist für die Qualität nicht massgebend. Kritiker bezeichnen das Zweite oft als kunstvoll, hätten aber wohl die grösste Mühe, das im Einzelnen nachzuweisen. Nun, ich will dich nicht weiter aufhalten mit meinem Geschwätz.

Meine linke Hirnhälfte ermüdet, die rechte kommt zu kurz.

Was Christian nun brauchte, waren ein Kaffee und eine Zigarette. Auf dem Display der Maschine stand: „Pflege drücken." Er drückte sich nicht vor der Pflege und betätigte die entsprechende Taste. Nachher musste er noch die Tropfschale leeren. Da sie fast bis zum Rand gefüllt war und seine Hände heute zitterten, ging er ruhig vor. Nach dem Kaffee trank er das schäumende Mineralwasser mit viel Kohlensäure. Das war sein Champagner. Kaffeegenuss und Rauchopfer setzten seine Innereien derart unter Strom, dass er die Toilette im Laufschritt aufsuchen musste. Reissverschluss auf, Hosen runter, und ein Prachtexemplar plumpste ins Klo. Aber leider war das Geschäft damit nicht erledigt. Weitere Exkremente drängten vor, wurden jedoch unter Verschluss oder zumindest zurückgehalten. Also gönnte er sich vorerst eine Verschnaufpause, um Energie zu tanken. Nach tiefem Einatmen setzte er seine rhythmischen Pressübungen in Gang, zuerst noch ohne letzte Konsequenz, dann unter Aufbringung aller seiner Kräfte und indem er den Druck in einem Mass erhöhte, dass er in seinem Innersten erschüttert wurde. Die gewaltigen Anstrengungen führten zum erhofften Resultat, und endlich setzte die ersehnte Erleichterung ein.

Hans

Ich «fliege» beim Lesen gern, möchte ein- und abtauchen und mich in eine Person hineinfühlen können. Man hat das Gefühl, dort zu sein und am Geschehen teilzunehmen. Es kommt allerdings auf die Person an. Bei manchen ist es schwierig.

Christian

Identifikation kann aber auch gefährlich sein, wenn der Autor ein übles Spiel mit dir treibt, Personen so ausgestaltet, dass du ein falsches Bild von der Wirklichkeit erhältst, ohne dass es durch Satire und Verfremdung relativiert wird oder mit gegensätzlichen Standpunkten und Perspektiven kontrastiert wird. Im Film wird das vielleicht noch deutlicher, wenn das Geschehen immer aus der Sicht eines defizitären Helden betrachtet wird. Identifikation kann aber, weil wir emotional angesprochen werden, von Vorteil sein, wenn sie positives Handeln bewirkt. Ich bin nämlich der Meinung - im Unterschied zu Bertolt Brecht und seinem Theater -, dass Identifikation, also Nähe, mehr bewirkt und eher Veränderungen herbeiruft als epische Distanz. Bis bald.

Hans
Meiner Meinung nach sollte ein Roman dem Leser nicht wie die Bibel sagen, wie er sich verhalten soll. Es sollte ihm nicht alles vorgekaut werden, man sollte ihm die Freiheit lassen, selber zu denken. Was meinst du?

Christian
Ich bin auch deiner Meinung. Es darf durchaus einiges in der Schwebe bleiben. Durch Mehrdeutigkeit mit Leerstellen und Zwischenräumen entsteht Spannung. Allerdings besteht die Gefahr, wenn der Text allzu offen ist, dass der Leser eine falsche Richtung einschlägt und abstürzt. Einige Wegzeichen können da nützlich sein. Besonders bei einem vielfältigen Beziehungsgeflecht, wo die Funktion einer Textstelle im Textganzen nicht immer evident wird. Verborgene Symbolik von Vorgängen oder komplexe Motivik können manche Leser, vielleicht sogar Kritiker nicht immer erkennen. Auch Ironie ist nicht immer klar ersichtlich.
Ich wünsche dir sonnige Wintertage.

Überzeugt mich nicht.

Hans
Ich habe es aber nicht gern, wenn der Erzähler moralisiert und mich ständig gängelt. Für mich sind viele Romane auch zu intellektuell.

Christian
Für viele Leser, u.a. Kritiker, darf ein Erzähler in einem moder-

nen Text die Leser gängeln und sich einmischen, soll aber seinen Intellekt zügeln, auf Weltanschauliches, auf Moral, auf Belehrung verzichten und darf vor allem nicht politisch werden, obwohl das wichtiger Bestandteil bedeutender Werke des 18. und 19. Jahrhunderts ist.

Ich weiss, dass Moral nicht modern ist. Aber die Literatur braucht sich nicht nach der Mode zu richten. Sie kann durchaus werten, sogar mit Pathos. Wenn feuilletonistische Passagen mit ethischen Überlegungen originell und nicht zu aufdringlich formuliert werden, verliert der Text nicht an literarischer Qualität, ganz im Gegenteil. Er gewinnt an Ernst und Überzeugungskraft. Beispiele sind viele Werke des deutschen Realismus. Allerdings besteht ein Unterschied, ob ein über den Personen stehender auktorialer Erzähler oder eine Figur des Personals Überlegungen anstellt. Viele Leser, auch Kritiker, lehnen wohl deshalb «intellektuelles Getue» und Belehrung ab, weil Reflexionen (z. B. politischer Art) die hehre Welt der Dichtung verlassen, uns hinunterziehen und als «Bodensatz» uns an die Scholle binden. Sie machen bewusst, dass wir endlich sind. Postmoderner Genuss, leicht Verdauliches ist gefragt. Weltanschauliches verursacht ihrer Meinung nach Blähungen, saures Aufstossen. Für sie darf man nicht den Zeigefinger erheben. Anklage muss aber nicht arrogant sein. Es geht nur darum, sich verantwortungsvoll und in aller Bescheidenheit den Gegebenheiten zu unterwerfen und sich mit den Schwachen, Rechtlosen zu solidarisieren. Und Wellness will man nicht bieten. Gedankensplitter können stechen. Einige fürchten, den Stand zu verlieren, wenn sie ihre Standpunkte aufgeben und sich selbst infrage stellen sollen. Wobei ein Standpunkt nur anzeigt, wo man im Moment gerade steht.

Felix, wie er leibt und lebt.

Andrerseits suchen Leser in der Literatur auch das, was sie nicht erleben. So sind die Vorbehalte von Intellektuellen gegenüber Reflexionen und ihre Vorliebe für spektakuläre und amüsante Erlebnisse von Randständigen oder andern besonderen Exemplaren zu erklären, die spontan, aus dem Bauch heraus handeln und deshalb faszinieren. Vielleicht äussert sich hier auch eine Sehnsucht nach dem Authentischen und Natürlichen.

Ein anderer Aspekt ist das Spiel mit dem Leser, also zum Beispiel, wieviel er wissen soll oder wie er provoziert wird. Es kann den Reiz eines narrativen Textes ausmachen.

Hans
Du scheinst also nicht derselbe Meinung wie viele Leser und Kritiker zu sein.

Christian
Ich habe soeben ein Buch gelesen, das sprachlich von höchst durchschnittlicher Qualität ist, dessen feuilletonistischen Passagen nicht neu und ein Konglomerat von einschlägiger Literatur oder Internetartikeln sind. Trotzdem wurde es von der Kritik in den höchsten Tönen gelobt, weil der Autor sehr bekannt ist und provoziert. Natürlich ist der reale Autor mit dem impliziten Autor (dem Textganzen) und dem fiktiven Erzähler, wie ich schon geschrieben habe, nicht identisch. Deshalb könnte er sagen, es sei Satire, er habe einen Erzähler geschaffen, der schlecht erzählt und grosse Defizite aufweist, könnte sich also hinter dem Erzähler verstecken. Einem unbekannten Autor würde man das nicht abnehmen. Hätte er den Text geschrieben, würde er wohl von keinem Verlag verlegt.

Bekannte Autoren haben es leicht, brauchen sich nicht sonderlich anzustrengen. Unbekannte Autoren werden, zum Beispiel von den Verlagen, ganz anders gelesen. Vorurteile und Erwartungshaltungen lassen sich kaum korrigieren. Ich erinnere mich an einen Kurs für Mittelschullehrer. Gute Aufsätze der Oberstufe wurden zerzaust und verrissen. Als man aber über ein Werk eines bekannten Autors sprach, wurden die reißenden Wölfe zu braven Lämmern, die vor Ehrfurcht erstarrten und dennoch glaubten, sie könnten das Gras wachsen hören. Dabei begann das Buch mit einem langen Satz, dessen schlechter Bau im Textganzen keine Funktion hatte und nicht gerechtfertigt war.

Ausserdem: Viele Bücher machen dem Leser zu grosse Konzessionen. Wenn der Held eine attraktive Frau trifft, braucht er nicht immer schon bei der ersten Begegnung mit ihr ins Bett zu gehen.

Felix, du mit deinem Ordnungssinn hast dich mit diesem Exkurs hier für eine thematische Gliederung entschieden. Ich hätte nichts dagegen, wenn du wieder zur Chronologie zurückfinden würdest.

Um diesen Diskurs abzuschliessen, eine letzte Bemerkung, bei der wir uns wohl einig sind: Literatur soll vor allem Vergnügen bereiten. Jeder kann ihr das für ihn Passende entnehmen.

Hauptsache, es wird gelesen.

Dann hörte er sein Requiem, das von Mozart. Zuerst eine neue Interpretation mit kleinem Chor und Orchester, wo luzide Transparenz herrschte und alle Stimmen klar zu erkennen waren. Dann eine alte Aufnahme mit vielen Aufführenden, deren Monumentalität ihm zum Text zu passen schien, bei der aber vieles nicht genau zu hören war und im Gesamtklang unterging. In seinem inneren Ohr konnte er das aber ergänzen, weil die moderne Fassung nachklang. Von dieser betörenden Mischung erfüllt, von der Kraft apokalyptischer Suggestion erfasst, hob er schaudernd ab:

O Tag des Zorns, bitter und gross,
wenn Schalen voll Glut auf die Erde sich ergiessen,
wenn die Menschen, von Blitz und Donner erschreckt,
mit den Flammen des Feuers sich versengen,
sich auftut der Pfuhl, der von Schwefel brennt,
wenn die Sonne schwarz und der Mond wie Blut,
die Sterne in jähem Sturz darnieder fallen,
wenn Schlangen erscheinen wie Schweife,
der Rachen des Lindwurms uns droht,
wenn endlich sich auftut der Himmel,
die Posaune erschallt, der Thron erglänzt,
das Buch des Richters sich öffnet,
das verzeichnet unsere Schuld,
worin besiegelt sind Alpha und Omega,
dann ertönt der göttliche Harfenklang,
blüht der Baum des unvergänglichen Lebens,
erscheint der Glanz wie Jaspis und Saphir,
leuchtet das himmlische Licht,
erlöst uns das göttliche Lamm,
und wir werden gerettet,
und Ruhe kehrt ein
für immer.

Bahnt sich da ein Happyend an? Steht in der aktuellen Literaturlandschaft etwas quer. Deine Zuversicht freut mich.

Bis er ein Heimgegangener war und verstummte, wollte Christian aber noch Einiges tun.

Er wusste nicht, war er ein Geworfener oder ein Verworfener? Er versank in bohrendes Grübeln.

Er liess Daumen und Zeigefinger der rechten Hand zuerst sanft über die beiden Nasenflügel gleiten. Dann strich er mit dem Daumen der rechten Hand über die Schleimhaut der Scheidewand, um in die hinteren Regionen des rechten Nasenflügels zu gelangen. Als dieser Vorgang nicht den erhofften Erfolg brachte, nahm er den Zeigefinger zu Hilfe und tastete nach den verborgenen Schätzen. Sie fühlten sich schleimig an. Er zog sie langsam zur vorderen Öffnung und achtete darauf, dass die Masse konsistent blieb und nicht riss. Nun ging es darum, die weiche Substanz in eine kompakte, feste, rundliche Form zu bringen, indem sie gleichzeitig gedrückt und gerollt wurde. Der Vorgang gelang zu seiner vollen Zufriedenheit. Der Ausführungsgang der Tränendrüsen war nicht tangiert worden. Das Trocknen erfolgte schnell. Die Materie wurde bald hart. Und er war stolz auf seine taktilen Fähigkeiten, und seine haptischen Bedürfnisse wurden gestillt.

Er betrachtete sein Werk und es war gut. Und es wurde Abend, und es wurde Morgen: ein dritter Tag.

Heute wurde Christian sanfter geweckt, durch den Gong des nahegelegenen Schulhauses.

Unterrichtsbeginn, als er noch Lehrer gewesen war. Schön gesittet sassen sie da, seine Schüler. Wer war er, dass sie bereit waren, sich auf ihn einzulassen? Er wusste ja nicht einmal, was er jetzt sagen wollte. Nachdem er Unmengen an Blättern und Büchern aus der Mappe geklaubt hatte, räusperte er sich. Noch einmal der Blick zur Klasse. Zwei schwatzten noch. Nochmaliges Räuspern. Dann begann er zu reden.

«Wir haben gesehen, dass im Dreissigjährigen Krieg Protestanten gegen Katholiken kämpften.»

Was er da gesagt hatte, stimmte so nicht. Das katholische Frankreich kämpfte ja auf Seiten der Evangelischen. Und es war ja eigentlich kein Religionskrieg. Es ging um handfeste Machtinteressen.

«Zuerst war vor allem die katholische Seite siegreich, gegen Schluss hin dann eher die protestantische.»

Von einem Sieg konnte keine Rede sein. Beide Seiten erlitten furchtbare Verluste. In vielen Teilen Mitteleuropas kamen mindestens dreissig Prozent der Menschen um, manche freilich durch Epidemien. Die Zivilbevölkerung litt unsäglich unter den marodierenden, brandschatzenden und folternden Kriegern. Es geschahen Gräueltaten, die man lieber verschweigen sollte. Christian erinnerte sich an einen Quellentext, wonach bei der Eroberung einer Stadt Schienbeine zersägt oder mit Holzscheiten bis auf die Knochen zerrieben wurden und man einen «Spitalmeister» bei lebendigem Leibe röstete. Dass fast immer nur die beiden Weltkriege des 20. Jahrhunderts als Beispiel für die Schrecken des Krieges herangezogen wurden, war zu einseitig.

Einseitig, oder besser einwegig, war auch die Kommunikation zu Beginn dieser Geschichtsstunde. Die meisten Schüler hörten ihm aufmerksam zu. Er war erstaunt, dass sie nicht den Aufstand probten. Wie wenig er doch zu bieten hatte. Waren seine gestanzten Sätze nicht glatt, hohl und aufgesetzt. Ohne Kanten und Ecken. Vielleicht auch ein wenig langweilig. Aufwühlendes hatte keinen Platz. Darüber wurde Stillschweigen vereinbart. Man schwieg sich zu Tode.

Die Schüler sehen das vielleicht anders. Würden Schüler über dich ein Urteil abgeben, bezeichneten sie dich wohl als «speziell» und als untypischen Lehrer.

Ihm kam die Frau in den Sinn. Irgendeinmal, es konnte in einer 2. Klasse des Gymnasiums sein, trat sie in das Klassenzimmer und setzte sich in die erste, noch freie Reihe. Sie mochte zwischen 30 und 35 Jahre alt sein. Ohne ein Wort zu sagen, verliess sie am Schluss der Stunde den Raum wieder. Christian hatte sie zwar vor der Klasse begrüsst und verabschiedet, sie aber nicht nach dem Grund ihres Erscheinens gefragt. Mit der Klasse hatte er nie über diese absurde Situation gesprochen. Auch durch Schweigen wurde man schuldig.

Ein anderes Mal bat ihn eine ungefähr sechzehn Jahre alte Schülerin um seinen Pullover. Er sah, wie die Schüler, vor allem die Schülerinnen, aufblickten und ihre Augen glänzten. Er nahm diesen Wunsch mit der ihm eigenen Sachlichkeit entgegen und brachte in der nächsten Stunde das Verlangte. Am liebsten wäre er aber der Schülerin um den Hals gefallen. Wie war es möglich, dass sich Schüler für seine Person interessierten? Er galt doch sicher als unauffällig, war eine graue Maus. Auch hier wurde der Schein gewahrt, Persönliches unter den Tisch gewischt.

Das erlebte er aber nicht nur in der Schule. Er hatte einmal Herrn Keller, einem Bekannten, eine Meinung geäussert, die dieser, wie Christian wusste, nicht teilte. Dieser sagte aber nichts und sprach ihn auch nie mehr darauf an. Christian hatte auf Widerspruch gehofft. Stattdessen fiel er ins Leere. Er liebte zwar Reibung nicht. Aber sie erzeugte auch Wärme und konnte Feuer entfachen.

Viele hüllten Andersartiges und Fremdes in einen Mantel des Schweigens. Vor allem wenn Gegenargumente fehlten. Dann verliess man die Sachebene und wurde persönlich. Vielleicht sagte Herr Keller hinter seinem Rücken von ihm, er habe Probleme oder er sei krank. Dieses Verhaltensmuster glaubte Christian dort gehäuft festzustellen, wo er aufgewachsen war.

Um sich seine Karriere als Gymnasiallehrer zu vergegenwärtigen, musste er seine Wohnung nicht verlassen. Er brauchte nur das Fenster seines Wohnzimmers zu öffnen, und schon grüsste ihn im Westen, wo die Sonne unterging, das ihm vertraute Geviert. Er hielt sich nicht an die lateinischen Inschriften an der Frontseite eines Flügels, er wollte nicht die hellen Stunden heraufbeschwören und die dunklen verschweigen.

Als Lehrer wurde Christian von Skrupeln heimgesucht. Er überlegte, wie er den Stoff, bei dem es sich ja nicht um Gras handelte, seinen Schäfchen schmackhaft machen konnte. Da es viele Variablen gab, waren auch die Varianten zahlreich. Er musste den richtigen Cocktail aus motivierenden, bewusstseinserweiternden, halluzinogenen und narkotisierenden Substanzen finden. Wenn er seinen Schülern Ziele steckte, legte er die Latte oft zu hoch, so dass sie entweder gar nicht zum Sprung ansetzten oder den bequemen Weg unten durch wählten. Erreichten sie die Ziele nicht, hatte auch er versagt. So waren er und die Schüler auf Gedeih und Verderben aufeinander angewiesen. Freilich gab es Unterschiede. Waren die Schüler unterfordert, war er überfordert. Waren sie überfordert, konnte er nicht begreifen, warum sie nicht begriffen.

Bei der Unterrichtsvorbereitung versank er oft in einem Stapel von Büchern, unschlüssig, was er den Schülern sagen wollte. Und bei der Bewertung von schriftlichen Prüfungen rechnete er mit halben Punkten oder schrieb fast bei jeder Frage noch eine Punktzahl in Klammer, die eine Tendenz anzeigte. Bei einer Frage wurde die höhere, bei einer andern die tiefere gezählt. Das war seine ausgleichende Gerechtigkeit. Einmal half auch Christians Gerechtigkeitssinn nicht weiter, weil er die Prüfungsblätter auf dem Gepäckträger seines Fahrrads ungenügend befestigt hatte, so dass sie nach sachtem Gleitflug unter die Räder der Autos segelten. Er musste sich hierauf als Verkehrspolizist betätigen, bis er alles eingesammelt hatte. Das war jedoch vergebliche Müh, die Autopneus hatte ihre Spuren hinterlassen. Auch wenn er keine Anstrengung scheute, konnte er, obwohl als Historiker das Dechiffrieren gewohnt, vieles nicht mehr entziffern. So durfte er aber die Prüfungen nicht zurückgeben. Nun wurde er selber zum Prüfling, musste er doch eine Lösung finden. Da er den Bedarf an Toilettenpapier nicht als Ursache für das Ausbleiben der Rückgabe angeben konnte, begründete er das Fehlen der mit Spannung erwarteten Rückmeldung damit, dass er die Prüfung in den Papierkorb geworfen habe, weil sie sehr schlecht ausgefallen sei. Einigen Schülern kam das nicht ungelegen.

War eine Stunde vorbei, erinnerte sich Christian meist nur ungern daran. Im Rückblick war sie für ihn missglückt, da der Lernerfolg nicht bei hundert Prozent lag. Schüler gähnten und steckten dabei andere an. Einige schauten zum Fenster hinaus, offenbar in der Annahme, Weisheit und Erkenntnis vom Himmel zu erhalten. Dieser erwies sich ihnen aber nicht als gnädig. Andere waren so heiser, dass sie sich nur schwatzend äussern konnten, sich deshalb nicht laut meldeten und so ihre tiefen Einsichten den Mitschülern vorenthielten. Sozialformen wie die Gruppenarbeit erfüllten nicht immer ihre soziale Funktion. Die Gruppendynamik barg manchmal so viel Dynamit, dass die Schüler ihre Zurückhaltung aufgaben, sich zu nahe kamen und aneinander gerieten. Oder sie tauschten die letzten Fussballresultate aus, was Christian als Fussballnarr freilich die Gelegenheit gab, den Schülern für einmal kompetent für sie interessante Informationen zu vermitteln. Bei der Partnerarbeit führte die Zusammenarbeit manchmal über rein stoffliche Interessen und die geistige Annäherung an das Thema hinaus, wodurch zentrale Lernziele, da ja das allzu Menschliche am wichtigsten war und sonst im Unterricht zu kurz kam, noch übertroffen wurden.

Leichtsinnige, undisziplinierte, schummelnde Schüler, Minimalisten konnten ein anderes Verhalten zeigen, wenn sie nicht ihre Rolle spielen mussten, etwas sie wirklich interessierte, ein realer Bezug vorhanden war und sie vom wirklichen Leben eingeholt wurden. Als Christian bei einer Wanderung mit einer Mädchenklasse in einer unwegsamen Schlucht mehrmals einen Fluss durchqueren musste, wurden unscheinbare Schülerinnen plötzlich zu Aktivposten, übernahmen Verantwortung und forderten die andern auf, sich die Hände zu reichen, um heil das andere Ufer zu erreichen. Mit vertauschten Rollen hatte sich der Teamspirit bewährt.

Eine Klasse, die Christian durch ihre Lebendigkeit und Unruhe auf Draht hielt, in der es einige impertinente Schüler gab, übte einmal Zurückhaltung. Wegen des Festes des Schulpatrons fiel der Unterricht aus, und die Klassenlehrer machten mit ihrer Klasse einen Ausflug. Dabei trafen sie auf eine Leiche. Die Todesursache war offensichtlich, befand sie sich doch unter einer Brücke, die auch von Menschen benützt wurde, die alle Brücken aufgegeben hatten. Als sie die Polizei benachrichtigen wollten, hörten sie schon die Sirene, und kurz darauf traf die Ambulanz ein. Das Ereignis stimmte die Schüler, die vorher aufgekratzt waren, nachdenklich, sie zeigten sich für einmal wortkarg, so dass keine Feststimmung aufkam.

Ähnliches geschah mit einer andern Klasse. Eine Gruppe, darunter die lautesten, wurden während einer Studienwoche in den

Bergen beinah von einer Lawine erfasst. In den zwei restlichen Tagen waren sie ernst und in sich gekehrt.

Einmal behandelte Christian das Komma. Für das Verständnis der Kommasetzung im zusammengesetzten Satz war seiner Meinung nach die Unterscheidung zwischen Haupt- und Nebensatz (Gliedsatz) von entscheidender Bedeutung. Vor allem die Hierarchie innerhalb der Nebensätze, d.h. in einem Satzgefüge, hatte es in sich. Er konstruierte also komplizierte Schachtelsätze, deren hypotaktische Struktur er an der Tafel graphisch darstellte. In einem Satzgefüge mit beispielsweise sechs Nebensätzen bildete ein Nebensatz erster Ordnung oder ersten Grades die oberste, ein Satz sechster Ordnung die unterste Linie, wobei die Linien Stufen bildeten und zwei Teile eines Nebensatzes, die durch einen andern voneinander getrennt waren, mit punktierten Linien verbunden wurden. Da die Tafel keine Linien aufwies, Christian im Technischen Zeichnen wegen gravierender Mängel in der Darstellung schon immer schlechte Noten erhalten hatte und es ihm deshalb die grösste Mühe bereitete, auf einer noch jungfräulichen Post- oder Glückwunschkarte die Horizontale einzuhalten, versuchte er verzweifelt, während die Schüler seinen Ausführungen mit starrer und immer angestrengteren Miene folgten, den zweiten Teil der Nebensätze auf der gleichen Höhe wie den ersten Teil zu schreiben, diesen also jenem graphisch zuzuordnen. Das Resultat dieser Verschachtelung, wobei es sich hier nicht um Geschenkschachteln handelte, war ein abgestufter und verknorzter Trichter oder, anders betrachtet, zwei von einem Lehrling gebaute, gegeneinander verlaufende und an der Basis verbundene verunglückte Stiegen, was die Schüler nicht so sehr zu stören als vielmehr zu erheitern schien. Und das war bei diesem trockenen Thema immerhin ein Erfolg.

Bei der Bestimmung der Nebensätze appellierte er an die Kreativität der Schüler. Sie mussten Satzgefüge bilden, die anschliessend analysiert wurden. Ein Schüler begann die Fortsetzungsgeschichte mit einem Teilsatz, ein anderer fügte einen weiteren hinzu, bis der Bandwurm sein Leben aushauchte. So entstand etwa folgendes Satzgefüge: „Das Einhorn hat ein Horn, weil es nicht zwei hat, denn hätte es zwei, wäre es ein Nashorn, was zwei Hörner hat und was es nicht sein will." Die Schüler mussten nun - die Apotheose der Lektion - den Weil-Satz an drei Hörnern packen: er war nach der Form ein Konjunktional -, nach der Funktion ein Angabe- oder Adverbial- und nach dem Inhalt ein Kausalsatz, wobei die Kausalität nicht offensichtlich war. Der Konjunktionalsatz war also adverbial ein Kausalsatz. Damit die Schüler keinen Salat bekamen, - eine Lieblingsspeise des Breithornnashorns - nicht Konfusion entstand und Christians Ausführungen nicht einfach Bodensatz blieben, musste dieser aufgewirbelt werden, was einem Training gleichkam.

Die armen Schüler. Felix, das interessiert nicht, du wirst akademisch.

Nachdem sie auch die anderen Teilsätze bestimmt hatten, bedankte sich Christian für die Glanzleistung im Bereich der Sprachlogik und für ihr Einfühlungsvermögen, verlangte aber noch Genialität, indem er fragte, wer den grammatikalischen Fehler im Satz finde. Die Schüler verwiesen auf das «was», konnten jedoch nicht sagen, worin der Fehler bestand, was Christian nachdenklich stimmte.

Seine Vorliebe für Schaubilder äusserte sich auch, als die Schüler die Zeitstruktur eines Romans graphisch darstellen sollten. Das Verhältnis von Erzählzeit und erzählter Zeit sowie Rückblenden und Vorausdeutungen konnten sie quantitativ erfassen, was überzeugende axiale Gebilde ergab, die einem gleichsam die Innereien des Textes zu Gemüte führten.

Eine Show gab es auch bei der filmischen Darstellung einer personalen Perspektive. Die Schüler mussten eine Stelle mit erlebter Rede, einer besonderen Form der Gedankenwiedergabe, mit den Mitteln des Films in eine Sequenz eines imaginären Drehbuchs verwandeln. Die Person des Romans hatte gleichsam eine Kamera auf dem ehrenwerten Haupt und begegnete einer anderen Kamera, die ihre Mimik und Gestik erfasste. Betrachtete die Person den Himmel, hatte auch die Kamera eine vertikale Ausrichtung. Die Gruppen erledigten diese Aufgabe zu Christians voller Zufriedenheit, konnten aber die Relevanz einer solchen Darstellungsweise kaum erfassen, weil sie nicht über die auktoriale Überlegenheit eines fiktiven Erzählers verfügten.

Anschaulich sollten die Schüler ausserdem die Personenkonstellation abbilden. Das Beziehungsgeflecht ergab, weil mehrere Unterscheidungskriterien bestanden, ein Durcheinander von komplex miteinander verbundenen Kreisen. Nun war die Imagination der Schüler gefragt. Die einen sahen in den allmählich entstanden Gebilden Kunstwerke, die abstrakt und kongenial die Mehrdimensionalität des Weltgefüges zum Ausdruck brachten. Bei andern bekamen die Schaubilder astronomische Dimensionen, glaubten sie doch, Sternbilder wie den Grossen Bären oder den Wagen zu erkennen. Die textimmanente Dimension blieb ihnen aber auch hier verborgen, ihr Stern ging nicht auf, und derjenige von Christian war am Sinken.

Ich frage mich. ob du den Schülern den literaturwissenschaftlichen Ansatz schmackhaft machen konntest. Vielleicht haben sie dadurch den Appetit auf Literatur verloren.

Christian konnte aber auch Erfolgserlebnisse verbuchen. In einem Roman, den die Schüler sich zu Gemüte und hoffentlich auch bis zum Hirn führten, fand ein Pfarrer im Tod seine Erfüllung. Er sah die Schrift auf der Wand seiner Kirche, das Zeichen Gottes, auf das er sein ganzes Leben gewartet hatte, während er, vom Feuer erfasst, den Augenblick intensiv erlebte, so lebendig wurde und unter dem Kugelhagel der Nazis starb. In einer Verfilmung flatterten wegen des Knalls Tauben weg. Auf die Frage, warum die Tauben, die an dieser Stelle im Text nicht vorkamen, den Schluss bildeten, strecken einige auf. Vögel würden im Roman mehrmals erwähnt, sie hätten vielleicht symbolische Bedeutung, sie kämen vor, wo man sich nach etwas sehne oder etwas erträume. Hier fühlte sich Christian ebenfalls lebendig, denn die Schüler hatten diese Metaphorik als wichtiges Motiv und den Vogel als Symbol innerer Freiheit erkannt, wie sie sich im Tod des Pfarrers und bei anderen Personen erfüllte.

Von dieser Freiheit spürte Christian aber gewöhnlich wenig. Obwohl kein Worteklauber, «schaute» er den Schülern «aufs Maul» und brachte Seifenblasen zum Platzen, auch wenn sie glitzerten und verführerisch schön waren. Er sah sich zwar nicht als Jahrmarktsattraktion hinter Gitterstäben, sondern eher als Sonderling, der sich in Camouflage übte, oder als Ausserirdischen hinter einer dichten Glaswand, durch die Licht und Schall vielfach gebrochen wurden und nur durch Umwege an ihr Ziel gelangten.

Nimm dich doch nicht so wichtig. Die andern sind so mit sich selbst beschäftigt, dass sie dich gar nicht beachten. Oder sie sind froh, dass nicht alle gleich sind und sie etwas zu quatschen haben.

So schwamm er im Meer der vielen Möglichkeiten und Gefahren, hatte strampelnd Mühe, sich über Wasser zu halten, und fand keine Insel, die ihm ein rettendes Ufer bot. Je mehr die Bürde drückte, desto schwächer wurde er, weil er wenig Appetit verspürte und Toilettengänge trotzdem immer zahlreicher wurden. Obwohl er wenig renitente Schüler hatte, musste er sich damit abfinden, ein Leichtgewicht zu sein, das die schwere Last kaum tragen konnte. Er hatte immer das Gefühl, noch nicht erwachsen zu sein, dem Schürzenzipfel der Mutter nicht entsagt zu haben. Er spürte zwar keine Eierschalen mehr, fühlte sich aber nicht gefestigt. Ständig mahnte eine Stimme, unaufhörlich und unüberhörbar wie Tinnitus: So geht das nicht.

Wenn er mit bleiernem Kopf durch einen Korridor der Schule wandelte, wurde er von einer Ahnengalerie begleitet, wo ehemalige Rektoren aus fernen Zeiten grüssten. Die versteinerten, in Würde erstarrten dunklen Gestalten erinnerten ihn an einen Totentanz, obwohl sie nicht tanzten und nichts Hämisches, Foppendes oder Makabres an sich hatten. Vielleicht war das Ausdruck eines Wunschdenkens, denn ihre beklemmende Autorität war verpflichtend und ihre Strenge vernichtend, vor diesen Unnahbaren und Unverrückbaren konnte er als Lehrer nicht bestehen. Sie verfügten über einen Firnis, einen Schutzanstrich, er aber fühlte sich schutzlos. Bei ihm hatte sich eine Patina angesetzt, die sich als pathogen erweisen sollte.

Es war nicht nur eine initiale Starre, er zündete auch nach vielen Jahren noch nicht. Ihm war oft, der «gesunde Menschenverstand», authentische Gelassenheit und natürliche Autorität fehlten ihm. Auch hatte er wohl eine zu lasche Hand beim Unterrichten. Und er verfügte nicht über das Echolot der Fledermaus oder die Leichtigkeit von Mücken, die auf dem Wasser tanzen konnten. Er bröselte oder wurde zerrieben.

Dass du so lange drangeblieben bist und nicht etwas Anderes gemacht hast! Aber vielleicht gefällst du dir in der Opferrolle.

Nun wollte er dem Kontinuum seines Lebens diskontinuierlich folgen und auf eine andere Insel hüpfen. In dieser schwierigen Zeit, am Ende der Achtzigerjahre, traf er seine Frau. Bei einem Anlass zum Thema «Dritte Welt», mit verschiedenen Workshops, konnte man auch einen Film sehen. Als er die Tür zum Kinosaal öffnete, teilte ihm Daniela, eine heraustretende Frau, mit, der Film werde erst in einer halben Stunde gezeigt. Als erstes fielen ihm ihre hohe Stirn, die nach hinten gekämmten Haare, die sich sanft neigenden Brüste und die unruhigen Pupillen auf. Die Begegnung wurde schicksalshaft. Hätte er die Tür eine Minute früher oder später geöffnet, wäre es nicht zu dieser Begegnung gekommen, und seine Biographie wäre anders verlaufen. Christian war in der Kunst der Aleatorik nicht erprobt. Er hatte immer alles geplant und nicht auf den Zufall gesetzt. Deshalb konnte ihm auch nichts zufallen. Er war zwar ein Liebhaber der Kunst, beherrschte aber die Kunst des Lebens nicht. Und manchmal stand vielleicht der Verstand den Gefühlen im Wege und liess sie nicht vorbei, ein Grund, weshalb ihm das Schicksal nicht immer seine Gunst erwies.

Sie gingen also einen Kaffee trinken. Beim zweiten Treff fragte sie ihn, ob sie bei ihm wohnen könne, bei ihren Eltern gefalle es ihr nicht. Nach einjährigem Konkubinat äusserte sie einen Wunsch. Sie hatten an einem Sonntagnachmittag einen Spaziergang gemacht und ein schönes Erlebnis in einem idyllischen Ambiente gehabt. Am Abend, im Bett, bat sie ihn um die «Hand zum Leben». Als er eine von ihren Wunschvorstellungen abweichende Antwort gab, riss sie ihr gemeinsames Deckbett an sich und begab sich in den Wohnraum, sodass er in seiner Nacktheit erstarrte und es ihn fröstelte. Dann ertönte ein Wimmern. Das konnte er jetzt am wenigsten gebrauchen, ihren Tränen war er nicht gewachsen: «Wenn wir immer füreinander da sind und einander helfen, können wir es versuchen.» Das sollte ein Versprechen und nicht ein

Versprecher sein. Im Rhythmus des Vertrauens sollte sich die Melodie der Freundschaft entfalten können. Nach einer heftigen Umarmung öffneten sie eine Flasche Wein und prosteten sich zu. So bahnte sich ein Zusammenleben an, dessen Endgültigkeit und Dauerhaftigkeit er anzweifelte. Eine Heirat verhiess ihm nicht Dynamik, sondern Statik und Gebundenheit, aber das Wort «Ehe» hatte es in sich. Anfang und Schluss waren identisch. Es war gleichsam der Urlaut „eh", welcher Zweifel, Erstaunen, aber auch höchste Glücksgefühle ausdrücken konnte. Und «Eheschliessung» bedeutete einerseits den Anfang eines neuen Lebensabschnitts, andrerseits Eingeschlossensein, und hier war schon der Schluss, das Ende angelegt, was Christian nicht unsympathisch war.

Daniela, leitende Angestellte in einer grossen Bibliothek, hatte schon vor der Heirat kleine, für ihn unbedeutende Dinge auf ihre eigene grossartige Weise getan. Sie zeichnete sich auch durch Grosszügigkeit und rührende Hilfsbereitschaft aus. Lag er krank danieder, setzte sie alle Hebel und sich selbst in sofortige Bewegung, damit er möglichst bald aufstehen konnte. Ihre echte Anteilnahme zeigte sich, wenn ihm ein Arzttermin bevorstand und sie es genau wissen wollte. Dann begleitete sie ihn und bombardierte den Arzt mit Fragen. Nicht zur Freude aller, denn im Wartsaal wurden freie Plätze rar. Konnte sie nicht mitkommen, musste er ihr Auskunft geben und Arzt spielen: Was warum und inwiefern eingetreten war. Was wo und wann geschehen könnte. Was wie und wozu getan werden musste. Am Schluss fühlte er sich als Versager, vermisste bei sich medizinisches Grundlagenwissen oder egomanischen Wissensdurst. Daniela las ihm die Leviten: alles auf die leichte Schulter nehmen, sich vernachlässigen, naives und apathisches Desinteresse, mangelnde Achtsamkeit. In der Hoffnung, dass sie ihn mit ihren Verhören, die nicht zu überhören waren, bald erhören möge, begann er mit der Zeit zu schummeln, erzählte einfach, was sie gern hörte.

Aus Lust wurde also manchmal Frust. Bei ihm stand am Anfang das Wort, bei ihr die Tat. Stand etwas an, musste es sofort und mit grösstmöglicher Perfektion gemacht werden. Ob Gegensätze sich anziehen? Konnte es gut gehen, wenn augenblickliche, sprunghafte Eingebung auf ein wohlgeordnetes, von Vernunft geleitetes Kontinuum traf? Hier war seine Welt der Beständigkeit, dort Danielas Launenhaftig- und Janusköpfigkeit, wobei Janus, der römische Schutzgott des Hauses, ihnen manchmal weder das eine noch das andere Gesicht zeigte, sondern sich von ihnen abwandte.

Die Eintracht wurde also bald von seiner pausbackigen, ihm zu Beginn deshalb arglos und pflegeleicht scheinenden Frau gelegentlich gestört. Sie konnte es nicht ertragen, dass ihr Mann, der ihrer Meinung nach hohe intellektuelle und menschliche Qualitäten besass, sich erniedrigte und die gekrümmte Haltung eines Bittstellers einnahm. Einmal fragte er sie, ob er sich ein Fussballspiel ansehen dürfe. Sie kam langsam näher. Ihr Gesicht wurde immer grösser. Er sah die rot angeschwollenen Nüstern, die flammenden Augen, das wehende Haar. Plötzlich eine fahrige Hand von links, dann prasselten die Schläge nieder und die Brille fiel zu Boden. Er war wie erstarrt, dachte nicht an Abwehr. Das war Amors Pfeil, ihre besondere Art von Liebe. Sie konnte nicht leiden, dass er sich verleugnete. Dass er sie für alles um Erlaubnis bat. Dass er sich unterwarf. Vielleicht war es aber auch Rache dafür, dass er sie nicht wirklich lieben konnte. Weil er sich selbst nicht liebte.

Sogar Feste wurden von Zwist getrübt. So als sie einen Silvesterabend feiern wollten, Daniela einen Versprecher von ihm zum Anlass nahm, über ihn herzuziehen, und das neue Jahr begann, wie das alte geendet hatte.

Einmal verbrachten sie schöne Tage in Nizza, bis zu ihrem Geburtstag. Am Morgen fiel er ihr um den Hals, bemerkte, es sei Geburtstagswetter, heute wolle er alle ihre Wünsche erfüllen. Ihr Lächeln gefror, dann wich sie zurück, wurde blass, ihre Miene verfinsterte sich und sie erhob, nachdem sie zuvor noch seinen faserigen Pullover bemängelt hatte, wenn auch nicht feierlich, so doch bestimmt und mit verdrehtem Mund die Sprache: «Nein, so will ich diesen Tag nicht mit dir verbringen. Was meinst du eigentlich! Habe ich dir nicht schon hundertmal gesagt, du sollest das lassen. Nein, mit einem Kind will ich heute nichts zu tun haben.» Er wusste nun, dass der Geburtstag im Eimer war und ihm nichts Anderes übrigblieb, als ihn allein zu feiern. Als der Streit verebbt war, verliess er die Wohnung und machte einen Ausflug nach Grasses, der Stadt der Parfums. Am folgenden Tag, als sich nach unruhiger See die Wogen geglättet hatten, gelang es ihm, seine Frau zu einer gemeinsamen Fahrt auf dem Meer zu bewegen. Er sah über dem gekräuselten Meer bei milchigem Licht keine Segelboote, aber Wolken segeln.

Er fragte sich damals, ob er früher, als er allein war, die Reisen nicht mehr geniessen konnte. Er war schon einmal in Frankreichs Süden gewesen, einen ganzen Monat lang, hatte einen Rucksack gebuckelt, auf dem sich ein Einerzelt befand. Obwohl Hochsaison war, erhielt er bei jedem Camping, auch wenn er als voll ausgegeben wurde, Einlass und fand für sein winziges Zelt, in dem er mit Mühe sitzen konnte, ein Plätzchen. Ganz zum Vergnügen der Nachbarn, die ihn beim Aufstellen beobachteten. Aufmerksam betrachtet wurde er auch, wenn er bereits um 18 Uhr alleiniger Gast in einem Restaurant war und wartete, bis die Küche mit der Arbeit begann.

Auf Kreta sah er sich mit Daniela die Schaufenster von Schmuckläden an. Ein Ring hatte es ihr besonders angetan. Als er ihr anerbot, ihn zu schenken, - sie hatte zehn Tage vorher Geburtstag gefeiert - meinte sie zuerst, er sei etwas teuer, konnte aber seinem Angebot nicht widerstehen. Zurück in der Schweiz, entdeckte sie denselben Ring und stellte fest, dass er etwas günstiger war. Zu Hause stellte sie Christian nicht vor die Tür, aber, wieder einmal wankelmütig, mit weit aufgerissenen, hervorquellenden Augen zur Rede und zischte, sie habe ihm auf Kreta gesagt, er sei zu teuer, sie habe nun endlich genug von seinen Geschenken. Er meine immer, er könne sie so für sich einnehmen, darauf könne sie aber verzichten. Sie nahm den Ring vom Finger und warf ihn auf den Boden, so dass er in eine Ecke kullerte.

Deine Frau hat auf mich einen ganz anderen Eindruck gemacht. Dein Eheleben hast du freilich in den Mantel des Schweigens gehüllt.

Einmal sang er für ein Konzert in einem der besten Chöre der Region. Um das Konzert zu finanzieren, verkauften sie Wein. Als er mit Daniela die von ihm bestellten Flaschen abholte, fragte der Präsident des Chores, ob er nicht ein festes Mitglied werden wolle. Er entgegnete, er könne zu wenig gut prima vista singen. Auf der Rückfahrt plusterte sich Daniela auf, und Schläge prasselten auf ihn ein. Das war ihm deshalb besonders unangenehm, weil er das Steuer fest umklammern musste, um nicht von der Strasse abzukommen. Wieder einmal befand seine Frau, er habe sein Licht unter den Scheffel gestellt.

Ihre Wut konnte gefährlich sein, wenn sie am Steuer sass. Einmal hatten sie sich gestritten, weil sie verschiedener Meinung waren, welche Strasse sie nehmen mussten. Er bat sie anschliessend, etwas langsamer zu fahren. Sie aber, vor Zorn glimmend, schob die Unterlippe vor und fuhr noch schneller, so dass er seine Beine mit aller Wucht gegen den Boden stemmte, wie wenn er die Bremse betätigen würde, und sich krampfhaft an seinem Sitz festhielt. Allmählich kehrte Ruhe ein. Erst jetzt fiel ihm ein, dass er Daniela hätte zum Schnellfahren anhalten sollen, da sie in dieser Situation das Gegenteil von dem gemacht hätte, was er wünschte.

Daniela war jedoch nicht nur handgreiflich und tempobolzerisch, sondern auch wortgewaltig. Die Gewalt zeigte sich darin, dass sie Aussagen von ihm - manchmal waren es nur einzelne Wörter - aufgriff und konterte. Das konnte unvermittelt und ohne Vorwarnung geschehen, ihren bipolaren Neigungen entsprechend. Sie verwandelte sich in Sekundenschnelle von der Geliebten in eine Furie. Nach einem Schuhkauf führte er mit ihr am Telefon folgendes Gespräch: «Liebling, ich habe heute Nachmittag Schuhe gekauft.» »Das hast du gut gemacht, ich wollte dir schon lange dazu raten.» «Sie sind schwarz und haben eine Schnalle.» «Ausgezeichnet. Braune Schuhe mit Schnürsenkeln hast du ja genug.» «Vielleicht sind sie aber für dich zu wenig elegant.» «Wann habe ich gesagt, dass ich elegante Schuhe will. Warum legst du mir etwas in den Mund, das ich gar nicht gesagt habe? Wie oft habe ich dich schon gebeten, das nicht zu tun. Du bist wirklich unverbesserlich. So will ich nicht mit dir reden.» Nachdem sie sich wiederholt hatte, legte sie auf. Verletzend war nicht so sehr der Wortlaut, sondern der hysterische Ton, ein Keifen und Kreischen, das er sich nur anhören konnte, wenn er die Hörmuschel in einem beträchtlichen Abstand von seinem empfindlichen Ohr hielt. Sie glaubte sich wieder einmal nicht ernst genommen, wenn er sich die Frechheit herausnahm, etwas in sie hineinzuprojizieren.

Ähnliches geschah auch, als sie einmal auf den Strassen ihres Wohnortes flanierten und Schaufenster betrachteten. Plötzlich war sie verschwunden und nicht mehr auffindbar. Zu Hause stellte sie ihn mit geweiteten Augen zur Rede, und ein Gewitter entlud sich über ihn. Ob er nicht mehr wisse, was er gesagt habe. Er hatte es vergessen. Ihren Andeutungen konnte er entnehmen, dass er gemutmasst hatte, eine Bluse gefalle ihr wahrscheinlich nicht.

Gespräche mit Daniela waren also manchmal unruhig und chaotisch. Christian fuhr mit flottem Tempo auf einer tadellos asphaltierten Strasse, musste dann abbremsen, wenn Gefahr drohte, konnte wieder beschleunigen, musste dann Hindernisse umfahren, landete plötzlich auf einer rilligen Nebenstrasse oder auf einem holperigen Feldweg, wurde durchgeschüttelt und konnte schliesslich froh sein, wenn der Wagen nicht steckenblieb, sondern wieder festen Boden und eine Fahrbahn fand.

Einmal gab er auf die Frage, wie er einen von ihm erwähnten Arbeitskollegen beurteile, die Antwort «Er gibt sich Mühe.» «Warum gibst du ein so negatives Urteil ab?» «Ich meine das positiv, ich schätze seine Gewissenhaftigkeit und seinen Arbeitseifer.» «Du bist naiv, in der Arbeitswelt heisst dein Satz, dass er nicht tüchtig und effizient arbeitet.» «Das mag in einem Arbeitszeugnis so sein.» «Nein», herrschte sie ihn an, «das ist immer so.» Schliesslich konnte er Danielas anschwellendem Wortschwall nicht mehr folgen, hörte nicht mehr zu, da es nicht zu einer Einigung kam, auch wenn er sich Mühe gab. Ihre Sichtweise war für ihn manchmal so trügerisch, wie wenn man den schiefen Turm von Pisa so fotografieren würde, dass er gerade wäre und alle anderen Bauten schief erschienen.

Ein beträchtlicher Unterschied zwischen ihnen bestand in ihrer olfaktorischen Wahrnehmung. Während er, besonders bei ernster Musik, auf sein Ohr vertrauen konnte und bei Gerüchen indifferent war, hatte sie eine gute Nase. Wobei die besondere Ausbildung ihres sensiblen Organs nicht nur ihr, sondern auch ihm oft zum Nachteil gereichte. Wollte er sich auf der Terrasse eines Landgasthofes einen Kaffee genehmigen, rümpfte sie die Nase und verwies ihn auf einen nahen Bauernhof, wo das Übel seinen Ursprung hatte. Die Luft duftete für sie nicht verführerisch, und die würzigen Gerüche lösten bei ihr keine heimatlichen Gefühle aus. So blieb ihm nichts Anderes übrig, als sich in sein Schicksal zu ergeben, wenn sie ihn zum sofortigen Aufbruch drängte. Zu Hause durfte er nur auf dem Balkon rauchen, musste dabei die Tür schliessen und konnte erst wieder eintreten, wenn er tüchtig durchgeatmet hatte. Parfums, Shampoos und andere Reinigungs- oder Waschmittel durfte er nur unter ihrer Anleitung kaufen. Der Abfallsack befand sich nicht in der Küche, sondern auf dem Balkon und musste jeden Tag entsorgt werden. So wurde das Leben nicht einfacher, denn Luft war für Daniela vor allem Duft, was beson- derer Vorkehrungen bedurfte. Ihre olfaktorische Sensibilität wirkte sich jedoch positiv aus, wenn sie ihn bekochte und mit Mahlzeiten verwöhnte, deren würziger Geschmack mit perfekter Gewürzmischung sogar seine Geruchsorgane bezirzte.

Daniela brachte es bei ihren gelegentlichen Wirtshausbesu- chen zustande, dass die Servpererin dreimal vorbeikommen musste, um die Bestellung aufzunehmen. Nachdem sie die ganze Speisekarte eingehend studiert hatte, liess sie sich die Beschaf- fenheit sämtlicher Gerichte erklären, die sie nicht kannte. Dann rumorte Christians Magen ein erstes Mal, bis die Kellnerin erneut erschien und sich über die Art der Zubereitung der Speisen aus- lassen musste, die Daniela in die engere Auswahl genommen hatte. Nach einer erneuten Denkpause nahm die Serpviererin bei ihrem dritten Auftritt schliesslich die Bestellung entgegen. Heikel konnte es auch nachher noch werden. Wenn das Fleisch zu wenig gar war, wies es Daniela mit geschürzten Lippen und der Bemer- kung zurück, man solle es noch länger braten. Sie hielt mit Kritik nicht zurück, wenn ihr etwas nicht geschmeckt hatte, und be- schwerte sich bei Christian, weil er sich bei der Servpererin nicht auch beschwert hatte. Dann lag Christian das Essen schwer auf.

Daniela hatte die Gabe, andere nach kürzester Zeit einzuschät- zen. Wenn ihr nur ein Wort, eine Geste oder eine besondere In- tonation einer Person missfallen war, gab sie ein vernichtendes

Urteil ab. Das hatte zur Folge, dass sie ihn bei Besuchen manchmal nicht begleitete und er einen Grund für ihre Abwesenheit erfinden musste. Das Gegenteil traf ein, wenn ihr erster Eindruck positiv war.

Einmal, als Daniela nur nach mehreren Anläufen den Wagen auf ihrem Parkfeld seitlings parkieren konnte, bemerkte Christian, sie werde das Parkieren wohl nie lernen. In der Wohnung stellte er fest, dass sie bleich war. Plötzlich ging ihm ein Licht auf. Erleuchtet trat er zu ihr, umarmte sie und hielt sie fest umschlungen. Als sie sich aus der Umklammerung lösen wollte, presste er seine Hände fest gegen ihre Oberarme und fixierte sie mit seinen Augen. «Entschuldige. Ich habe dich verletzt. Wie deine Schwester. Sie hat dich immer wieder blossgestellt und gedemütigt. Du konntest ihr nichts recht machen.» Er sah, wie sich Danielas Augen röteten und feucht wurden. Sie löste seine Hände von ihren Armen und ging triefäugig in das Schlafzimmer. Zuerst hörte er ein Wimmern, dann wurde daraus ein Schluchzen, das stossweise hervorbrach und in ein Heulen überging. Er gab ihr die nötige Zeit, liess nur ein leises „Auf Wiedersehen" von sich hören, als er die Tür öffnete, um in der nahen Bäckerei ein Brot zu holen.

Christian wurde sich bewusst, dass Danielas Beziehung zu ihrer Schwester Paula, die gelegentlich zu Besuch kam, ein Grund für ihre plötzlichen An- und Verwandlungen sein könnte. Daniela hatte eine Klasse übersprungen, weil sie eine ausgezeichnete Schülerin war und der Unterricht sie deshalb langweilte. Christian hatte den Eindruck, dass Paula deshalb auf Daniela eifersüchtig war und sich rächen wollte. Nur so konnte er sich Paulas Verhalten erklären. Wie Daniela Christian mitteilte, hatte ihre Schwester sie immer wieder fühlen lassen, dass sie für die Männer attraktiver war. Einmal sagte ihm Paula, Daniela habe sich ganz dem Studium gewidmet, weil sie niemand für den Ausgang fand. Ein andermal überging sie bei einer Begrüssung Daniela und begrüsste nur ihn und zwei Bekannte. Einmal gab es fast Streit, als Daniela in einem Cheminée ein Feuer anzünden wollte und Paula bemerkte, das müsse man anders machen. Kritik gab es auch oft in der Küche. Daniela hatte eine unpassende Sauce gemacht, Kartoffeln waren zu gar oder Aufläufe verbrannt. Christian war deshalb nicht erstaunt, dass Daniela von ihm keine Kritik ertragen konnte, auch wenn sie sehr nachsichtig und milde geäussert wurde. Und weil sie gegen ihre Schwester nicht ankam und in ihrer Familie zudem das jüngste Kind, die Kleine, war, richtete sie ihre Aggressionen gegen ihn und benutzte ihn als Ventil. Er verstand, warum sie sich mit Vehemenz gegen ihn wendete, wenn sie sich nicht respektvoll behandelt fühlte, zum Beispiel, wenn er ihr etwas in den Mund legte, was sie nicht gesagt hatte. Sie duldete aber nicht, dass er sich unterwürfig verhielt und, ihrer Meinung nach, seine wahre Natur verkannte.

Daniela überraschte ihn immer wieder, weil er unter blauem Himmel keinen Regen erwartete. Die Mischung von Sonne und Regen ermöglichte dann aber auch einen prächtigen Regenbogen.

Ein solcher stand über Aktivitäten mit andern. Unter Freunden wurden sie zum Paar. Dann konnte Daniela sehr zärtlich sein, und sie fuhren Tandem, gleichförmig und kongruent, betonten ihre Gemeinsamkeiten und taten kund, dass sie als Schicksalsgemeinschaft unter sich viel und mit andern wenig gemein hatten. Hier zeigten sich ihre telepathischen Fähigkeiten, wussten sie doch, was das Alter Ego dachte oder fühlte, besonders wenn ihnen das Verhalten der andern missfiel. Dann trafen sich ihre Blicke, sie wurden sich bewusst, dass sie durch ihre Komplizenschaft in einer anderen Kategorie und in einem andern Tempo fuhren als die andern. Diese Einheit war aber gefährdet, wenn Daniela auf der Strasse aus ihren Augenwinkeln wahrnahm, dass er seinen Blick nicht geradeaus richtete, sondern einer vorbeigehenden attraktiven Frau zuwarf. Die Lamellen der Jalousie waren bei ihr stets geöffnet. Und sie meldete oft Besitzansprüche an, aber nie ab.

Ein gemeinsames und entspannendes Fest war Wellness in einem Thermalbad. Während er sonst das flüssigste der Elemente mied, war Daniela in ihrem Element. Allerdings nur so lange sie mit den Füssen den Boden spürte. Fehlte die Bodenhaftung, hielt sie sich an Christians Schultern fest und liess sich geschlossenen Auges von ihm führen. Jetzt fühlte sich auch Christian in seinem Element, besonders wenn er vor den Düsen durch horizontale oder vertikale Bewegung Stärke und Ziel des Wasserstrahls bestimmen konnte. Gemeinsamer Höhepunkt war die Liegemassage, wo sie Hand in Hand die Streicheleinheiten der blubbernden Brausen entgegennahmen und, im Wasser schwebend, sich der Schwerelosigkeit übergaben. So hielten sie sich über Wasser und befreiten sich von Verspannungen.

Gemeinsame Erlebnisse waren klassische Konzerte, in denen sie Hand in Hand der Musik lauschten. Bei lauten und dramatischen Passagen erhöhte Daniela den Druck, bei langsamen Pianostellen liess sie los. Er versucht jeweils so zu reagieren, dass die Musik zu einem dynamischen Austausch wurde.

Auch bei Spaziergängen hatten sie Hände, die zueinanderfanden, sich aneinander gewöhnten, sich verschränkten, verkrallten und wieder auflösten. Weniger harmonisch verliefen Galeriebesuche. Während Daniela die ersten Bilder mit aufgerissenen Augen sehr genau betrachtete und alle Anmerkungen las, ging er zügig voran, wurde aber am Schluss von ihr eingeholt, weil sie, ermüdet und sich nach ihm sehnend, die letzten Bilder keines Blickes mehr würdigte.

Schöne Stunden verbrachten sie auch auf den Skiern. Aus freien Stücken hätte er keine Skipisten aufgesucht, aber weil Danielas Augen leuchteten, wenn Schnee fiel, begleitete er sie. Auf dem Skilift fanden sie schon am Anfang zueinander, stiegen auf gemeinsamer Spur in die Höhe, schmiegten sich aneinander, um nicht zu stürzen, und kamen gleichzeitig am Ziel an. Nachher fanden sie bei Parallelschwüngen ein gemeinsames «Timing». Im Bett waren ihre Schwünge nicht immer parallel. Eine Synalöphe gelang erst, wenn Christian die Augen schloss, sich verabschiedete und sich die Traumfrau suggerierte. Er hatte aber den Eindruck, dass Daniela das Spiel allmählich durchschaute und eine Penetration deshalb erschwerte.

Eine Einheit waren sie in London. Dort belegten sie ein Hotelzimmer im Erdgeschoss. Da es überheizt war, öffneten sie das Fenster, bevor sie ins Bett gingen. Als sie sich vor dem Einschlafen noch kurz unterhielten, nahmen sie Rauch wahr. Offenbar war das Zimmer nicht ganz dicht. Plötzlich erhob sich Daniela blitzschnell, stürmte, das Kissen wie einen Schild vor sich tragend und laut »Ein Dieb, ein Dieb» schreiend, zum Fenster. Christian dachte zuerst an Somnambulismus, verwarf aber wegen des horrenden Tempos diesen Gedanken gleich wieder. Wie Daniela anschliessend berichtete, hatte ein Mann durchs Fenster ins Zimmer steigen wollen, war aber von ihr daran gehindert worden, war die zwei Meter bis zum Boden hinuntergeklettert und dann davongerannt. Jetzt hatten sie auch eine Erklärung für den Rauch. Der Einbrecher hatte vor der Tat eine Zigarette geraucht, um sich unterdessen eine Strategie zurechtzulegen oder, da er keinen Alkohol hatte, Mut anzurauchen. Daniela legte hier ein Zeichen ihrer Furchtlosigkeit und Geistesgegenwart ab. Bei Christian vermischte sich der Stolz, eine solche Frau zu haben, mit dem Gefühl, auf Grund seiner Passivität und Langsamkeit wieder einmal die Zwei auf dem Rücken zu tragen. Er versuchte seine Ehre halbwegs zu retten, indem er sofort entschieden zum Empfang ging und ein höher gelegenes Zimmer verlangte. Auch wenn sie hier ungleiche Rollen gespielt hatten, wurden sie als Paar durch die Bedrohung zusammengeschweisst. Wobei sie gegen aussen immer geeint auftraten, auch wenn sie sich nicht bedroht fühlten.

Ein Foto zeigte Daniela und ihr Spiegelbild in einem Teich eines botanischen Gartens. Man wusste zuerst nicht, wie es zu halten, weil man auf den ersten Blick nicht erkennen konnte, welches die wahre Daniela war. So erging es Christian oft. Welches war ihr Kern, die leise, zurückhaltende und bescheidene Frau, als die sie die anderen kannten, oder die Daniela, die ihm zu schaffen machte?

Ein anderes Foto zeigte Christian kopfüber, bei einem Salto auf einer Düne am Strand des Atlantiks, konzentriert und ganz versunken in die ungewöhnliche Verrenkung, von jeder Erdung befreit. Von den Füssen herabrieselnder Sand zeugte vom Standort. Daniela liebte dieses Bild. Sie fand hier einen sehnigen und zugleich leichtfüssigen, schwerelosen Christian, der für einmal etwas wagte, über den eigenen Schatten sprang, die Bodenhaftung aufgab und die Welt aus einer andern Sicht betrachtete. Andere Kapriolen liess Daniela ihm jedoch nicht durchgehen. Mit seinem besonderen Humor zum Beispiel konnte sie sich nicht anfreunden. Seine gelegentliche Freude, andere zu veralbern, fand sie albern.

Auf Grund der Turbulenzen wünschten beide eine Veränderung des Partners. Während Daniela so dem Bild der Frau, das sich viele machten, gerecht wurde, fühlte sich Christian bei den Männern in der Minderheit, denn sie wollten oft das Bild ihrer Frau bewahren, das sie am Anfang hatten. Die Routine des täglichen Zusammenlebens überbrückte zwar vieles, aber die Beziehung wurde brüchig, barg Zündstoff für Fehden, für überraschende und ihm ungelegene Feuerwerke. Daniela war dabei im Gegensatz zu ihm resilient und resistent. Dissonanzen behielten ihren Spannungscharakter und strebten nicht einer konsonanten Auflösung zu. Daniela blieb für ihn ein Vexierbild, auf vieles konnte er sich keinen Reim bilden, so sehr er sich auch um Gleichklang und Harmonie bemühte. Wenn Stürme tobten, verschanzte er sich, und das wurde immer häufiger. So mussten sie den sicheren Hafen der Ehe verlassen und, als ihnen das Wasser bis zum Hals stand und sie nicht mehr gegen die Strömung schwimmen wollten, die Segel streichen. Die Ehe endete am Schluss seiner glorreichen Zeit als Lehrer mit einer Scheidung, auch wenn sie nicht eigentlich ausgelatscht oder zerrüttet und Zwist nicht allgegenwärtig war. Aber sie fühlten sich zu zweit einsam. Das Auto hatte keinen Treibstoff mehr, und die Ehe war wie ein See ohne Zu- und Abfluss. Er hatte seine Frau ertragen, aber nicht getragen, weil er als ihre einzige Stütze versagt hatte. Seine Frau sagte ihm, sie hoffe, mit einem andern Mann Kinder zu haben und Mutterfreuden zu geniessen. Ihre schwierige Beziehung sei für Kinder nicht tragbar. Sie wirke sich auf die Kindererziehung negativ aus, und die Kinder würden leiden, wenn die Eltern sich stritten. Erstaunlicherweise gab Daniela den Anstoss. An eine Scheidung hatte er auch schon gedacht, aber nicht gewagt, ihr diesen Wunsch mitzuteilen, weil er glaubte, sie würde unter einer Trennung leiden. Er hatte sie falsch eingeschätzt. Über das Thema Kinder hatte sie vorher nie mit ihm gesprochen, sie hatte aber offenbar geahnt, dass er aufgrund seiner Probleme im Beruf sich nicht stark genug fühlte, Kinder zu erziehen und sie auf ihrem Weg zu begleiten.

Er konnte auch nach der Scheidung nicht aus Danielas Schatten treten. Dass sie, die bei der Scheidung 36jährig war, in den folgenden Jahren zwar Freunde, aber keine Kinder hatte und nicht mehr heiratete, verursachte bei ihm Gewissensbisse, weil er glaubte, am Scheitern der Ehe schuld zu sein und ihr die Zukunft verbaut zu haben. Er machte sich auch Vorwürfe, weil er bei gelegentlichen Anrufen erfuhr, dass sie sich einsam fühlte. Er hatte ihr nicht geben können, wonach sie sich gesehnt und was sie bei ihm zu finden gehofft hatte.

Zier dich nicht.

Er, der vielleicht zu einem Eremitendasein bestimmt war, fühlte sich nach der Scheidung als einzelner, aber nicht vereinzelter Mensch. Oder anders gesagt: er genügte sich selbst. Daniela aber war immer bereit, auf einen Sprung bei ihm vorbeizukommen, auch weil sie hoffte, ihm irgendwie helfen zu können.

Felix, du bist und bleibst ein Einzelgänger.

Christian ging nun auf den Balkon. Die Sonne hatte über den Nebel gesiegt. Aber noch Wolken. Südwestwind. Die sachte Bewegung der Wolken wurde erst sichtbar, wenn man einen Fixpunkt ins Auge fasste. Auflösungserscheinungen. Milchige Gletscher ergossen sich in dunklere, wie erstarrt wirkende Gefilde. Weiter oben Flocken und gezackte, fratzenhafte Gebilde.

Ein besonderer Anblick. Vielleicht war er der einzige auf der Welt, der das - es war etwas Einmaliges - in diesem Augenblick betrachtete. Wenig später würde alles anders sein.

In der Ferne waren sogar die Hochalpen auszumachen. Schon seit der Kindheit hatte ihn der Blick auf die weissen Berge hinter grünem Untergrund bezaubert. Diese waren aber, im Gegensatz zu den Wolken, Inbegriff der Beständigkeit. Jetzt würde er die funkelnden Kristalle und das Blitzen auf dem Schnee sehen, wenn die Sonne hinter einer bauschigen Wolke hervortauchte. Falls nicht heftige Böen Nebelschwaden durcheinanderwirbelten und den Saum der Berge verschleierten. Aber vielleicht würde er sogar enttäuscht sein, wenn die Wirklichkeit seinen Bildern nicht standhielt. Und er hatte ohnehin etwas schwere Beine. Deshalb verzichtete er auf eine Bergtour. Er wollte heute dem Hügelland seine Ehre erweisen.

Auf der Strasse versuchte er sich auf den Verkehr zu konzentrieren. Bei Kreiseln musste er den Kopf gut nach links drehen, weil seine Brille ja die linke Seite nicht abdeckte. Besonders graue Autos bereiteten ihm Schwierigkeiten. Und deren gab es mehr als genug. Grau in Grau. Offenbar verlangte es die andern nicht nach einer Fahrt ins Blaue. Sein Privileg.

Auf der Autobahn war er von sich selbst überrascht. Wie frei und leicht er sich fühlte. Und er freute sich, wenn er auf der Überholspur schnelle Flitzer bremsen konnte, genoss ihr Kopfschütteln und die bösen Blicke. Aber er musste sich konzentrieren. Er durfte nicht aus der Gegenwart flüchten und in die Vergangenheit abschweifen oder sich egomanisch in sein Jenseits zurückziehen.

Auf dem Lande hatte er, wie jedes Jahr, den Eindruck, der Frühling, oder besser Vorfrühling, sei noch nie so schön gewesen. In zwei, drei Wochen würde der Löwenzahn die Wiesen gelb färben. Etwas später würde sich Christian in die blühenden Kirschbäume, die die Strassen säumten, vergucken. Er würde wie immer durchs Land fahren und bei einem prächtigen Baum anhalten, um ihn besser zu sehen. Gelegentlich ein Blick in den Rückspiegel für den Fall, dass er andere irritierte. Jetzt war die Natur noch nicht so weit. Aber das frische Grün beruhigte. Und er sah das erste Leberblümchen. Es war so unscheinbar, dass er es fast nicht bemerkte. Einen Meter zurück, und er kniete nieder, entledigte sich seiner Brille und betrachtete es genau. Das verblichene, matte Blau der Blütenblätter - blau war seine Lieblingsfarbe - streckte dem Betrachter die weisslichen, fein ziselierten Staubgefässe entgegen. Er stellte sich das Blümchen übergross vor, auf einer riesigen Leinwand. Welche Sensation!

An einem erodierenden Abhang entdeckte er in Terrakottaerde eine Rinne, in der rieselndes Wasser schimmerte. Er glaubte, ein Relief als winziges Abbild des gewaltigen Grand Canyon zu entdecken, den er vor Jahren mit dem Helikopter überflogen hatte. Hier war Kleines ganz gross.

In der Stadt musste er noch den Umschlag mit dem Wahlmaterial in den Briefkasten der Post werfen. Dabei traf er Carmen, eine ehemalige Schülerin, deren Nachnamen er vergessen hatte. Als er sein Erstaunen kundtat, dass sie ihn noch kannte, erwidert sie, sie habe gute Erinnerungen an ihn, sie hätten ihn als Lehrer geschätzt, was ihn noch mehr verblüffte.

Nach dem Ausflug begab er sich auf dem Sofa von der unscheinbaren Hügellandschaft in die weiten Ebenen Afrikas.

Flug über das Okavango-Delta. Endlich viel Grün. Und diese riesigen Büffelherden. Davon hatte Christian nicht viel gemerkt, als er auf dem Boden, am Rande des Deltas, gewesen war. Auf dem Wasser, in den canoes, verbrachten sie, eine internationale Gruppe, nur einen halben Tag. Die übrige Zeit auf dem Truck oder zu Fuß, in einer ausgetrockneten Gegend. Die großen Herden, denen er im Serengeti-Nationalpark begegnet war, fehlten hier. Aber er sichtete einen Leoparden. Dieser befand sich ganz in der Nähe des Weges am Fuße eines Baumes, auf dem in ungefähr drei Metern Höhe eine von ihm erlegte Impala hing. Fast wie Wäsche. Gut, dass sie ihn lange - sicher mehr als fünf Minuten - beobachten konnten. Es war nämlich sein erster. In Kenia und Tansania hatte ihn Christian nicht gesehen. Zu Gesicht bekam er auch Löwen, die an den Knochen eines Kudus nagten. Eine Löwin war etwa fünf Meter von ihnen entfernt. Sie fixierte Christian mit ihrem Blick, ungewöhnlich lange. Er sah ihre starren, glasigen Augen. Einmal machte es den Anschein, als ob sie zum Sprung ansetzen wollte. Warum schaute sie gerade ihn an? Sie wollte sich den Löwenanteil sichern und ihn nicht mit ihm teilen. Er gönnte ihr doch ihre Beute. Er war sogar sehr an ihrem Überleben interessiert, er als Tierschützer. Ihm lagen aber auch ihre Beutetiere am Herzen, etwa die dummen Gnus und die Kuhantilopen, welche so blöde aussahen. Einen Gepard erblickten sie im Delta nicht. Das war für Christian nicht schlimm, denn er hatte Geparde auf der Serengeti-Ebene mehrmals erspäht. Für andere ging ihr Wunsch, dieses heiß ersehnte Tier zu beobachten, nicht in Erfüllung. Deshalb erhielten die Gruppenmitglieder am Schluss ein T-Shirt mit der Aufschrift «Where is the cheeta?».

Wo sich Flusspferde und die anderen Tiere aufhielten, wussten sie. Besonders Elefanten begegneten sie häufig. Eindrücklich die gewaltigen Bullen, Einzelgänger, wenn die Gruppe zu Fuß und ohne Bewaffnung unterwegs war. Während Christian Begegnungen mit Menschen oft mit Angst entgegensah, fürchtete er sich vor den Dickhäutern nicht, auch wenn sie nahe waren. Und auf des Schweizers Straßen war es ohnehin gefährlicher. Nur einmal fielen die Elefanten ihm eher unangenehm auf. Als sie die Dusche zerstörten, einen auf ungefähr zwei Metern Höhe sich befindenden Kessel Wasser, den man mit einer Schnur in Schieflage bringen und wiederaufrichten konnte. Auch sie hatten Durst. Die Gruppe konnte nachher zwar nicht mehr duschen, aber immerhin hatten sie noch Wasser. Das war nicht immer so. Eine Zeit lang konnten sie sich nicht waschen, weil der Wassertank des Trucks ein Leck hatte. Ausgemergelt, mit strähnigem Haar, auf Strassen, die einem trockenen Flussbett glichen, waren sie froh, als das Leck behoben war.

Die Notdurft mussten sie immer hinter einem Strauch, wo sie ein Loch gegraben hatten, verrichten. Die Intimsphäre war so beeinträchtigt, aber sie bereiteten den Stechmücken ein Festmahl.

Größere Lebewesen machten ihnen weniger Probleme. Es war bemerkenswert, wie wenig Angst Christian nicht nur die Elefanten, sondern auch die anderen wilden Tiere einflößten. Zumal die

Gruppe in Zelten schlief und in der Nacht, anders als er das auf einer früheren Safari erlebt hatte, kein Feuer unterhielt. Christian erkannte mit der Zeit wichtige Tiere wie Löwen, Elefanten, Flusspferde oder Hyänen an ihrer Stimme. Dass er sich sicher fühlte, hatte wohl auch mit den beschwichtigenden Worten des Reiseleiters zu tun, wonach für die Tiere Zelt Materie sei und sie die gut getarnten menschlichen Artgenossen nicht bemerkten.

Vor Jahren, in Burundi, hatte ein Mann Christians Gruppe gesagt, sie sollten ihre Zelte anderswo aufstellen. Wegen der Leoparden. Zurück in der Schweiz, erfuhr er, dass genau zu der Zeit, als er in diesem Gebiet war, dort ein Genozid verübt worden war. Bedrohung ging also nicht von Tieren aus. Auch nicht von den grössten Menschenaffen. Er hatte nämlich einige Jahre später in Kapuzi Biega, einem Schutzgebiet in der Demokratischen Republik Kongo, das auf fast 3000 Meter lag, Berggorillas beobachtet. Als sie dort angekommen waren, mussten sie zuerst die Zweierzelte aufstellen und dann etwas Essbares kochen. Holz für ein Feuer und Wasser waren wegen des nahen Regenwaldes genügend vorhanden. Nach einer ruhigen Nacht erfuhren sie, dass vor zwei Tagen ein Gorillababy von Wilderern gestohlen worden war. Man konnte Babys Zoos unter der Hand teuer verkaufen. Wilderer waren eine grosse Bedrohung dieser vom Aussterben bedrohten Gorillaart. Ausserdem hatte das explosionsartige Bevölkerungswachstum, vor allem im dicht besiedelten Nachbarland Rwanda, zur Folge, dass viel Wald gerodet und so der Lebensraum der Menschenaffen dezimiert wurde. Vielleicht musste man sich damit abfinden, dass sie nur noch in Zoos überleben konnten. Das war nicht eine Affen-, sondern eine Menschenschande.

Etwas befangen begab sich Christians Gruppe auf die Pirsch. Sie war kaum eine halbe Stunde unterwegs, als sie auf die vorher von den Wärtern ausgekundschaftete Familie stiess. Sie bestand aus dem Silberrücken, dem dominanten Männchen und Chef, sowie vier Weibchen und drei Jungen. Da sie den Weibchen nicht zu nahe kommen durften, folgten sie dem Silberrücken. Sie mussten, wie ihnen der Parkwächter vorher eingebläut hatte, eine untertänige Haltung einnehmen und Blickkontakt mit dem Familienoberhaupt nach Möglichkeit vermeiden. Und es konnte nicht schaden, wenn sie vorgaben, Pflanzen zu fressen, sodass der Silberrücken sie als seinesgleichen akzeptieren konnte. Sie hatten einiges erwartet, aber nicht mit der Präsenz dieses Energiebündels, das 200 Kilogramm wiegen mochte, gerechnet. Manchmal nur drei Meter von ihnen entfernt, war sein Eindruck gewaltig. Auf der Suche nach ausgewählten Pflanzen war er bei seiner Fressorgie ständig in Bewegung, was denen, die ihm folgten, körperliche Fitness abverlangte. Wenn er seine Scheinangriffe lancierte, pochte ihr Herz zum Zerspringen. Sofort stoben sie auseinander und achteten darauf, dass sie dabei nicht ausrutschten. Seine Annäherungsversuche waren jedoch nicht Aggression, sondern nur Bluff: Er wollte zeigen, dass er der Chef war. Nach einer Stunde mussten sie die Familie verlassen, damit sie durch ihre Anwesenheit nicht zu lang bei ihrer natürlichen Interaktion gestört wurde. Vor dem Abmarsch konnte Christian noch in die tieftraurigen Augen eines Jungen blicken, das sich ihm zu nähern versuchte. Diese glasigen Augen, den durchdringenden Blick und die Ausstrahlung des Silberrückens würde er nie mehr vergessen.

Reisen in Afrika war für Christian freilich manchmal beschämend angesichts des Elends der Einheimischen. Zum Beispiel, wenn sich in Tansania Kinder um leere Konservenbüchsen der Gruppe stritten. Dass er als Tourist dem Land, zum Beispiel Parkhütern, Arbeit brachte und Devisen verschaffte, konnte sein schlechtes Gewissen nicht vollends beschwichtigen.

Seine Hoffnungen beruhten auf den Frauen dieses Kontinents. Sie verrichteten die Hauptarbeit, und sie waren nicht schuld an den vielen Bürgerkriegen, litten wie die Kinder besonders darunter. Aber sie hatten ein Druckmittel. Sie sollten sich den Männern verweigern. Wie Lysistrate.

Hier hielt Christian inne. Er war nicht ohne Sünde. Deshalb warf er den ersten Stein. Aber nicht gegen die anderen, sondern gegen sich, den vom Schicksal Begünstigten. Er nahm seine Lieblingsschokolade zur Hand. Wieder einmal konnte er sich das nicht verkneifen. Zumal ein Arzt ihm gesagt hatte, Schokolade sei ein gutes Schlafmittel. Wenn Christian sie aß, machte er nichts Anderes. Er ließ sich nicht einmal von Musik ablenken. So konnte er sich ganz dem zarten Schmelz widmen.

Nun hatte er Lust, Bach zu hören. Diesmal nicht die Gouldbergvariationen, vom legendären Gould gespielt, der diesen Berg mit spielerischer Leichtigkeit bestieg und hier auf dem Gipfel seiner pianistischen Laufbahn stand. Heute hatte er es mit dem 2. Satz von Bachs Doppelviolinkonzert.

Der Dialog der beiden Geigen. Es war, als ob zwei Wesen, vielleicht sogar zwei menschliche Stimmen mit betörender Schönheit sprächen. Mit dem Unterschied, dass jede menschliche Erblast dahinfiel. Sie verbanden sich, feierten das Nacheinander und Miteinander, sich imitierend und variierend, in einem harmonischen Wechsel von Kommen und Gehen, gleichgesinnt und gleichläufig, aber nicht gleichförmig und eintönig.

Musik als tröstender Liebesersatz?

Am Abend ging er auf den Balkon. Der Sternenhimmel: Myriaden der Myriaden der Myriaden.

Er beneidete Menschen, die in diesem Augenblick in einer

Sternwarte betrachten konnten, was vor Milliarden von Jahren geschehen war. Wie wenig wir doch sehen konnten, eingedenk des unendlichen Weltalls, der Milliarden von Fixsternen mit ihren Planeten.

Und was war die Erde? Ein Sandkörnchen, ein Stäubchen. Bedeutend nur in ihrer Bedeutungslosigkeit.

Wir hatten das Stäubchen zum Mittelpunkt des Alls erkoren. Gott hatte es, wie Maria, seine «Magd», vor aller Welt auserwählt. Dass Myriaden anderer Sterne denselben Vorrang beanspruchten, sagte Christus nicht. Er hatte sich zwar gegen sture Gesetzestreue gewandt und die befreiende Botschaft der Liebe gebracht, er gab den Menschen aber keinen Fingerzeig, wie die Welt zu erklären war, liess sie in ihrer Unwissenheit allein. Von einem Gottessohn erwartete Christian jedoch das Licht der Aufklärung. Warum sollten die Menschen dieser Erde die Einzigen sein? Die Auserkorenen? Wahrscheinlichkeit hatte ihre Grenzen. Alles andere war scheinwahr.

Er entledigte sich der Asche seiner Zigarette. Fast musste er über seine Anwandlungen schmunzeln.

Verstaubte Lehrsätze konnten für ihn nicht Ausdruck göttlicher Offenbarung sein. Gewissheit wurde von der Sehnsucht nach Wahrheit und der Dynamik der Liebe abgelöst. Und die Trinität, zum Geheimnis und damit als unantastbar erklärt, war ihm fremd. Auch wenn er nicht, wie Theologen, die Deutungshoheit hatte, stellte er sich Fragen.

Wenn er nach dem Tod ein neues Leben gewinnen sollte, wurde er neu geboren. Wie die Köcherfliege, die im Wasser – meist von guter Qualität – ein Larvendasein fristete, zum Schlupf als Puppe an die Oberfläche schwamm und in einem anderen Element dem Himmel zustrebte. Dann erfuhr er die ganze Wahrheit.

Sicher fristete er kein Schattendasein in der Unterwelt. Er wurde nicht von defätistischen Wallungen heimgesucht. Er brauchte keine Angst vor dem Ungewissen zu haben, er konnte ruhigen Gewissens sterben. Vielleicht gewann er Einblick in besondere Zusammenhänge des zurückliegenden Lebens, sah, was er erlebt hatte, in einem andern Licht. Vielleicht fand er dort elysische Heiterkeit vor.

Auf der Erde würde er als homo de pulvere zu Staub werden und im Boden verrotten. Die Verwesung seines Körpers bedeutete Verwesentlichung, der Kreislauf des Lebens konnte neu beginnen. Rosen erstrahlten noch schöner, wenn er ihnen Nahrung gab.

Aber wollte er das noch?

Es sollen Lichter an der Wölbung des Himmels werden, um zu scheiden zwischen Tag und Nacht. (...) Und es wurde Abend, und es wurde Morgen: ein vierter Tag.

Heute war er im Morgenrock auf dem Balkon. Früher, als er am Gymnasium seine wahre Bestimmung verfehlte, hatte er das nicht gewagt. Was dachten die anderen? Es dröhnte in seinen Ohren. Er dachte ständig, was die anderen von ihm dachten. Und da war die Angst vor dem Versagen und das Bewusstsein, nicht zu genügen. Er hatte die fatale Entwicklung als masochistischer Perfektionist selbst herbeigeführt, das Kontinuum zeigte Brüche, er erlitt Rückschläge, die er nicht verarbeitete. Wie sollte er sich in Szene setzen, wenn er die Rolle nicht beherrschte und die Kostüme nicht passten? Er konnte mit den Freiheiten des Lehrerberufes nicht umgehen, hätte eine klar definierte Arbeit - die Lehrpläne waren unverbindlich - und feste Arbeitszeiten bevorzugt. Sein Magen ertrug das nicht. Er verlor den Appetit auf alles. Deswegen war er spindeldürr. Als Gestrandeter war er ausgelaugt und so ausgemergelt, dass die Kleider ihm um den Körper schlotterten und die Glieder erschlafften. Er fühlte sich oft auf einem Kreuzweg, der mehr als vierzehn Stationen enthielt.

Nachdem er in seinem Beruf lange ausgeharrt hatte, kam es, wie es kommen musste. Er, der sich so sehr nach tropischem Regenwald sehnte, wollte nicht mehr durch Wüsten gehen, aber auch einer Flut trüber Aussichten entgehen. Er konnte das ihm aufgetragene Pensum, ursprünglich die einer Spinnerin zur täglichen Verarbeitung zugewogene Menge, nicht mehr bewältigen. Er verlor den Faden vollends, als er an einem 23. Dezember, dem ersten Tag der Weihnachtsferien, den weiteren Unterrichtsverlauf skizzieren wollte. Jeden Satz, den er begonnen hatte, strich er sofort wieder durch. Schliesslich gehorchte ihm die rechte Hand nicht mehr und versagte ihren Dienst.

Die totale Blockade, das abrupte Ende. Die Sterne waren gefallen, die Pfade umnachtet, die Hände verblichen und wächsern, er war sich abhandengekommen.

Von heiligen oder gesegneten Zuständen konnte, auch vor Weihnachten, nicht die Rede sein, seit er diese Zustände bekommen hatte. Nun konnte er keine Fasern mehr zu Fäden drehen, dieses erlesene Hand- oder Fusswerk blieb ihm versagt.

Christian war ein Kopfnicker und ein Kopfmensch. Seine Massnahmen waren Kopfgeburten. Nun musste er aber anpacken. Handlungsschwanger, wie er seiner Ansicht nach immer noch zu sein hatte, musste nun, nachdem die Wehen eingesetzt hatten, sofort etwas geschehen. Aber die Geburt konnte nur unter gütiger Beihilfe gelingen. Also besprach er sich mit seiner Schwester, damit sie ihn aus der Bredouille helfe. Sie schlug vor, was er von sich gewiesen hatte, weil er den Mut dazu nicht aufbrachte und weder den Schülern noch dem Rektor ein Weihnachtsgeschenk versprochen hatte: eben diesen zu benachrichtigen und den Unterricht auf unbestimmte Zeit zu sistieren. Zuerst wehrte er sich gegen ihren Vorschlag, in der Hoffnung, dass dieser Kelch an ihm vorübergehen möge, gab dann aber, nach liebem Zureden, den Widerstand auf, zumal sie bereit war, die unangenehmen Massnahmen zu ergreifen, zu denen er sich aus Angst, man könnte ihn massregeln, nicht überwinden konnte. Offenbar hatte der Rektor, ein distinguierter Herr, einen guten Tag. Er wünsche gute Besserung, werde eine Lösung finden und einen Stellvertreter einstellen. Damit waren aber noch nicht alle Probleme gelöst. Für eine Neugeburt benötigte Christian professionelle Hilfe.

Er hatte schon früher mit Psychiatern Bekanntschaft gemacht. Einer verkündete ihm nach einiger Zeit zu seinem großen Erstaunen, er sei jetzt gesund. Das hatte Christian nun wirklich nicht gemerkt. Er fühlte sich schlechter als am Anfang der Therapie. An einer Fortsetzung hatte er aber keine Lust.

Diesmal musste er einen anderen finden. Er schlug das Telefonbuch auf und staunte, wie viele Seelenärzte ihre Dienste anboten. War die Welt aus den Fugen geraten oder ihr die Seele abhandengekommen? Er entschied sich für einen, der in seiner Nähe wohnte und dessen Name verheissungsvoll klang. Nach zwei Sitzungen Anamnese diagnostizierte der Psychiater eine Erschöpfungsdepression. Er könne in einer Psychiatrischen Klinik neuen Mut schöpfen. Christian wandte ein, nachdem er zweimal leer geschluckt hatte, er als König der Schöpfung wolle seine Krone noch nicht abgeben und fühle sich nicht dermassen elend, dass er den Tag mit der Nacht vertauschen möge. Er sei zwar bedrückt, werde aber von den während Jahren angestauten Sorgen nicht erdrückt. Hier werde sein letzter Wille unterdrückt. Der Psychiater, der das Wort ergriff, obwohl er nicht begriff, entgegnete, gerade wegen Suizidgefahr müsse er eingeliefert werden. Das sei aber nicht sein Wille, er wolle ganz einfach unbeschwert und unbehelligt leben. Nachdem der Psychiater eine Klinik, wo alle Türen offen stünden, versprochen und darauf hingewiesen hatte, dass so die Medikation optimal eingestellt werden könne, gab Christian schliesslich nach.

Die Depression bedeutete einen Wendepunkt. Die Welt war für Christian in ihren Grundfesten nicht erschüttert. Der neue Zustand fühlte sich angenehm an. Christian war das Sinnieren vergangen. Er kam sich so leer vor wie eine umgekippte Mülltonne. Jetzt beschlichen ihn weder gute noch schlechte Empfindungen, er fühlte gar nichts. Die Zeit verging weder schnell noch langsam, sie verging überhaupt nicht, stand still. Da nun seine Fassade bröckelte, alle erfuhren, dass er eine Klinik aufsuchte, und wussten, wie es um ihn stand, musste er nichts mehr beweisen, hatte keinen guten Ruf zu verlieren. Die anderen wirkten nicht mehr bedrohlich, hatten den Stachel verloren. Seine Angst, sogar die Angst vor der Angst, die sich wie Nachtschattengewächs ausgebreitet hatte, war verschwunden. Er besass ja keinen Gegner mehr, auch nicht sich selbst. Seine Startnummer als Sohn des Bankdirektors konnte er abgeben, brauchte sich nicht mehr hinter einer Larve zu verstecken und sich auf den schmalen Brettern seiner kleinen Bühne als starken Christian aufzuspielen, konnte der ewigen Narretei ein Ende setzen. Er fühlte sich aber nicht nackt, sondern befreit von einem zu knapp bemessenen Kostüm. Jetzt musste er nicht mehr etwas vorgaukeln, wurde als Gaukler nun zum Seiltänzer, der sich nicht mehr vor einem Fall in die Tiefe zu fürchten brauchte. Er hatte die Fahne der Unantastbarkeit und Perfektion eingerollt. Niemand wartete auf ihn, niemand erwartete etwas von ihm. Er war aus sich herausgetreten, hatte seine Haut abgeworfen, seinen Panzer gesprengt, sich vom Chitin befreit. Während er als Raupe andere durch Mimikry getäuscht hatte, durfte er sich nun als Schmetterling zeigen, gewann an Höhe, übergab sich den Launen der Winde und liess sich von ihnen treiben. Die Metamorphose entpuppte sich als Glücksfall.

Man konnte das aber auch ganz anders sehen. Nach einem mühsamen Aufstieg hatte er eine Delle erreicht, wo der Blick in eine ferne Vergangenheit oder Zukunft versperrt war und er sich im Kreise drehte. In der Mitte befand sich kein jäher Abgrund, sondern das absehbare Ende eines von Erosion gezeichneten Trichters. Der Weg beschrieb keine Spirale, weder nach oben noch nach unten. Er hatte dabei weder den Tunnelblick noch sah er durch eine dunkle Brille. Aber die Monotonie der immer gleichen zirkulären Bewegung führte zu dösiger Apathie und Trägheit. Daran waren die starken Antidepressiva schuld, die sein Psychiater ihm verschrieben hatte. Endlich blieb ihm genug Zeit für die Lektüre, aber es geschah oft, vor allem am Abend, was er früher nicht für möglich gehalten hätte: Er schlief dabei ein. Offenbar verlor für ihn jetzt nicht nur das eigene Schicksal an Bedeutung, auch fiktive Personen traten ihm nicht mehr so nahe, dass er von gespannter Erwartung ergriffen worden wäre.

Vielleicht wäre eine Depression für dich gar nicht so schlecht gewesen.

Er ging immer noch ein bisschen gebückt, hatte seine liebe Mühe, den Weg zu finden, Markiersteine zu beachten und richtig zu deuten. Sein grösstes Problem war die Zerstreutheit. Von Geistesabwesenheit konnte nicht gesprochen werden, sein Geist war nicht abwesend, sondern lediglich abgelenkt - oder eben zerstreut. Das eröffnete aber ungeahnte Möglichkeiten. Sein Sensorium kreiste nicht konzentrisch um das Naheliegende, sondern liess ihn in die Ferne schweifen und weitete sich zu einem breiten Spektrum schillerndsten Farben aus. Manchmal war er aber bekloppt. Er war dann so geschickt wie eine Giraffe mit kurzem Hals oder ein Flusspferd, das über einen Fluss springt.

Durch seine Grillen wurde er aber nicht grillig. Manchmal belustigten sie ihn sogar. Solange nur Eingeweihte seine Schrullen kannten, bestand kein Anlass zur Sorge. Seine Marotten konnten sich vielleicht sogar als nützlich erweisen, etwa seine häufigen Kontrollgänge, um zu schauen, ob die Lichter gelöscht und Türen oder Fenster geschlossen waren.

Einst bemerkte er, nachdem er ins Schlafzimmer gegangen war, dass der Wäschekorb nur halb gefüllt war. Er hatte vorher die Wäsche bereitstellen wollen, diesen Vorgang aber nicht zu Ende geführt. Offenbar war er abgelenkt worden. Er bildete mit der Buntwäsche ein Häufchen, legte es in den Korb und fügte noch die weiße Wäsche hinzu, die so weiß nicht mehr war.

Christian musste wieder einmal nachschauen, ob ihn jemand per Handy hatte erreichen wollen. Er fand es nirgends. Keine Ahnung, wo er es das letzte Mal hingelegt hatte. Es war halt schon lange her. Er fand es schließlich in der Schublade seines Schreibtisches. Doch seine Mühe war vergeblich. Es wollte ihn niemand sprechen.

Jetzt hatte er Lust auf eine Dusche. Früher war sie für ihn eine Tortur gewesen. Schon der blosse Gedanke daran erzeugte Gänsehaut. Dass er eine Dusche über sich ergehen lassen musste, bevor er ins Wasser stieg, war auch der Grund, warum er öffentliche Schwimmbäder nach Möglichkeit gemieden hatte, soweit es sich nicht um Thermalbäder handelte. Wenn er sich einbilden konnte, er habe warm, war es weniger schlimm. Alles war relativ. Er hatte zum Beispiel schon bemerkt, wenn er seine Hände wusch, dass er dieselbe Wassertemperatur einmal als warm und einmal als kalt empfand, je nachdem, ob sie vor dem Waschen warm oder kalt waren. Kälte hatte Wärme und Wärme Kälte zur Folge.

Zuerst legte er die Socken auf den warmen Radiator; denn nach der Dusche hatte er immer kalte Füsse, weil ja das Wasser in den tiefen Regionen seiner Füsse seine wohltuende Wärme verlor. Dann netzte er den Schwamm und seifte den ganzen Körper systematisch und konzentriert ein, indem er die Haut mit der ganzen ihm zur Verfügung stehenden Kraft abrieb. Die Brause brauchte er dabei nicht, er ging mit Wasser haushälterisch um. Insbesondere, weil das Wasser einen bestimmten Druck brauchte, um durch die Brause zu fliessen. Etwas das Christian nicht verstehen konnte. Angesichts des Energienotstands. Um wenig heizen zu müssen, zog er sich anschliessend warm an.

Das Badezimmer hatte er schon letzte Nacht aufgesucht. Er hatte einen kleinen Käfer gesehen, der unter den weissen Schrank flüchtete. Wie schnell er war! Eine Extrapolation würde eine Geschwindigkeit von über 100 km ergeben. Sollte er ihn zerstampfen? Er liess ihn gewähren. Kribbelndes, krabbelndes Leben in seiner einsamen Wohnung. Eigentlich hatte er sich nach einem Haustier gesehnt, aber er hatte sich nicht entscheiden können. Und jetzt war es ohnehin zu spät.

Allein war er auch, bis zur Einweisung in die Klinik, in der depressiven Phase. In dieser Zeit widmete er sich zu einem grossen Teil der Hausarbeit. Einmal war Staubsaugen angesagt. Früher, als er Einiges unter den Teppich zu kehren pflegte, hatte er dieser Tätigkeit nicht viel Spass abgewinnen können. Er hatte sie sogar gehasst. Vor allem der Anfang war hart gewesen. Hatte er sich einmal überwunden, war das Schlimmste auch schon vorbei. Der Doktor hatte von ihm viel Bewegung gefordert. Sich in einem Fitnesszentrum mit Folterinstrumenten zu plagen und dafür noch zu zahlen war jedoch seine Sache nicht. Zu Hause hatte er die Fitness gratis. Er bemühte sich beim Saugen um weitausholende Armbewegungen und bückte sich, sooft er konnte. Er war nie leichtsinnig gewesen, denn Leichtsinn erschwerte die Suche nach dem Sinn. Deshalb wollte er nun dieses Armgymnastikprogramm auf sich nehmen. Seine fuchtelnden Arme gehorchten ihm nicht immer und machten sich gern selbständig. Aber war er einmal in seinem Rhythmus, versank er in seinen Betrachtungen und vergass die Arbeit.

Überhaupt hatte er die Hausarbeit liebgewonnen. Beim Geschirrspülen gelang es ihm, sich gleichsam zu überlisten, weil er während dieser Zeit Radio hörte. Er sagte sich nun nicht mehr: «Christian, du musst nun endlich das Geschirr waschen.» Jetzt durfte er sich etwas Angenehmes gönnen: «Christian, du darfst jetzt das ‚Echo der Zeit‘ hören.» Das war die ihm eigene Art von Euphemismus.

Er war auch stolz auf seine Abwasch-Strategie. Er stellte alles Geschirr zuerst in sein grosses, mit Wasser randvoll gefülltes Spülbecken. Drei Tage altes Geschirr musste zehn Minuten im Wasser sein, zwei Tage altes Geschirr fünf Minuten, und das soeben benutzte wusch er als erstes. So gehorchten seine Sachen den gezielten Bewegungen seiner Bürste besser. Dann kam es aber noch auf die Beschaffenheit der Speise- oder Getränkereste an. Er wusste mit der Zeit von jedem Gegenstand, wie lange er im Wasser verharren musste, um nachher in vollem Glanz und makellos rein zu erscheinen.

Beim Trocknen der nassen Kleider war es ähnlich. Hier ging es aber nicht so sehr um Zeit, sondern vielmehr um Raum. Er hatte allmählich herausgefunden, wie weit jedes Kleidungsstück vom Gebläse entfernt sein musste, damit es seinen hohen Ansprüchen genügte und er mit dem Trocknungsvorgang zufrieden war. Ausserdem musste er noch der Reihenfolge der Drähte und dem Einfallwinkel des Lufts gerecht werden. Er hatte sich dadurch mit der Zeit so viel «Know-how» angeeignet, dass er die Kleiderbügel zum Tanzen brachte und sie sich seiner Souveränität widerstandslos unterwarfen.

Weniger souverän war die Reinigung seiner Toiletten. Bei dieser Arbeit versuchte er sich so sehr in seine Gedanken zu versenken, oder besser, in sie einzutauchen, dass er die etwas unangenehmen Aspekte dieser Tätigkeit vergass. Er dachte zum Beispiel an die Fussballübertragung vom Vorabend. Seine Mannschaft hatte verloren. Obwohl sie dominiert und mehr Tormöglichkeiten herausgespielt hatte. Welche Ungerechtigkeit! Seiner Meinung nach durfte es keine Sieger und Verlierer geben. Meister sollte derjenige werden, der am Schluss der Meisterschaft das beste Torverhältnis hatte. Damit war jedes Tor wichtig. Und die Mannschaften würden sich nicht nur hinten einigeln, sobald sie ein Tor geschossen hatten.

Wenn er dann aufwachte, bemerkte er oft, dass er etwas vergessen hatte. Die untere äussere Seite der WC-Schüssel war zum Beispiel nicht geputzt. Wieder einmal war es ihm nicht gelungen, zwei Sachen gleichzeitig zu seiner vollen Zufriedenheit zu erledigen. Er konnte nicht einmal zur gleichen Zeit lesen und Musik hören. Schon nach wenigen Sätzen ertappte er sich dabei, wie er sich Gedanken über das Orchester oder die Interpretation machte. Es fehlte ihm einfach an der nötigen Disziplin.

Aber er hatte noch andere Defizite. Wenn er eine Entscheidung treffen musste, schrieb er seine Gedanken mit Vorliebe auf, damit er sich nicht ständig im Kreis drehte und sie sich nicht verflüchtigten. Er hatte so Fixpunkte, an die er sich halten konnte, mit denen er seine Lage bestimmte und die ihm den Weg wiesen, um Neuland zu betreten. Auch schrieb er, was er erledigen musste, auf Zettel. Sie waren manchmal so voll, dass er nur zwischen den Zeilen schreiben konnte.

Vor dem Klinikaufenthalt musste er die Küche einrichten, da sie saniert worden war. Da war sie also, die frisch renovierte Küche. Eine Herausforderung. Das Alltagsgrau der Fliesen wollte sich seinen Blicken nicht entziehen, ermüdete. Christian fasste sich an die Schläfe. Dann presste er seine Finger auf die Stirn und bewegte sie sachte auf und ab, auf und ab, auf und ab. Der Druck liess nach. Er bemerkte die aufgestapelten Schachteln mit dem Geschirr. Er war gespannt, was die oberste verbarg. Was wurde ihm da aufgetragen? Der Stapel war hoch, es mochten vier Schachteln sein. Beim Ausräumen hatte er sich nicht die Zeit genommen, alles planmässig und mit der nötigen Sorgfalt in den Schachteln unterzubringen. Das konnte ihm jetzt zum Verhängnis werden. Und wenn ein Glas am Boden zerschellen sollte? Es würde zu unzähligen Scherben zerbersten, die sich über die ganze Küche verbreiteten. Unter jedem Stuhl, unter jeder Tüte würden sie sich verstecken, in die hinterste Ecke vordringen. Er müsste niederknien, sich seiner Brille entledigen, um alles scharf sehen zu können. Und die spitzen Scherben konnten Löcher in seine Hose reissen, wenn nicht sogar sich in seine Knie bohren. So konnte er sich auf den Knien nicht bewegen, und das Funkeln der feinen Scherbchen, wenn nicht sogar Stäubchen würde ihn so verwirren, dass er die Übersicht verlöre. Wo sollte er mit dem Aufräumen beginnen? Zuerst musste er ja an die grossen Scherben gelangen. Das war das Wichtigste. Aber wie konnte er zu ihnen vordringen, wenn sich schon die kleinen Stachelträger, gleichsam die Bauern, welche den König verteidigten, oder die Ameisen, welche die Königin bewachten, ihm entgegenstellten. Er konnte sie überlisten, indem er sich erhob. Die grossen Scherben konnte er so noch sehen. Aber wenn dann das Wichtigste geräumt war, blieben immer noch Tausende von kleinen und kleinsten Stacheln wehrhaft zurück. Er hörte das Knirschen unter seinen Schuhen. Nein, das konnte man ihm nicht zumuten.

Nachdem er sich ausgeklinkt hatte, spürte er wieder diese Ameisen im Kopf und das Kribbeln in den Beinen. Es verlangte ihn nach einer zweiten Zigarette. Aber es war ja erst halb elf; er musste sich noch gedulden. Dann kam ihm eine Idee: Wenn er jetzt an die Arbeit ging, durfte er die zweite schon in einer Viertelstunde rauchen. Noch einmal blickte er auf die oberste Schachtel. Der Deckel war zu seinem grossen Glück nicht mit der Schachtel verklebt. Langsam und konzentriert legte er Hand an. Feierlich hob er ihn in die Höhe, fast wie der Priester den Kelch im Gottesdienst, und legte ihn sachte auf den Kochherd. Da waren sie also, seine grossen Goldrand-Teller. Er hatte sie erwartet. Erstaunt nahm er daneben Gläser wahr. Sie waren von den Tellern ganz an den Rand gedrängt worden, aber – o Glück – unversehrt. Er öffnete die mittlere Türe des cremefarbenen Schranks. Drei Tablare starrten ihn an. Er entschied sich für das mittlere. Dorthin gehörten die Teller. Er benutzte sie ja als Mittagsteller, wenn er ausnahmsweise einmal am Mittag zu Hause ass. Vorerst begnügte er sich mit einem Teller, war er sich doch seiner Wahl noch nicht ganz sicher. Die andern sollten zu gegebener Zeit folgen, falls er sich nicht eines andern besann. Was sollte er aber mit den Gläsern? Nach einigem Überlegen ergriff er schliesslich ein Glas, umklammerte es fest und stellte es mit aller Sorgfalt auf das oberste

Tablar, wobei er aufpasste, dass sein Arm nicht ausscherte, sondern ihm willig gehorchte. Das war narrensicher. Obwohl ja ein Narr eigentlich nicht sicher war, der dachte, die Narren seien sicher. Dort oben sollte das Glas thronen. Und da er glaubte, auf dem Glas sein Konterfei zu erblicken, war es auf dieser Höhe am richtigen Ort. Am folgenden Tag aber entschied er, es auf das unterste Tablar zu stellen. Die Fallhöhe war geringer. Als er das Glas in der Hand hielt, bemerkte er, dass er sich getäuscht hatte. Er sah nicht sein Konterfei, sondern hinter dem Glas seine Finger, blattgedrückt, blutleer, fast wächsern. Er erinnerte sich an eine Angestellte einer Kleiderreinigung, die ihm gesagt hatte, er habe schöne Hände. Wie konnte man nur Hände rühmen? Konnten Hände schön sein? Sicher hatte sie das nicht ernst gemeint. Er war ja eher unauffällig, wenn nicht sogar unansehnlich.

Mit gemischten Gefühlen lieferte er sich in die Klinik ein. Obwohl ein protziger Bau, wo sich die Tage klonten, verlor sie wie alles aus der Nähe Betrachtete allmählich ihre Bedrohung. Er erinnerte sich an eine Kletterpartie in den Bergen. Als er mit Freunden aus der Ferne eine ungefähr 300 Meter hohe Felswand sah und man ihm sagte, sie würden sie besteigen, antwortete er, er werde nicht für tausend Franken dort hinaufklettern. Nachdem sie sich angeseilt hatten, wurde das Gelände steil, aber die Kletterei war weniger schlimm als angenommen. Christian fand immer irgendeinen Stein oder Felsvorsprung, der Halt gab. Das Seil festigte, gab Sicherheit, und er vermied es, in die Tiefe hinabzublicken.

Die Tage in der Klinik vergingen freilich zähflüssig und bleiern. Er dämmerte, halb betäubt, in der stickigen Atmosphäre unter dem Einfluss der Medikamente vor sich hin, begleitet von einem betulichen Psychiatriepfleger. Hier brauchte man sich nicht zu schämen. Slapstickartiges, skurriles Verhalten war normal.

Am Morgen, Mittag und Abend stand nach dem Essen jeweils ein Ritual auf dem Programm. Als Nachspeise wurde immer die gleiche Anzahl Medikamente verabreicht. Die rechte Hand ergriff ein Glas Wasser, worauf die linke Hand eine Tablette zwischen Daumen und Zeigefinger einklemmte, sodass diese schliesslich problemlos dem Mund zugeführt und verschluckt werden konnte. Dabei musste er das erste Mal noch seinen Pfleger korrigieren. Er sprach von «einem Generika», was Christians lateinischem Ohr missfiel.

Er bedauerte, dass es kein Medikament gab, mit dem man sich in einen anderen Menschen versetzen konnte. Er fragte sich oft, wie andere, zum Beispiel Opportunisten, Extravertierte, Selbstbewusste sich in einer bestimmten Situation verhielten und wie sie empfanden. Sie fühlten sich sicher so, dass sie bestimmte Medikamente nicht zu nehmen brauchten.

Christian teilte mit einem Flüchtling namens Gürbüz das Zimmer, der in der Türkei als Alewit und wegen seiner Mitgliedschaft in der kommunistischen Partei inhaftiert und gefoltert worden war. Traumatisiert konnte er nur bei Licht schlafen, woran sich Christian allmählich gewöhnte. In der Helligkeit hatte er Bilder vor Augen: eine Frau, die hinter übergrossem Stacheldraht in eine Lektüre vertieft war und eifrig schrieb; eine brennende Kerze, deren Licht durch Stacheln nicht gelöscht oder gebrochen werden konnte. Er begriff später nicht, weshalb er als Mitglied einer Menschenrechtsorganisation nie ernsthaft mit Gürbüz über dessen Vergangenheit gesprochen hatte. Es erstaunte ihn umso mehr, als er sich vor langer Zeit einmal für einen türkischen Gefangenen eingesetzt, an türkische Behörden viele Briefe geschrieben und einen Bruder des Inhaftierten in Deutschland getroffen hatte, bis er frei wurde. Ob sein Einsatz Ursache der Entlassung war, wusste er nicht.

Er wurde während der drei Monate von zwei Psychiatern betreut. Beim ersten begann jede Therapie mit zehn Minuten Schweigen. Christian sollte diese Zeit des sich Anschweigens aushalten können, selbst wenn man sich etwas zu sagen hatte. Aber Christian war nicht dafür gemacht. Dann die Griffe zwischen die Rippen, die ihn zum Lachen und damit das Adrenalin zum Fliessen bringen sollten. Aber auch dafür war er nicht zu begeistern. Schliesslich ein Gespräch, das sich an der freigesetzten Energie entzünden sollte, aber auch das lag ihm nicht. Er versagte sich die Worte nicht absichtlich, aber alles war schon oft besprochen worden, alle Antworten standen im Raum und für den Psychiater zum Abholen bereit.

Einen anderen Weg ging der nächste Psychiater. Er machte mit verschleierten Augen einen schläfrigen und dann mit vergeistigtem Gesicht einen abwesenden Eindruck. Dann schritt er zur Tat. Softe Musik sollte ungeahnte Kräfte freilegen und positive Gefühle auslösen. Christian verfiel der narkotischen Wirkung jedoch so stark, dass er einschlummerte und nichts mehr fühlte. Die anschliessende Hypnose des Psychiaters war ohne Narkose. Er suchte mit Suggestion bei Christian schmerzliche Tiefen des Unterbewusstseins blosszulegen, das Über-Ich liess das aber nicht zu und erlaubte nur Worte, die der Psychiater nicht erwartete. So war er enttäuscht, als Christian einen Wald schilderte, diesem aber nicht ein böser Mann entsprang. Der Psychiater war der eigenen Suggestion erlegen.

In der Gruppentherapie interessierten ihn die gegenseitigen Animositäten meist Jugendlicher nicht. In der Ergotherapie bemalte eine eingewanderte Serbin während fünf Monaten Jutetaschen mit immer demselben blauen Schiff. Sie hatte das Monopol, während Christian sich um Variation bemühte und sich für Kreativität entschied. So hatte er einmal die Absicht, eine Raubkatze zu modellieren. Sie verwandelte sich aber in einer unvorgesehenen Metamorphose in ein liegendes Zwitterwesen, das Züge einer Katze, eines Hundes und eines Bären trug. Er bezeichnete deshalb diese jämmerliche Kreatur nicht als Raubkatze, sondern als Tier schlechthin, als Prototypen, sodass die anderen mit ihrer Kritik zurückhielten und das Erzeugnis gar als gelungen betrachteten. Einer anderen Kreation, einer abstrakten, gab er den Namen «harmonische Dynamik» oder «dynamische Harmonie», was bei den andern auf weniger Verständnis stiess.

Daneben war er noch der Elektrodenkönig, Versuchskaninchen für ständig sich wiederholende kopflastige Experimente. Die Resultate dieser Untersuchungen teilte man ihm nicht mit. Er hätte danach fragen sollen. Aber vielleicht interessierten sie ihn gar nicht.

In der Klinik kam es ihm vor, als sei die Vergangenheit endgültig vergangen. Wie wenn sie sich von ihm getrennt und selbständig gemacht hätte. Ihre Gerüche fehlten ihm oder erschienen ihm schal und fremd. Ereignisse wirkten uralt und gehörten einer anderen Welt an.

Manchmal drohten Mauern auf ihn einzustürzen oder verschwanden ganz, so dass sich eine unendliche, grell beleuchtete Ebene öffnete. Dann sah er sich von aussen, wie er sich ganz langsam bewegte und sein Gang gefror. Oder er kreiste auf einem Karussell um eine imaginäre Mitte, von der er sich gleichmässig und stetig entfernte, wobei er den Eindruck hatte, nicht er, sondern die Umwelt bewege sich, eine urbane Attrappenwelt, in der die Häuser nicht ineinander übergingen, sondern sich voneinander absetzten und sich vereinzelten.

Ihn beschäftigte nicht nur sein eigener Heilungsverlauf, er vernahm auch einiges über die Therapie einer Frau, zu der er sich hingezogen fühlte. Sie hatte zwar keine Paranoia wie andere Insassen, war aber mit einer depressiven Verstimmung und zwei

Phobien gesegnet und deshalb in ihrer Bewegungsfreiheit eingeschränkt, obwohl sie sich nicht zu verstecken brauchte. Oben
musste sie die Augen schliessen aus Angst vor der schwindelerre-
genden Tiefe, unten aus Angst vor der Enge. Die Therapie zielte
nun darauf, ihr die Augen zu öffnen. In einem ersten Schritt
musste sie sie noch geschlossen halten, um sich Behagliches leb-
haft vorzustellen. Sie erteilte ihren Muskeln, einem nach dem andern, den Befehl, sich zu entspannen. Gehorchten sie ihr, liess der
nächste Schritt nicht lange auf sich warten: ein Bild, das bei ihr
positive Gefühle auslöste, mit viel Suggestionskraft heraufbeschwören. Bei der Akrophobie bot sich als Traumbild die Sicht auf
den schönsten Berg der Schweiz an, das Matterhorn, das sich vor
oder besser über ihr majestätisch erhob und den Himmel zu berühren schien. Mit der angenehmen Vorstellung wurde nach bangen Momenten auf verschiedenen Höhen schliesslich die schwin-
delerregende Aussicht auf dem Gipfel des Matterhorns gekop-
pelt. Als sie den Gipfel erklommen hatte und hinabschaute, wurde
sie nicht traumatisiert. Die beiden Vorstellungen vermischten sich
und durchdrangen einander mit verzerrten Perspektiven. Die
dunkel gähnenden Gletscherspalten unter dem Berg, bereit, sie
zu verschlingen, verloren ihre bedrohliche Wirkung und wurden
vom Traumbild überstrahlt. Die Angst war verschwunden. Bei der
Klaustrophobie stellte sie sich zuerst einen weissen Strand mit
Sicht auf die Schaumkronen des unendlichen Meeres und den
azurblauen Himmel vor. Dann wurde sie in einen Luftschutzkeller,
einen Lift und zuletzt in einen Sarg versetzt. Auch hier wuchsen
die angenehme Vision und die angsterzeugende Situation zusammen. Der Luftschutzkeller löste sich im schäumenden Meer auf,
der Sarg öffnete sich zum mit wattenen Schönwetterwölkchen
umspielten Himmel. Panik oder Beklemmung wichen dem Entzücken über die heiteren Phantasiegebilde.

Dann musste jedoch der grosse Schritt von der Fata Morgana zum Fatum Mortale, von der unverbindlichen Ein- zur verpflichtenden Ausbildung und von der Suggestion zur Aktion erfolgen. Da die Frau in ihrer Therapie immer noch am Anfang stand und am Anfang die Tat war, entschloss sie sich zu diesem Sprung ins kalte Meer- oder Gletscherwasser. Zuerst wurde ein Stufenplan erstellt. Um die verschiedenen Höhen zu erproben, sollte die Frau sich zuerst auf den Balkon der Klinik begeben und den Tour d'horizon auf dem Turm der gotischen Kathedrale beenden. Von einer Kletterpartie wurde abgesehen, weil eine geeignete Felswand fehlte. Der Enge versuchte die Frau beizukommen, indem sie den Keller aufsuchte und sich in einen schmalen Lift zwängte. Ein Sarg war nicht verfügbar. Diesen schweren Weg der Realitätsbewältigung ging die Frau jedoch nicht allein, sondern mit ihrem Therapeuten. Christian wusste nicht, ob sie ans Ziel gelangte, weil er die Klinik vorher verliess. Aber die Aussichten waren vielversprechend. Sie hatte gelernt, eine Erscheinung von verschiedenen Seiten zu betrachten. Ob sie je New York, ihre Traumstadt, besuchen, eine angenehme Flugreise verbringen, sich in den engen Strassenschluchten wohl fühlen und die Sicht auf der Freiheitsstatue geniessen konnte? Christian hoffte es.

Dann ein plötzlicher und unerwarteter Anruf. Daniela teilte ihm den Tod ihrer Mutter mit. Sie sei heute Morgen früh im Altersheim, in dem sie sich seit einem halben Jahr befand, friedlich eingeschlafen. Da sie an einer Lungenentzündung erkrankt sei, überrasche der Tod in ihrem Alter - sie war 89 - nicht. Zum Glück habe sie nicht leiden müssen. Sie, Daniela, sei dabei gewesen und habe bedauert, dass die Mutter nicht mehr ansprechbar war. Die Beerdigung sei in drei Tagen. Sie fühle sich energielos und auch etwas leer, sie finde es mühsam, die nötigen Vorbereitungen zu treffen. Ihre Schwester sei auch nicht in der besten Verfassung.

Mit der Mutter hatte sich Christian verstanden. Er gedachte einer Schneewanderung, an der sie sich wegen schlechtem Schuhwerk auf ihn gestützt hatte, um nicht aus- und einen Hang hinunterzurutschen, bis er sie auf einen Sessellift hob.

Er antwortete Daniela, er könne sich vorstellen, bei ihr vorbeizuschauen oder zumindest an die Beerdigung zu kommen, er müsse aber noch etwas abklären. Er erinnerte sich an den Tod von Danielas Vater. Damals hatte er im Gottesdienst den Nekrolog vorgelesen.

Von seinen Eltern verabschiedete sich Christian nach dem Klinikaufenthalt. Als die Mutter von zwei Stürzen schorfige Ellenbogen davontrug, war ein Aufenthalt zu Hause nicht mehr möglich, so dass sie mit gedunsenem Gesicht in ein Heim eingeliefert wurde. Sie, die sich oft an den Vater gelehnt und ihm die Verantwortung zugeschoben hatte, musste nun selbständig auftreten. Sie tat das mit erstaunlichem Beharrungs- und Durchsetzungsvermögen.

Christian hatte sie einmal auf einer schon gebuchten Reise begleitet, weil der Vater krank war. Sie war darüber nicht unglücklich, jedenfalls hatte er den Eindruck, dass er ein vollwertiger Ersatz war. Auch wenn er sich Freiheiten herausnahm, zum Beispiel dem pulsierenden Nachtleben Marseilles auf die Schliche kam, während seine Mutter, von den Reisestrapazen gezeichnet, sich unbekümmert dem Schlaf übergab, so dass sie seine späte Heimkehr nicht bemerkte.

Christian begleitete sie auch bei ihrem Tod. Nachdem er, sein Vater und seine Schwester das Krankenzimmer für eine kurze Pause im Freien verlassen hatten, die Meldung, der Tod stehe kurz bevor. Die Mutter lag steif da, das Gesicht ledern, die Wangen eingefallen, die wächsernen Finger auf dem Bettlacken, starrte an die Decke, der Mund ein dunkles Loch. Trotzdem bekam sie für Christian, vielleicht bedingt durch die Bedeutung des Augenblicks, etwas Gravitätisches oder sogar Majestätisches. Er hatte den Eindruck, dass sie sich jetzt noch mehr in sich versenkte, ganz konzentriert war, den Tod herbeisehnte, bereit war für den Übergang in ein anderes Dasein, die Metamorphose. Und dann zunehmende Erstarrung. Schliesslich ein winziges Zucken, ein Erzittern. Sofort erschien der Arzt und stellte den Tod fest. Vielleicht hatte sie uns wahrgenommen, gewartet, bis wir aus der Pause zurückgekehrt waren. Nun sah er den Vater erstmals weinen. Es war ein Stöhnen, das dann einem Heulen ähnlich wurde. Auch ihm kamen die Tränen. Er liess ihnen freien Lauf, befreite sich von der Anspannung.

Ein halbes Jahr später, bei Vaters Tod, war er abwesend. Er hatte ihn mit seiner Schwester am Vorabend noch besucht. Er lag da, abgemagert, mit dunklen Furchen und Altersflecken, sprach nicht mehr, verriet aber durch Blickkontakt mit dem Sprechenden seine Teilnahme. Die Nacht verbrachte Christian zu Hause, weil die Pflegefachfrau den Tod noch nicht erwartete. Um halb sechs dann der Anruf, der Vater sei gestorben. Wahrscheinlich wollte er allein sterben, um das Letzte seinen Kindern nicht preiszugeben oder um ihnen nicht zur Last zu fallen. Vielleicht hatte der Vater den Satz «Was machst du für Sachen», den Christian beim Abschied einfach so daher gesprochen hatte, als leisen Vorwurf aufgefasst.

Heute lockte ihn, vielleicht ein letztes Mal, der Wald.

Warum willst du immer in den Wald? Warum nicht in die Wüste? Du warst ja ein Sonnenanbeter.

Vielleicht liebte er den Wald, weil das satte Grün, das vegetativ Verschlungene und die üppige Fülle Leere ausfüllten und viel Leben ausstrahlten. Auch war er dort meist allein und wurde von niemand kontrolliert.

Oder fühlte er sich, unbewusst, zum Wald deshalb hingezogen, weil dieser in der Tiefenpsychologie das Unbewusste ausdrückte und ein geheimnisvoller Bereich war?

Wilde, unberührte Natur, schon vom Kind erträumt, gab es nicht nur im tropischen Regenwald, sondern auch in der Schweiz. Da Christian keine teuren Reisen mehr machen wollte, mussten Wälder in den Schweizer Bergen herhalten, Wälder, deren Ausmasse und Urwüchsigkeit in unserer Zivilisation, wo sonst alles kultiviert und erschlossen war, etwas Bedrohliches, aber auch Verlockendes erhielten. Dorthin zog es ihn heute mit allen Kräften. Er wollte sich in einen ausgedehnten Wald in den Voralpen, eine halbe Fahrstunde entfernt, zurückziehen. Er ging allein, weil er niemandem zumuten konnte, ihn in dieser unwegsamen Gegend zu begleiten, und weil er, von keinen Gesprächen abgelenkt, ungestört in diese verborgene und geheimnisvolle Welt eintauchen konnte. Er begann auf der Schattenseite, wo er durch eine dünne Schneeschicht stapfen musste, die noch jungfräulich war, die er also als erster und einziger betrat. Nach einer Viertelstunde befand er sich auf der Südseite, wo der Winter das Feld bereits dem kommenden Lenz hatte überlassen müssen. Das Vordringen in das Ungewisse ging vorerst flott vonstatten. Er fand zwar keinen Weg, der diesen Namen auch wirklich verdiente, aber irgendwie konnte er sich immer durch das dichte Unterholz zwängen. Eine Machete, sein ständiger Begleiter im tropischen Regenwald, brauchte er hier nicht. So ganz allein zu sein, weitab von allen ausgetretenen Pfaden, erfüllte ihn mit grosser Freude, auch wenn die Stille und das Fehlen menschlicher Nähe auf ihn beängstigend wirkte. Nach beträchtlicher Zeit musste er seinem Glücksgefühl, vielleicht einer der wenigen zu sein, die sich in diesem Stück Erde in letzter Zeit aufgehalten hatten, und sich also fast als Abenteurer oder gar Entdecker vorzukommen, Einhalt gebieten. Die Uhr schritt unaufhaltbar voran. Unwillig brach er seinen Eroberungs-feldzug ab und trat den Rückweg an. Plötzlich war er nicht mehr sicher, wo er durchgehen musste, und bedauerte seine Nachläs-sigkeit beim Kommen. Warum hatte er sich nicht genau umgese-hen? Nach der Sonne konnte er sich nicht richten, weil vorbeitrei-bende Wolken sie nun verdeckten. Erst jetzt bemerkte er, wie ver-schwitzt er war. Schliesslich entschied er sich für eine Richtung, kam zügig voran, konnte sich aber nicht erinnern, hier durchge-gangen zu sein. Als er immer unsicherer wurde, hielt er an. Was nun? Er sass ab, achtete dabei, dass er sich nicht in die Nesseln setzte, und überlegte. Es war bereits halb vier. Was, wenn es dun-kel wurde? Und wenn er sich im Kreise drehte? Geschichten gin-gen ihm durch den Kopf, in denen sich Wanderer in der Sahara oder im australischen Outback verirrten und nie mehr gesehen wurden. Gott konnte er nicht anrufen, der war fern und nur eine Schimäre. Nun waren die Einsamkeit und Undurchdringlichkeit der Wildnis unbarmherzig, der Wald wurde zum Gefängnis. Bäume und Sträucher erhielten ein Eigenleben. Lispelnde Bäume waren Feinde, die ihn vom Licht abhielten und mit denen er es allein nicht aufnehmen konnte. Schatten der Fichten fielen auf ihn, das dunkle Antlitz der Nacht. Der die Wipfel zausende Wind und das Rascheln einer Amsel wirkten bedrohlich, hinter jedem Strauch sah er einen Kobold. Doch da war ja noch sein Handy. Aber er gab sein Vorhaben gleich wieder auf. Er wusste ja nicht einmal genau, wo er war. Wem hätte er erklären können, wo er sich befand. Er wollte nicht noch andere in die Irre führen. Also fasste er Zuversicht und setzte seinen Weg fort. Er machte sich Gedanken darüber, wie er hier übernachten könnte. Zum Glück gab es niemand, der ihn vermissen würde. Das sollte sein letzter Gang in die Wildnis, seine letzte Verirrung sein. Als er mit Glück zum Schnee zurückfand, endlich die Einsicht, dass er der Sache

hier auf die Spur kommen konnte. Aber keine Spur von Fussab-
drücken, er war falsch. Doch seine Zuversicht hatte wieder festen
Boden. Er fand ungeahnte Kräfte, die ihn so weit trugen, dass er,
nach anstrengender, aber gezielter Suche, auf seine Spuren traf
und in seine Fussstapfen treten konnte. Er hatte es also geschafft.
Und schliesslich fand er den Pfad wieder - kein offizieller Wander-
weg, aber vor einiger Zeit wohl von Holzern genutzt. Bei seinem
Wagen angekommen, war er froh, diese heikle Situation überstanden zu haben. Aber er wusste nicht, ob er auf dem richtigen
Weg war und das von ihm gesetzte Ziel noch verfolgen wollte.

Nichts mit dem Wald konnte eine Frau anfangen, die er nach
der Scheidung traf. Er begegnete ihr beim Rauchen vor einer Gaststätte, in der er mit einem Kollegen einen guten Fisch gegessen
hatte. «Tut gut, eine Zigarette nach dem Essen.» «Ja, das ist
meine Lieblingszigarette.» «Wenn ich mich nicht täusche, sind Sie
nicht aus der Schweiz.» Sie machte einen kleinen Schritt nach
rechts und drehte sich. «Nein, ich bin Marokkanerin, genauer Ber-
berin.» «Ist das ein Unterschied?» »Ja, natürlich». «Und was machen Sie in der Schweiz?» «Ich war mit einem Schweizer verheiratet und lebe seit der Scheidung mit zwei Kindern in einer Drei-
zimmerwohnung.» «Wie gefällt es Ihnen hier?» «Die Schweiz ist
sehr gut organisiert, und man findet hier alles. Ich liebe auch die
Seen.» „Dann haben Sie schon Einiges gesehen.» «Ja, wir haben
Ausflüge gemacht.» Christian brauchte nicht zu flunkern, auch
wenn die Frau viel jünger war als er. Und obwohl sie beim Sprechen oft auf die Seite schaute, wie wenn sie ihn nicht anblicken
wollte, liess er sich nicht beirren. «Ich muss jetzt zu meinem Kollegen zurück, der auf mich wartet. Doch wir könnten ein andermal
länger miteinander sprechen. Darf ich Sie um ihre Telefonnummer bitten?» «Gern.»

Eine Besonderheit von ihr war ihm eher unangenehm. Sie hielt die nötige, in einem ungeschriebenen Gesetz festgelegte Distanz bei einem Gespräch nicht ein, so dass er als Raucher beim Sprechen zurücktreten, die Luft anhalten oder den Rückzug blasen musste.

Als er sie zwei Wochen später anrief, lud sie ihn zum Essen ein. Dort eingetroffen, hielt er nicht einen Rosenkranz, sondern einen Kranz roter Rosen in den Händen. Alle waren auf ihre eigene Art beschäftigt. Rachida, die Frau, hatte ihn bereits mit dem Hörer am Ohr empfangen und hörte, von einigen kurzen Pausen abgesehen, mit dem Telefonieren nicht auf, bis sie ihre ganze Verwandtschaft, Eltern, einen Bruder, zwei Schwestern, einen Schwager, eine Kusine und eine Tante, angerufen hatte. Die Kinder waren unterdessen vor laufendem Fernseher in ihr Smartphone vertieft. Immerhin machte Rachida nach zwei Stunden eine Pause und wandte sich ihm mit der Frage zu, was er essen wolle. Als man sich auf ein afrikanisches Menu geeinigt hatte, musste eingekauft werden. Nachdem Rachida das Essen zubereitet und mit zwischen Backe und Schlüsselbein eingeklemmtem Hörer weitere Gespräche geführt hatte, wurde Christians knurrender Magen endlich zufrieden gestellt. Die Kinder machten sich jetzt auch bemerkbar und kamen an den Tisch. Obwohl die Kommunikation nicht optimal verlief, gewann er die Tochter lieb. Vielleicht machte sich ein insgeheimer Wunsch nach einer eigenen Tochter bemerkbar. Sie war elfjährig, für ihr Alter eher gross, schlank und hatte lange schwarze Haare, die sie meist offen trug. Sie kümmerte sich rührend um ihren manchmal quengelnden dreijährigen Bruder, erklärte ihm das Smartphone, sofern er nicht schon selber hinter dessen Geheimnisse gekommen war, wusch ihn, spielte mit ihm und brachte ihn zu Bett. Sie war ein eher stilles, in sich gekehrtes Kind, war aber gefitzt, hatte einen grossen Bewegungsdrang und fuhr deshalb auch viel Rad. Sie war auch einem oft wimmernden und winselnden Hündchen eines Nachbarn mit dem Namen Chanel zugetan.

Am Nachmittag musste Christian ein ausgiebiges Shopping hinter sich bringen. Er machte sich jetzt nichts mehr daraus, mit einer viel jüngeren Frau fremden Aussehens durch die Stadt zu flanieren, die andern existierten für ihn nicht mehr. Jetzt wusste er auch, warum Rachida sich ihm vorher, an einer Cola nippend, mit ihren Mandelaugen wie ein Reh, das zum Angriff bläst, genähert hatte. Sie warf ihm dabei mit ihren krausen Locken und mit aufreizendem Dekolletee, das ausladende Brüste zeigte, einen Köder aus: er müsse über Nacht bleiben. Er willigte trotz seiner überdimensionalen und unförmigen Prostata ein. Obwohl die Distanz zum Stadtzentrum kurz war, erklärte sich Rachida mit ihren hochhackigen Schuhen, in denen zierliche Füsse steckten, nicht bereit, zu Fuss zu gehen, so dass sie den Bus nehmen mussten. Für den Rückweg war auch der Bus nicht mehr gut genug. Rachida, schwer beladen, plädierte für ein Taxi, und er, ebenfalls vollbeladen, aber mit erleichtertem Geldbeutel schloss sich ihrem Wunsch an, wenn auch mit wenig Begeisterung. Zu Hause angekommen, kokettierte Rachida mit luftigem Rock und versetzte sich nach einem leichten Imbiss durch übermässigen Weingenuss in die für die folgenden Übungen passende Stimmung. Im Schlafzimmer war denn auch sie der aktivere Teil. Die Strapazen ermüdeten sie dermassen, dass sie den Kopf auf seine Brust legte und sofort einschlief. Am Morgen meinte sie, sie habe sich geborgen gefühlt wie früher als Kind im Bett ihrer Mutter. Das erstaunte ihn nicht, war sie doch bedeutend jünger als er. Aber vielleicht hatte sie das auch nur geträumt. Er freute sich, dass sie befriedigt war und auf einen weiteren Shoppingbummel als Gegenleistung verzichtete.

Er besuchte und begattete sie in der Folge ungefähr einmal im Monat, gab sich dabei aber vor allem mit Aya, ihrer Tochter, ab.

Habe ich von dir nicht erwartet.

Einmal beabsichtigte er mit ihr eine Schifffahrt. Als sie zur Schiffsanlagestelle kamen, sahen sie einen Rummelplatz. Er fragte sie, ob sie diesen Ausflug wirklich wünsche. Sie bejahte, aber auf dem Gang zum Billettschalter bemerkte er, wie sie die Karussells im Auge behielt. Auf dem Schiff starrte sie, ihr Haar zwirbelnd, traurig aufs Wasser. Als er sie zu Rede stellte, nuschelte sie, sie habe diese Fahrt schon einmal gemacht. Also stiegen sie beim ersten Halt aus, um sofort mit dem Zug in die Stadt, wo spektakulärere Fahrten lockten, zurückzukehren. Sie mussten noch eine halbe Stunde auf den Zug warten. Christian machte es sich auf einer Bank gemütlich; sie aber konnte als quirliger Wildfang nicht einfach still dasitzen, sondern flatterte davon und verzwirbelte sich, betrachtete bei einer nahen Stützmauer Eidechsen und machte sich dann sogar noch am Müll zu schaffen, der sich in einer entfernten Tonne befand und wo sie interessante Zeitschriften entdeckte. In der Stadt erreichten sie nach einem unfreiwilligen Umweg wegen eines Festes endlich den Rummelplatz. Hier folgte Aya dem Gesetz der Steigerung: von den Niederungen zu luftigen Höhen, oder von banalen Vergnügungen für die Kleinen zu den angsteinflössenden, aber verlockenderen Gefährdungen der Grossen. Sie begann quitschvergnügt mit den Putschautos. Bei dieser Fahrt konnte Christian sie noch begleiten, trug aber auf Grund seiner langen Beine Schürfungen am linken Knie davon. Für die anderen Fahrten war ihm deshalb, und weil er weniger mutig als Aya war, die Lust vergangen. Sie aber wählte wirbelnd die nächstfolgende, aber noch niedere Stufe auf der Skala der Verheissungen, bis sie schliesslich fliegend in die höchsten Höhen hinaufsauste, wo sie den Himmel für einmal kopfüber und die Erde von oben erlebte. Er aber war nur stiller Betrachter und kam als solcher zur Einsicht, dass sie sich bei der Wahl der Bahnen doch nicht nach dem Gesetz der Steigerung richtete, sondern eher dem Aufbau einer Rede gehorchte: Sie begann mit einem Paukenschlag, ging in eine ruhige Phase über und endete mit einem Schlussfeuerwerk. Aya, die den Wechsel vom laufenden zum gehenden Menschen noch nicht erreicht hatte, strahlte.

Ein anderes Mal liess er sich von ihr, die auf Pferde schwor, aber nicht wettete und ihren Bewegungsdrang für einmal auf diese meist gefügigen Geschöpfe übertragen wollte, dazu erweichen, ein Pferdezentrum aufzusuchen. Nachdem er das Mädchen als sein Patenkind ausgegeben und die Frage gestellt hatte, ob es ein Pferd besteigen könne, das er einige Zeit führen würde, brachte man ihm eine Rappenstute. Sie stand, durch Bereitung auf Gäste vorbereitet, ruhig bereit und schien für einen gemächlichen Bummel geeignet. Sie war denn auch tatsächlich gutmütig und folgsam, bis sie auf Pferde traf, die auf dem Rückweg waren. Nun wollte sie nicht mehr weitergehen, sondern sich den andern anschliessen und ebenfalls den Rückweg antreten, obwohl Christian keinen feurigen Hengst gesichtet hatte. Aber der Stalldrang kam ihm nicht ungelegen, da der Waldweg nach dem Regen der letzten Tage aufgeweicht und so schlammig war, dass er, der nur Halbschuhe trug, fast bis zu den Knien durchnässt und vom Morast gezeichnet war. Er kehrte also um, folgte den anderen Pferden und konnte am Stall vorbei noch in die andere Richtung gehen, weil der Weg dort trockener war und es sich der Rappen, ganz zu Ayas Zufriedenheit, anders überlegt hatte. Sie war am Schluss denn auch begeistert und fragte ihn, wann sie wiederkämen. Er antwortete, das habe Zeit, er müsse zuerst seine Schuhe putzen und die Hose waschen. Die Stute, die sie Bella Nera getauft und liebgewonnen hatten, müsse sich zuerst von der schweren und zappeligen Last erholen. Damit war Aya einverstanden.

Eines schönen Tages ging ihr sehnlichster Wunsch, mit Christian Rad zu fahren, in Erfüllung. Er war zwar schon dreissig Jahre nicht mehr gefahren, und sie hatte auf dem Rad noch keine grösseren Touren unternommen. Trotzdem gingen sie guten Mutes ans Werk. Sie gedachten, ausserhalb der mittelgrossen Stadt, in der Aya wohnte, zu fahren, weil es dort wenig befahrene Strässchen gab. Und dann musste ein Velo für ihn her. Sie wussten, dass es einen Verleih am Bahnhof gab. Als sie dort kurz nach Mittag ankamen, sahen sie, dass er erst ab 13.30 Uhr geöffnet war. Also was machen? Sie entschieden sich, einige Geschäfte abzuklopfen. Wieder beim Verleih, erfuhren sie, dass man für die Benutzung der Fahrräder Karten brauchte und dass diese beim Verkehrsbüro zu beziehen seien. Dort angelangt, stellten sie fest, dass es bis 14.00 Uhr geschlossen war. Nachdem sie die Wartezeit überstanden hatten, musste er noch die Identitätskarte vorweisen und sich einschreiben, bis er schliesslich die Karte erhielt. Aber die eigentlichen Probleme begannen erst jetzt. Wie konnte man das Fahrrad von der Verankerung befreien? Es dauerte einige Zeit, bis sie das geschafft hatten. Und um das Radeln auf verkehrsreichen Strassen zu vermeiden, mussten sie die Velos mit dem Auto aufs Land befördern. Nachdem Christian die hintere Sitzreihe seines Kleinwagens nach vorne geklappt hatte, gelang es ihm nach mehreren Versuchen, sein Fahrrad - es war sehr robust und deshalb besonders schwer - hineinzubugsieren. Das zweite Velo hatte aber nicht mehr Platz, wie sehr er sich auch um eine Lösung bemühte. Also beschlossen sie, dass er vorausfuhr und Aya ihm auf dem Velo folgte. Er hoffte, dass Aya nicht dasselbe geschah wie ihm, als er Radfahren lernte. Er fuhr in eine Mauer und spürte Schmerzen im Unterleib. Zum ersten Mal wurde ihm bewusst, dass er Genitalien besass. Jetzt verspürte er zwar keine Schmerzen, aber bei der Ausführung dieses Vorhabens wurde ihm gewahr, in was er sich eingelassen hatte. Er musste nach jeder Minute einen Parkplatz finden, um dort auf Aya zu warten, weil sie ja nicht wusste, wohin er fuhr. Der Verkehr war dicht, und drei zweispurige Kreisel mussten überwunden werden. Gleichzeitig hielt er nach wenig befahrenen Seitenstrassen Ausschau. Als er nach einiger Zeit anhielt und mit Aya sprach, bemerkte er, dass sie erschöpft war. Also beschlossen sie, eine Pause zu machen. Hier stellte er fest, dass in unmittelbarer Nähe ein Radweg in ihre Strasse mündete. Sie hatten es also geschafft. Gemeinsam frönten sie nun dieser luftigen Angelegenheit. Für ihn war es abenteuerlich, weil es ihm schwerfiel, das Gleichgewicht zu halten, und er deshalb im Zickzack fuhr. Da sie allein waren, gefährdete er zum Glück niemand. Aya konnte er dadurch aber noch nicht zufriedenstellen. Ihr grösster Wunsch war es, nachdem sie Putschautos herummanövriert hatten, einmal mit einem richtigen Auto zu fahren. Und hier war der ideale Ort. Sie durfte sich auf dem Fahrersitz niederlassen, während er auf dem Beifahrersitz Platz nahm, und einige hundert Meter im ersten Gang fahren. Zum Glück war der Weg gerade und keine Böschung in der Nähe, denn auch wenn Aya ein schmächtiges Mädchen war, drückte sie kräftig aufs Gas. Wenn er jeweils Stopp rief oder besser schrie, legte sich seine Anspannung erst, als der Motor abgewürgt war und nach einem kräftigen Ruck stillstand. Am Schluss gab ihm Aya einen Kuss und dankte. Nun musste er auf zwei Fahrten die beiden Fahrräder zurückbringen. Er wollte nicht, dass Aya nochmals die gefährlichen Kreuzungen und Kreisel passieren musste. Das hatte er jetzt immerhin gelernt. Er war sich vorher gar nicht bewusst gewesen, was alles hätte geschehen können. Er hatte aber auch das Gefühl, dass Aya und er es gut miteinander konnten. Die Vaterrolle lag ihm, auch wenn ihm, im Unterschied zu seinem Vater, vielleicht natürliche Autorität abging und er zu nachsichtig war. Jedenfalls eröffnete sie ihm einmal, er sei für sie wie ein Vater. Sie konnte ihren leiblichen Vater nämlich nur selten besuchen.

Aya hatte mit der Zeit so viel Vertrauen zu ihm, dass sie ihm einmal mitteilte, was sie vielleicht unter Verschluss hätte halten sollen. «Meine Mama hat einmal einen Mann geheiratet, der war jünger als sie, und er hat in einer Bar gearbeitet. Er ist nicht mein Vater, damals war ich schon siebenjährig, aber ich bin gut mit ihm ausgekommen. Sie hat ihn sehr gern gehabt, und weil sie fürchtete, dass er sich für andere Frauen interessiert, hat sie ihm immer teure Geschenke gemacht.» «Aber wie konnte sie deine Mutter bezahlen? Sie arbeitet ja nicht.» «Sie hat einen reichen alten Mann getroffen, der hat ihr viel Geld gegeben. Sie hat ihn, wenn ihr Mann am Abend und in der Nacht arbeitete, nach Hause genommen. Sie meinte, ich schlafe, aber ich war ganz wach. Ich habe gehört, wie sie in ihr Schlafzimmer gegangen sind. Dann bin ich eingeschlafen, und am Morgen war er weg.» «Aber warum ist deine Mama nicht mehr verheiratet?». «Er ist dann doch mit andern Frauen gegangen, und sie war sehr traurig und hat sich von ihm getrennt.» «Wann ist das geschehen?» «Etwa vor einem Jahr.»

Später, als Christian seinem Alter Tribut zollen musste und körperliche Strapazen vermied, verbrachten sie die Nachmittage vor allem mit den üblichen Brettspielen, vor dem Fernseher oder im Kino.

Das alles hast du uns vorenthalten.

Etwa ein halbes Jahr später eröffnete ihm Rachida am Telefon, sie habe einen Mann gefunden und werde ihn in drei Monaten heiraten. Wieder einmal hatte Christian sie anrufen müssen, denn immer, wenn sie telefonierte, lautete der erste Satz «Kannst du mich zurückrufen. Ich habe keinen Kredit mehr.» So verabschiedete er sich langsam von ihr, auch weil er bei ihr einen Hang, sich zu zieren oder zu exaltieren, entdeckt hatte und fand, gegenseitige Frühlingsgefühle seien verblasen worden. Zugleich gelangte er zur Überzeugung, er habe ihr genug genützt, und fühlte sich dabei benützt. Die Beziehung zu Aya gab er jedoch nicht auf.

Nun, nach der anstrengenden Suche nach dem Weg, fühlte er sich schlapp, Zeit, loszulassen und in die Ferne zu schweifen. Diesmal nach Asien, aber wieder in den Wald.

Er war mit dem Schiff am Rand der Erdscheibe, von Java nach Sumatra, unterwegs. Als ihm ein Mann mitteilte, er habe noch eine Schwester, die verheiratet werden müsse, sagte er nein. Er ging auf Sumatra stattdessen in ein billiges Hotel, das neben einem Bett immerhin noch einen Brunnen und einen Kübel besass, mit deren Hilfe man eine Dusche indonesischer Art nehmen konnte. Nach dem Zimmerbezug ging er auf ein Büro, mit dessen Bewilligung er einen in der Nähe liegenden Naturpark besuchen konnte. Vorher hatte er mit seinen wenigen Brocken Indonesisch von den des Englischen unkundigen Leuten, die auch keine Kenntnis vom Vorhandensein des Parks hatten, erfahren können, wo sich die zuständige Behörde befand. Bevor er dorthin gelangte, fragte jemand „When are you going to Bali?" Als Christian ihm bedeutete, er gehe nicht dorthin, entfernte er sich mit einer leisen Enttäuschung. Offenbar begaben sich Touristen nach Meinung der Einheimischen nach der Ankunft unmittelbar und auf direktestem Weg nach Bali. Bei den Lokalbehörden musste er lange warten, bis die für den Parkbesuch nötigen Formulare ausgefüllt waren. Die Höhe der Kosten liess auf einen beträchtlichen Korruptionsanteil schliessen. Er musste nun bei einer nahegelegenen Haltestelle einen Bus nehmen, der ihn in die Nähe des Parks bringen sollte. Als er mit seinem Tramperrucksack den Bus bestieg und ihn auf eine Gepäckvorrichtung hievte, hellten sich die Mienen der Fahrgäste schlagartig auf. Ihr Schmunzeln war vielsagend. So einen kauzigen Typ mit dem unmöglichen Gestell auf dem Buckel hatten sie noch nie gesehen. Eine Frau stellte ihr ungefähr dreijähriges Söhnchen auf die Beine, bedeutete einem Mädchen aufzustehen, rutschte zur Seite und legte es Christian, nachdem er sich gesetzt hatte, auf den Schoss, weil der ihre gleich durch den Knaben besetzt wurde. Jetzt konnte Christian mitlachen. Es herrschte nun eine halbe Stunde lang Faschingsstimmung. Die Kinder verplatzten fast vor Lachen, wenn sie mit dem Finger auf ihn zeigten, und auch die mitgeführten Hähne hielten sich nicht zurück, trotz gefesselter Beine, und trugen so das Ihre zur allgemeinen Festlaune bei. Der Abschied fiel Christian schwer. Als er den Leuten vor dem Verlassen des Busses zunickte, winkten sie sogar, und die Kinder bildeten eine Traube um ihn, sodass es ihm nur mit Mühe gelang, durch die geöffnete Tür zu schlüpfen. Draussen wurde er von einem Parkwächter, der offenbar hierher bestellt worden war, in Empfang genommen. Er führte ihn mit einem Jeep zum Park. Unterwegs passierten sie eine Kontrollstelle, wo man ihm wieder eine Summe abknöpfte, die aber gering war. Beim Parkcamp sah er mehrere junge Elefanten im Freien. Sie wurden offenbar hier gezüchtet oder gepflegt. Das war aber nicht das, was er sich vorgestellt hatte. Er versuchte das dem Wächter klar zu machen. Nachdem dieser mit einem Elefantenpfleger gesprochen hatte, teilt er Christian mit, dass ihn am nächsten Tag ein anderer Wächter holen und zu einer anderen Station bringen würde. Christian beobachtete nun, wie die Elefanten mit auf dem Boden liegenden Ästen spielten. Erstaunlich, wie beweglich und verspielt diese plumpen, massigen Tiere waren. Er hatte auch immer den Eindruck, als ob sie den Schalk im kurzen Nacken hätten und sich über ihn lächerlich machten. In beträchtlicher Entfernung konnte er einen ausgewachsenen Elefanten ausmachen, der sich an Bäumen gütlich tat. War er wild oder gehörte er zur Station? Als sich Christian am saftigen Grün des Regenwaldes labte und die fast feierliche Stille genoss, sprang ein Generator an und beendete die Idylle. Offenbar wurde mit den Vorbereitungen des Abendessens begonnen. Einige Zeit später wurde ihm denn auch eine geniale Mischung aus Reis und Spaghetti serviert. Zum Glück hatte er einen leeren Magen und viel Appetit. Weniger gut verlief die Nacht, die ganz plötzlich eingesetzt hatte. Zuerst hinderte ihn der Generator am Einschlafen. Dann hatte er mit Schweissausbrüchen zu kämpfen, war er doch in diesem tropischen Klima mit einem etwas zu schweren Moskitonetz, das er an keiner Vorrichtung befestigen konnte, bedeckt. Und da waren noch die putzigen Tierchen. Er freute sich, nachdem Stille eingekehrt war und der Generator sein Brummen aufgegeben hatte, jetzt endlich in sein Nirwana hinüberzudämmern, als es an der gegenüberliegenden Wand - oder war es die Decke - zu rascheln begann. Er hörte, wie Phantome die Wand hinunterkrochen und, obwohl keine Leseratten, an Papier knabberten, das auf dem Holzboden lag. Er zündete seine Taschenlampe an – da der Generator nicht mehr lief, war an elektrisches Licht nicht zu denken – machte gebührend Lärm und sah drei Ratten eine Holzleiste hinaufkraxeln und in einem Loch verschwinden. Er konnte also seine Lampe wieder löschen. Wenn er aber glaubte, endlich schlafen zu können, hatte er sich getäuscht. Dasselbe wiederholte sich noch zweimal, dann erst gaben die Ratten Ruhe, sodass auch er seine Ruhe fand.

Erst am Morgen fiel ihm ein, dass er seine Taschenlampe nicht hätte löschen sollen, auch wenn die Batterien vielleicht fast leer waren. Das Dunkel der Nacht verschwand, sobald er in den lichtdurchfluteten Essraum trat. «Die Erde hatte ihn wieder.» Nach dem gewöhnungsbedürftigen Frühstück mit einer Reissuppe kündigte sein neuer Guide die Ankunft mit einem Hupkonzert an. Erst jetzt wurde er gewahr, dass er die Reise mit einem Motorfahrrad machen musste. Als sie sich auf einem schmalen Dschungelpfad fortbewegten, wusste er, warum er auf den Komfort eines Autos verzichten musste. Für diese Annehmlichkeiten hätte er jetzt viel gegeben. Er hielt sich zwar eng an den Fahrer, sodass eine Symbiose entstand, aber je länger die waghalsige Fahrt über Stock und

Stein führte, desto mehr wurde er durchgeschüttelt, und desto lieber hätte er einen Stock zwischen die Räder gehalten, damit sie zu Stein erstarrten. Immerhin war dieser Ritt unterhaltsam. Bei einer Wasserlache zeigte ihm sein Leidensgenosse Tigerspuren. Es war also da, sein Lieblingstier seit der Kindheit. Als Kind hatte er in einem Lager für ein Quiz als Thema den Tiger gewählt und gewonnen. Hier war ein solcher Erfolg nicht zu erwarten. Er machte sich keine Illusionen, die Katze, die Kraft und Geschmeidigkeit in vollendeter Form vereinigte, zu sehen. Das war im dichten Urwald unmöglich. Es hatte ja hier keine grossen Lichtungen wie in indischen Parks, wo man sie auf dem Rücken von Elefanten mit etwas Glück sichten konnte. Und plötzlich kam ihm etwas in den Sinn. Was war, wenn sein Guide einen Revolver zückte, ihn erschoss und seine Wertsachen in Beschlag nahm? Er würde vielleicht zum Frass des Tigers, falls dieser am Verhungern war. Im Radius von vielleicht 10 Kilometern war die Gegend unbewohnt. Kein Mensch würde den Schuss hören und seine Leiche entdecken. Er würde Zeit seines Lebens auf seiner heimatlichen Scholle für verschollen gelten. Er dachte an einen Vorfall in Rio de Janeiro. Als er einen Bus betreten hatte, war er von hinten gestossen worden, hatte ein Hantieren an einer der hinteren Gesässtaschen bemerkt, konnte eine Hand abwenden und ging nach vorne zum Busfahrer, worauf es ruhig wurde. Alles war blitzschnell geschehen. Deshalb entdeckte er den Schnitt in seiner Handtasche, herrührend von einem Messerstich, erst jetzt. Seine Checks waren weg, was insofern unangenehm war, als er für deren Ersatz in verschiedenen Banken viel Zeit brauchte und fast einen Tag verlor. Hier befand er sich aber nicht im Dschungel einer Grossstadt. Das war er erst zwei Wochen später in Medan. Erst dort fühlte er sich wirklich bedroht, als er nach dem Hotelbezug im Dunkeln einen Abendspaziergang machte. Neben sich, im Dunkeln, auf der linken Seite ein Graben, in dessen schwarzen Schlund er nicht fallen wollte, auf der anderen Seite aufdringliche Späher, die ihn locken wollten, vielleicht weil sie sich ein Geschäft mit ihm versprachen. Hier aber, im Regenwald, machten die Hirngespinste einem realen Problem Platz. Er, der Motorräder bisher gemieden hatte, wusste nun warum. Sein zarter Hintern, an harte Zeiten im Dschungel nicht gewöhnt und vom Rücksitz wundgerieben, brannte immer mehr. Er musste sich wie ein Chamäleon vom züchtigen Weiss über ein schwellendes Rot zu einem marinen Blau gewandelt haben, sodass Christian sich dort nicht mehr tätowieren musste. Deshalb war Christian nicht unglücklich, als sie auf eine kleine Lichtung trafen und bei einer Holzhütte anhielten. Da war er also, sein Garten Eden: Üppige Vegetation, Grüntöne verschiedenster Art, durch das Sonnen- und Schattenspiel erzeugt, Äste, die durch lustig turnende und baumelnde schwarze Makaken bewegt wurden, totale Stille und Abgeschiedenheit. Als er in die Hütte trat, begrüsste ihn der Parkverwalter. Er sprach zwar kein Englisch, konnte ihm aber immerhin deutlich machen, dass er der zweite Schweizer war, der diesen seit neun Jahren bestehenden Park besuchte. Er hatte nämlich ein Gästebuch und zeigte ihm den Eintrag des andern: ein St. Galler. Dann machte sich Christian zum Gästehaus, einem kläglichen Schuppen, auf, bei dessen Betreten eine Schar Ratten auseinanderstob und sich durch die vielen Lücken verzog. Immerhin hatte es hier eine Matratze. Beim Eindunkeln sah er ein Tier, das zwar in seinem Palmarès schon vorkam, das er aber hier nicht erwartet hatte. Der Parkverwalter beorderte ihn nämlich zu sich, warf Zuckerwürfel aus und lockte so ein Wildschwein an, dem dieses Prozedere offenbar bekannt war. Dadurch, dass die Würfe immer kleiner ausfielen, kam das Tier immer näher. Am Schluss war es noch ungefähr zwei Meter von ihnen entfernt. Nach dem Nachtessen begab er sich etwas besorgt zu seiner Unterkunft. Er hatte sich eine List ausgedacht. Da der Schuppen aus zwei Räumen bestand, warf er auf den Boden eines Raums altes Brot, das er nicht gegessen hatte, und legte sich im andern schlafen. Der Lärm der Ratten war denn auch weniger störend als in der Nacht zuvor, aber die Schwüle machte ihm auch hier zu schaffen. Es wurde wieder eine kurze Nacht. Deshalb war er froh, dass das Frühstück seinem Namen alle Ehre machte und früh serviert wurde. Anschliessend gab ihm der Guide zu verstehen, dass jetzt eine Bootsfahrt auf dem die Lichtung querenden Fluss auf dem Programm stand. Erstaunlich beim Betrachten der vielen Vögel, zum Beispiel Reiher und Eulen, war, dass sie absolut still auf ihren Ästen verharrten und nicht davonflogen, wenn sie das Boot erreichte. Christian kam sich wie in einem naturhistorischen Museum vor, wo man langsam und getragenen Schrittes die Galerie der ausgestopften Tiere passierte. Zugleich fühlte er sich behaglich, weil die Vögel offenbar noch nicht um die Gefährlichkeit des Menschen wussten. Er hoffte, dass sich das nicht änderte.

Er wäre am folgenden Tag noch gern auf eine weitere Exkursion gegangen, wo auch wilde Elefanten beobachtet werden konnten. Da er aber wegen der kurzen Nächte schlaff war und fürs erste von niedlichen Tierchen genug hatte, bat er den Guide, ihn in die Stadt zurückzubringen. Dort erlaubte er sich, im einzigen Hotel zu logieren, das einen Stern aufzuweisen hatte. Die Klimaanlage, die hier aus einem flott sich drehenden und angenehm rauschenden Propeller bestand, und eine Dusche verschafften ihm die lang ersehnte Sternstunde und flössten ihm neues Leben ein.

Angenehm war auch der Glanz der Streicher auf der CD, die er sich nun anhörte. Erstaunlich, was gemeinsames Musizieren bewirkte. Er dachte an ein Liebhaberorchester, dessen Streicherklang von hervorragender Qualität war und in dem eine befreundete Geigerin spielte. Spielte sie allein, verloren die Töne ihre Brillanz und lasteten auf ihm. Wie die einiger Rocksänger. Weil sie keine Stimme hatten, pressten sie oft hervor, was nicht gerade als schön bezeichnet werden konnte. Offenbar waren sie ständig heiser. Er wünschte sie einmal - ohne Mikrophon und Band - in der Mailänder Scala zu hören. Da waren sie sicher ganz klein und nicht mehr die gefeierten Stars. Von sich war er aber schon überrascht gewesen, wenn es, mächtig und ausdrucksvoll, aus ihm heraus sang. So, dass sich in der Kirche die Köpfe drehten. Was ihm jedoch peinlich war. Weil er nicht auffallen wollte.

Hier aber, bei dieser Symphonie, konnte er abtauchen, in die Romantik. Die berückende Musik versetzte ihn in einen Schwebezustand, berührte und beglückte ihn, kam aus Tiefen, die er nicht voll ausloten konnte.

Beginn mit einem triumphalen Forte. Sein Körper erzitterte, wurde zur Membran. Ein Tor öffnete sich, ein Aufschrei oder Aufruf war hörbar. Die Welt stand in Flammen. Oder waren es die ins Unendliche strebenden Pfeiler einer gotischen Kathedrale?

Dann ein Piano, rieselnde Sphärenmusik. Aus der Ferne Hornklänge, die Persönliches aufwirbelten, ahnungsvolle Schauer.

Motive drängten nach vorn, wühlten auf, vereinigten und lösten sich. Rufe einer fernen Vergangenheit, längst Vergessenes, das er einmal gehört hatte und das dann wieder verklungen war.

Er saugte Klänge auf, aus einem tiefen Brunnen mit uralten Sehnsüchten; nun wallte und schäumte das Blut, drang bis ins Letzte vor und verband alles mit allem.

Grenzen verflossen. Hartes wurde weich, Weiches hart. Ein larmoyantes Lento ging in ein hastiges Presto über. Dann träge Schwüle und Waldesrauschen. Melancholie wurde zu verhaltener Euphorie.

Manches öffnete sich, erstrahlte in betörenden Farben und verschloss sich wieder.

Am Schluss wurde das Unendliche endlich. Alles fiel auf ihn zurück. Einsam, behielt er sein Glück für sich.

Und es wurde Abend, und es wurde Morgen: ein fünfter Tag.

Heute vertraute er. Auch wenn er nicht genau wusste, worauf.
Er war bereit, sich auf alles einzulassen, was ihm zufiel.

Das Wetter: denkwürdig in seiner Gewöhnlichkeit.

Christian wollte heute, am Samstag, für ihn vielleicht der letzte
Tag der Woche, seine Klause nicht verlassen, ganz bei sich sein.

Es gab Angelegenheiten, die noch nicht erledigt waren, die
nach Bewältigung riefen und von ihm eine Entscheidung verlangten.

Am Schluss würde, nicht wie im klassischen Drama, eine Kata-
strophe, der Untergang, sondern ein Abgang, sogar eine Befreiung stehen.

Aus diesen Gedanken wurde er durch einen jähen Anruf gerissen. Wer wollte da noch etwas von ihm? Es war Aya. Sie vermisse
ihn. Ob sie nicht zusammen etwas unternehmen könnten. Er be-
dang sich eine Bedenkzeit aus. Er wisse noch nicht genau, was in
den nächsten Tagen auf ihn zukomme. Er werde sich melden.

Da er heute nicht ausging, hatte er mehr Zeit für seine Lektüre.
Er würde diese Woche mit ihr nicht fertig werden. Dass der
«Nachsommer» nicht enden würde, störte ihn jedoch nicht, war
er doch mehr am Gang des Erzählens als am Ausgang der Handlung interessiert.

Nach dem Klinikaufenthalt, nachdem er diese hypochondri-
sche Phase, seine lasche Befindlichkeit und Fügsamkeit überstanden, daraus das ihm Zuträgliche gesiebt hatte, streckte der Herbst

seine Fühler aus. Ein Fest der Farben. Die Bäume standen in Flammen. Er verlor nun nicht mehr den Boden unter den Füssen, genoss in seiner Beschwingtheit heitere Tage, an denen er sich etwas Schönes wünschen konnte, weil es ihm gut ging. Zeit für eine Neubesinnung. Erfrischende Temperaturen erlaubten klare Konturen, an denen er sich orientieren und neu orten konnte. Er liebte nun den Wandel, wie er den Dingen innewohnte: panta rhei. Wo früher Meer war, sogar in den Bergen, fand er nun Erde vor. Geblieben waren als Zeugen nur Versteinerungen, wie er sie bei sich immer noch vorfand. Er hatte sich zwar schon überlegt, «Altlasten» abzuwerfen, indem er Medikamente absetzte. Vorläufig wollte er aber noch warten. Der richtige Zeitpunkt, sich zu entlasten, war noch nicht gekommen. Doch er nannte den Dämon Angst beim Namen. Damit schrumpfte dieser.

Zukunftsprojektionen waren in der Klinik zur Einsicht geronnen, dass er nicht in die Schule zurückkehren würde. Obwohl er jetzt ein besserer Schwimmer war, wollte er nicht wieder im falschen Fahrwasser treiben. Jetzt «machte er Nägel mit Köpfen» und hing seinen Beruf an den Nagel. Also stand nun Arbeitsuche auf dem Programm. Er bewarb sich für Bibliothekarsstellen, hatte dabei aber als vom Alter gezeichnete Persona non grata keinen Erfolg. Bis sich ein Amt der Schweizerischen Eidgenossenschaft seiner erbarmte. Dass er eine zwanzigminütige Bahnreise auf sich nehmen musste, machte ihm nichts aus. Er hatte immer ein Buch zur Hand.

Im Amt musste er eine Dokumentationsstelle aufbauen und unterhalten. Bei deren «Bewirtschaftung» bemühte er sich um eine fachkundige Bewirtung der Gäste, was ihm nicht immer gelang. Gleichzeitig war er in der Registratur tätig. Unter einer Registratur konnte er sich vorher nicht viel vorstellen. Er konnotierte eine Orgel, bei der man durch Ziehen der Register wunderbare Klänge erzeugen konnte. Bis es bei ihm klingelte, klangen die einführenden Worte nicht wie liebliche Schalmeien. Er verlor für kurze Zeit die Leichtigkeit, mit der er sonst über den Dingen schwebte. In der Registratur mussten Dokumente, zum Beispiel Briefe, so registriert werden, dass man sie unter Millionen andern wiederfand. Ein altgedienter Mitarbeiter führte ihn ein, indem er Dokumente, die mit irgendwelchen Nummern versehen waren, in Rotomaten ablegte. Während Christian ihm zusah, sprach er nur wenig, er sagte nur das, was ihm wichtig schien. So wies er darauf hin, dass Hängemappen nie aus dem Gestell genommen werden sollten, dass also die Dokumente oder die Untermappen, in denen diese lagen, in die geduldig an ihrem Platz wartenden Mappen der fest verankerten Hängevorrichtungen gelegt werden mussten. Christian fand auch heraus, dass sich die neusten Schriftstücke zuoberst und die ältesten zuunterst befanden. Er begriff jedoch nicht, in welche Mappen er ein Dokument legen musste, wenn er ganz allein und selbstverantwortlich handelte. Er vermutete jedoch, dass die sechs- bis zehnstelligen Nummern auf dem Dokument irgendetwas damit zu tun hatten.

Besonders schwer war das Ablegen und Auffinden eines Dokuments in der dunklen Unterwelt, der gewaltigen und unübersichtlichen Kellerei des Untergeschosses. Als gelehriger Schüler fand er bald heraus, welchen Lichtschalter man betätigen musste, um den zweiten zu finden, der es einem ermöglichte, den dritten, der schliesslich die Sicht auf die hintersten Winkel des Labyrinths freigab, zu entdecken. Der hell erleuchtete Raum stimmte ihn zuversichtlich. Doch sobald er die unzähligen Gestelle sah, wurde ihm bewusst, dass es ihm kaum gelingen würde, Licht ins Dunkel dieser verschlungenen, bis ins feinste Detail subsidiär geordneten Maschinerie zu bringen. Zuerst fragte er sich, ob er stark genug war, ein Drehkreuz derart zu bewegen, dass die Gestelle einen Korridor öffneten und ihm Zugang zum richtigen Korpus verschafften. Und wenn er das schaffte, welches Fach war es, das ihm die Auffindung des sehnlichst herbeigewünschten Dokuments ermöglichte? Und hatte er das Fach gefunden, war er noch nicht an seinem Ziel. Von den vielen Hängemappen musste eine als die richtige auserwählt werden. Als er sich dergestalt auf dem Wege der Wahrheits- und Sinnfindung befand, wurde ihm bewusst, dass sie oben, auf den vierzehn Stöcken über ihm, mit Ungeduld das wichtige Dokument erwarteten. Sie würden sich fragen, wer der Beamte war, der ihnen das für ihre weiteren Bestrebungen unerlässliche Dokument noch nicht ausgehändigt hatte. War ein solcher Mitarbeiter noch tragbar, oder musste kompetenteres Personal eingestellt werden? Das Dokument musste nämlich sofort dem Vorgesetzten auf dem nächst höheren Stock übergeben werden. Dieser wiederum hatte es nach einer Visierung dem Dienstchef über ihm durch die interne Post zu überbringen. War es bei diesem, wurde es auf Herz und Nieren geprüft und mit einem Vorschlag an die über ihm gelegene Stelle, dem Sektionschef, weitergegeben. Dieser richtete nach minuziöser Kontrolle sein kompetentes Auge nach unten und überreichte den Text zur Überarbeitung einem zuverlässigen Untergebenen. War diesem eine Korrektur geglückt, gab er ihn einem Kollegen zur Gegenlesung. Wurden keine Einwände gemacht, gelangte er zu einem Kurier, der ihn zur Beurteilung in ein anderes Amt brachte. Hatten sich dann alle wichtigen Stellen in den verschiedenen Ämtern geäussert, ging die Vorlage an ein anderes Departement, damit sich auch dieses vernehmen konnte. Und jetzt begann erst die richtige und eigentliche Vernehmlassung, bis die Akte die höchste Instanz erreichte, die Einblick in die letzten Dinge hatte.

Christian stellte sich ein Fliessband vor, bei dem ein Rad fehlte. Das Band würde vorerst ins Stocken geraten und stünde schliesslich ganz still. Die Produktion würde einer Kontrolle unterzogen, so dass man, nach genauer Überprüfung des gesamten unermesslichen Radlagers, die gähnende Leere und damit das Fehlen des Rades entdeckte. Christian befürchtete, das Ungeheuerliche seines Versagens werde, nach akribischen und unerbittlichen Recherchen, schliesslich blossgelegt.

Er aber war immer noch hier unten, konnte sich nicht vernehmen lassen und war dem Dokument noch nicht begegnet. Hatte er die richtige Hängemappe gefunden, warteten da noch zahllose Dossiers, die einen in die Irre führen konnten. Darin befanden sich Subdossiers, die wiederum mehrere Hefte enthielten. Schliesslich waren darin noch Hunderte von Blättern, deren Texte er auf Datum, Sachverhalt, Verfasser, Adressat und anderes untersuchen musste, bis er endlich das richtige Dokument gefunden hatte. Wie konnte er diese Prüfungen bestehen? Schwindel erfasste ihn. Daran war wohl auch die stickige Luft in diesen fensterlosen Räumlichkeiten schuld. Er beschloss, sich von ihnen zu verabschieden, sich in die angenehmeren Gefilde der Oberwelt zu begeben und dort auszuharren, bis das Gewitter von oben hereinbrach. Zuvor musste er aber noch überlegen, wie er hell- und klarsichtig zur Tür gelangen konnte. Er musste nun die Lichtschalter in umgekehrter Reihenfolge anpeilen, so dass er nicht das Licht, sondern das Dunkel hinter sich liess und vor sich klare Konturen erkennen konnte. Nachdem er glücklich die Tür geöffnet und geschlossen hatte, gelang es ihm, von den vielen Liftknöpfen den richtigen zu drücken und im himmelwärts strebenden und von Wolken umhüllten Hochhaus sein Grossraumbüro zu finden. Dort wartete auf ihn aber nicht ein Gewitter, sondern er wurde von mitleidigen und mitleidenden Blicken der Kollegen aufs freundlichste begrüsst. Sie waren froh, dass er nicht verloren gegangen war. Dieser Rückfall in die ängstliche Besorgnis alter Zeiten dauerte nur so lange, bis er die Gepflogenheiten des Amtes kannte.

Schon bald bemerkte er auf einem Pult ein in schwarzem Schweinsleder gebundenes Buch, das er auf den ersten Blick für die Bibel oder ein Gebetsbuch gehalten hätte. Als er es aufschlug, fand er darin keine Gebete, sondern über hundert Seiten lang bis zu zehnstellige Zahlen, die Begriffen zugeordnet waren. Von einem Kollegen erfuhr er, dass das der Registraturplan sei. Christian begann vorne, bei der 1. Hier stand der Begriff „Kultur", dem als 1.1 „Kunst" untergeordnet war. Schon tauchte die erste Frage auf. Hatte Kultur etwas mit Kunst zu tun hatte? Es folgten als weitere Unterbegriffe „1.1.1 Kulturerbe", „1.1.2 Kulturschaffen". Er überlegte, ob sich diese Begriffe nicht überschnitten. Durch Schaffen konnte man doch Kultur erben. Und die Pflege des Erbes war doch Schaffen. Andrerseits musste er einräumen, dass Erben oft nicht zu schaffen brauchten.

Felix, Sprachlogik gehört nicht hierhin. Man sieht, dass du nicht der geborene Registrator bist.

Nachsichtig stimmte ihn „1.1.2.2 Fahrende". Hier wurde Kunst mit Exotik gleichgesetzt, was er passend fand, da diese in der faden Schweiz ein belebendes Element darstellen konnte. Ausserdem war es für die Fahrenden eine Kunst, einen geeigneten Standort zu finden, wenn er an die Willkommenskultur einiger Schweizer Gemeinden dachte. Hier sah er auch ein, dass zwischen Kultur und Kunst ein Zusammenhang bestand, stellte sich freilich die Frage, warum die Fahrenden unter der Kultur figurierten, wurde ihnen eben diese von vielen Schweizern abgesprochen.

Bei „1.1.2.3 Schweizerische Literaturpreise" überlegte er sich, nach welchen Kriterien der Staat Preise vergab. Musste die Literatur politisch sein? Und welche Politik wurde ausgezeichnet? Das war für ihn so undurchsichtig wie der Registraturplan. Trotzdem entschied er sich, etwas für die Kunst zu tun, indem er arbeitete, auch wenn er nicht ein grosser Könner und Künstler war.

Fragen über Kunst und Kultur konnte er seinem dezent auftretenden Nachbar mit Igelfrisur im grossräumigen Büro nicht stellen. Er war für ihn der Faktenmann oder Datenexperte. War die Rede vom Namen, dem Alter oder dem Beruf einer Person, war er in seinem Element und wusste Bescheid. Fiel ihm dabei aber etwas nicht ein, war er beim folgenden Gespräch nicht bei der Sache, weil er hoffte, das heiss ersehnte Faktum aus seinem Langzeitgedächtnis noch abrufen zu können. War seine Meinung oder ein Entscheid gefragt, antwortete er mit «vielleicht» oder «ich weiss nicht». Er hatte sein Leben sicher so eingerichtet, dass er möglichst wenig Entscheide treffen musste. Fragte man ihn nach seinem Befinden, antwortete er immer nur mit «gut». Erkundigte man sich nach seinen Wochenendaktivitäten, erfolgte eine grummelndes «nichts Besonderes». Sollte Neues geschaffen werden, indem man Begriffe änderte, verstummte er, machte einen versiegelten Eindruck. Vielleicht fiel Christian die Zurückhaltung deshalb auf, weil er bei sich früher ähnliche Tendenzen festgestellt hatte. Aber sie konnte auch geheimnisvoll sein. Rätsel gab ihm manchmal auch sein nicht gerade zurückhaltender Chef auf, der kontrollsüchtig, aber keinesfalls infam war. Als dieser ihn wegen einem Problem zu einem Kaffee eingeladen hatte, schenkte Christian ihm reinen Wein ein, so dass er wusste, woran er war, und sie sich künftig gut verstanden.

Zugetan war er auch seiner Vorgesetzten in der Bibliothek, die mit ihm in einem Zweierzimmer arbeitete. Zwischen ihnen knisterte es nicht, sie hatten keine Erwartungen und meldeten keine Besitzansprüche an. Vielleicht war das der Grund, warum ihre Beziehung so entspannt war und warum sie so gut miteinander zurechtkamen. Sie hatte sich schon am ersten Tag von der Rolle der Chefin verabschiedet. Ihre Zusammenarbeit lief wie die Rotomaten in der Registratur, rund und ohne die kleinsten Reibungen. Geschmiert wurde sie durch viel Humor, persönliche Gespräche, den Umstand, dass sie alle beruflichen Ambitionen längst aufgegeben hatten, gemeinsame Vorbehalte gegenüber ihrem Arbeitgeber und vielleicht durch das verständige Alter - sie waren beide über 50. Weniger verständig, aber unterhaltend waren Kollegen aus der Spedition: obwohl oder weil sie jünger waren, weihten sie ihn ins Laszive ein.

Auch wenn Christian vieles undurchsichtig blieb, begriff er die Grundbegriffe immer besser. Er betrachtete seine Arbeit aus der Sicht des dumben Narren, der wie Parzival eigentlich keine Fragen stellen durfte, es aber doch tat, weil ihm der Einblick in das Ganze verwehrt war. Der Überblick fehlte, er kannte nur einzelne Teile, so dass er als detailtreuer Spezialist für das Ablegen und Auffinden von staatstragenden Dokumenten die gewiss vorhandenen Zusammenhänge zwischen 1.1.1.1.1 und 1 nicht erkannte. In diesem riesigen Staatsapparat konnte aber ein subalterner Sachbearbeiter, sofern er Jurist war, unerwartete Macht erhalten, zum Beispiel, wenn er über Subventionen an Institutionen befinden konnte, die viele Menschen betrafen, wobei freilich noch andere das Sagen hatten. Mächtig konnte sich auch ein Einzelner ausserhalb eines Bundesbetriebes fühlen: Beschwerdebriefe, auch wenn sie nur ein Einzelschicksal betrafen, wurden beachtet und beantwortet. Deshalb musste ein Brief unter Millionen von Dokumenten innert kürzester Zeit aufgefunden werden.

Wer in den oberen Etagen des fünfzehnstöckigen Hauses mit Markus, Andreas oder Emanuel angesprochen wurde, hiess unten Küsu, Res oder Mändu. Wenn sich die unten mit den Worten «Die da oben sind gaga» meldeten, antworteten die oben mit «Bitte, bedienen Sie sich eines differenzierten Ausdrucks persönlicher Missbilligung». Äusserte man oben seinen Unmut verbal und herablassend, zeigte unten der gestreckte Mittelfinger nach oben. Während man oben von unten konsequentes Briefing verlangte, wollte man unten keine Briefe von oben. Oben wurde strategisch verhandelt, unten strategisch gehandelt.

Christian liebte auch hier den Grenzbereich zwischen oben und unten, lavierte gern hin und her. Es nahm ihn wunder, was unten geschehen musste, damit oben etwas geschah. Und umgekehrt. Grenzen waren wie Regeln. Ihre Kenntnis verleitete zu Überschreitungen und Verstössen. Im Amt hatte ihm der Mut zum Aufbruch gefehlt. Jetzt, im Stillen und allein, konnte er sich das leisten. Und er verlor nicht den Boden unter den Füssen, ein Sturz ins Bodenlose blieb aus.

Die Zeit im Bundesamt hatte er in guter Erinnerung, wollte sie nicht missen. Er lernte eine hierarchische, undurchschaubare Beamten- und Aktenwelt, die manchmal für ihn eher steril als fertil war, mit all ihren Vor- und Nachteilen kennen, schätzte die angenehme Stimmung und die Hilfsbereitschaft der Kolleginnen und Kollegen. Er hatte Freunde gewonnen.

Eine Reglementänderung der Pensionskasse besiegelte seinen Abgang. Da er noch etwas Anderes vorhatte, gab er nach gut zehn Jahren seinen Abschied und versetzte sich in den Ruhestand, auch wenn dieser nicht wohlverdient war. Er konnte sich das als Privilegierter glücklicherweise leisten.

Mit 63 Jahren hatte er genug davon, ein «Aktivposten» zu sein. Jetzt war er nicht mehr «mainstream», rast- und ruhelos, sondern sorglos. Er war auf der Insel der Seligen angekommen, wo weder Erfolg noch Versagen etwas galten, wo wilde Blumen Gärten und Felder erobert hatten, wo weder gesät noch geerntet werden musste. Bisher war er dem Ruf der Pflicht gefolgt. Jetzt war er nicht mehr fixiert, Gefangener der andern und seiner selbst, nun war er sein eigener Meister, konnte frei über sein Leben verfügen.

Er war vogelfrei, fühlte sich dabei aber nicht unsicher oder gar bedroht.

Wie nach seinem Fiasko als Lehrer, nach einem Dasein als Puppe oder Raupe, entpuppte und fühlte er sich jetzt als Schmetterling. Aber er war kein Schwärmer, kein Falter des Schwirrflugs, er wollte gleiten. Er erreichte eine weite, offene, luzide Hochebene, wo Gräben, schluchtige Täler, mühsame Aufstiege, dichter Nebel fehlten.

Jetzt ging er nicht mehr nur in eine Richtung. Jetzt kreuzten sich plötzlich die Wege, verliefen in alle Richtungen. Er liess sich in seiner Contenance von diesem Geschlinge jedoch nicht verwirren, hatte das richtige Gespür, welche verheissungsvoll waren und welche in eine Sackgasse führten. Jetzt war er nicht mehr kanalisiert und in ein zu enges Bachbett gezwängt, sondern mäanderte durch die Gegend und fand immer wieder Neuland. Er hatte sich gegen das Sein und für das Werden entschieden. Er wurde zwar immer noch von einem bewährten Fundus an Gewohnheiten in Sicherheit gewiegt, hatte sein Koordinatensystem, damit sein Leben nicht amorph wurde, eine starre Struktur brauchte er aber nicht. Indem er seinen vielen Interessen folgte, verfolgte er seine eigenen Interessen. Freilich blieb immer noch ein Rest an Verpflichtungen, an Unterhaltsarbeiten, ohne die seine Wege nicht gangbar waren: Finanzen (Banken, Versicherungen, Krankenkasse), Haus- und Freiwilligenarbeit. Er musste sich nicht neu erfinden. Nun hatte er endlich ausreichend Musse, in der er sich seinen Musen widmen konnte: Lesen, Schreiben, Musikhören, ausserdem Walking und seine geliebten Wanderungen. Er hielt sich dabei an das bewährte Motto «Zuerst die Arbeit und dann das Vergnügen». Öde Tage gehörten nun der Vergangenheit an.

Schade, dass du die Pensionierung nicht mehr erlebt hast.

Obwohl das goldene Zeitalter angebrochen war, fühlte er sich nicht in einem ständigen Schwebezustand. Seine Gemütslage war wie das Meer, das bei Sonnenschein hohe Wellen wirft oder sich auch nur kräuselt. Wenn sich Christian bewegte, wanderte der schimmernde Lichtstrahl mit ihm, doch die Umgebung des gleissenden Streifens änderte sich, dem ruhelosen Wasser entsprechend, zeigte blaue, grüne und sogar graue Farbtöne.

Er verweigerte sich vielem, eignete sich Selbständigkeit an, wurde dabei aber zum Einzelgänger. Für die einen war das egozentrisch, für die andern exzentrisch oder gar ohne Zentrum. Aber er ging beharrlich seinen Weg. Er befürchtete nicht sich aufzugeben, er konnte sein Eigenstes verwahren.

Als grosser Melomane und harmoniebedürftig hatte er unmittelbar vor dem Ruhestand einen Keyboard gekauft, um sich autodidaktisch die Harmonielehre anzueignen. Jetzt, nach drei Jahren Ruhe, entdeckte er in einem Zwischenraum zwischen Schreibpult und Zimmerwand die Plastiktüte, in der er ihn gekauft hatte, unversehrt und sicher wie in Abrahams Schoss. Er hatte ihn noch nicht ausgepackt. Die Zeit war Christian abhandengekommen ob all der Betätigungen, mit denen er nicht gerechnet hatte, die sich von selbst und aus dem Augenblick ergaben, die ihm zuflogen wie dem Teichrohrsänger das Kuckucksei, wobei die Verkennung seiner selbst und seiner Gaben ihm hier zum Vorteil gereichte.

Manchmal aber, wenn er zum Beispiel in einem Gasthaus gut und reichlich gegessen hatte, plagte ihn das schlechte Gewissen. Er sah eine verhärmte Frau in Burundi, der er begegnet war. Oder dachte an ein Buch über die Zustände unter den Roten Khmer, wo eine Frau, die am Verhungern war und deshalb verbotenerweise Zuckerpalmensaft trank, zur Strafe an Pfähle gebunden und mit flüssigem Palmzucker eingerieben wurden, so dass sie von überall eindringenden Ameisen gebissen wurde und qualvoll starb.

In die Pensionierung fiel auch die Beziehung mit der frischen, spontanen und etwas sprunghaften Rita, die dem Humor nicht abgeneigt war und die ihn von seinen Höhenflügen, seinen Kunst- und Weltanschauungen, herunterholte. Seit langem geschieden, hatte sie fünf Söhne allein grossgezogen. Getroffen hatte er sie, eine Frau von zupackender Natur mit flinken Bewegungen, an einer Tagung zum Thema Menschenrechte. Sie war verspielt und ganz Mensch, von Kopf bis Fuss. Sein Verhältnis zu ihr war besonderer Natur. Organisch oder platonisch wollte er es nicht nennen, aber Verliebtheit fehlte. Für ihn war sie seine zweite Schwester. Ihr Biotop war, neben einigen Begegnungen, der Mailverkehr. Rita, die in ihrer Freizeit das Weben entdeckt hatte, konnte dabei Verschiedenstes verweben, oben und unten, Himmel und Erde. Sie waren zwei Parallelen, die sich nie schnitten oder kreuzten, auch nicht im Unendlichen. Von ihr waren noch einzelne Mails übriggeblieben. Er hatte Lust, sie sich jetzt in ihrer Gemütlichkeit zu Gemüte zu führen, soweit sie noch vorhanden waren. Sie waren manchmal ausladend, in der Kürze lag nicht immer auch die Würze. Wenn Sprache der Effizienz geopfert wurde, Wörter die

Endungen verloren, wie im Englischen, und der Mensch schliesslich nur noch in Abkürzungen sprach, gewann man zwar mehr Zeit. Dabei ging aber auch Sonorität verloren, wurden doch dunkle Endvokale abgeschwächt oder ganz aufgehoben.

Er schrieb also in dieser Zeit Mails. Auf dem Internet fand er sich oft nicht gut zurecht. Auch wenn er sich schon an die assoziative Logik gewöhnt hatte. Es blinkte, manchmal akustisch untermalt, dass ihm Hören und Sehen verging. Und Fenster zur grossen, weiten Welt gingen auf, ohne dass er etwas machte. Was die alles von ihm wollten. Das Kind in ihm staunte über alles und wunderte sich über nichts. Manchmal bekam er davon Kopfschmerzen. Er fragte sich, wie man solche Blinklichter in der Literatur unterbringen könnte, um dem Computerfreak den Wechsel vom Bildschirm zum Buch zu erleichtern. Zum Glück musste er nur Mails schreiben. Da konnte nichts passieren. Ausser den vielen Fehlern, die er machte. Früher hatte er noch schnell und fast fehlerlos Maschine geschrieben. Aber jetzt. Solange er nur versehentlich die Feststell- oder die Eingabetaste drückte, blieb der Schaden gering. Ja, es entstanden sogar originelle, fast lustige Wortungetüme oder - kombinationen. Am schlimmsten war für ihn, wenn er feststellen musste, dass wieder einmal Sätze verschwunden waren. Woran das lag, konnte er sich nicht erklären. Er hatte mit der Technik nicht viel am Hut. Deshalb war er nicht gewillt, in jedem Falle auf Obsoleszenz zu verzichten, liebte es noch, von Hand zu schreiben. Überhaupt: Materie lastete auf ihm, zog ihn irgendwie hinunter. Er hatte zwei linke Hände. Dazu eine gestörte Feinmotorik. Aber der Geist überwand die Erdenschwere.

Wenn er Rita Mails schrieb, machte er sich manchmal wenig Gedanken über den Adressaten. Wie Kinder oder ein Mann, dem er einst begegnet war. Christian setzte sich damals auf eine Bank, wo besagter Mann sass, um sich auszuruhen und die prächtige Sicht auf die Berge zu geniessen. Sie kamen miteinander ins Gespräch, und sein Banknachbar erwies sich mit seinen buschigen Brauen als guter Kenner der Gegend. Er zeigte mit monotoner Sprechweise auf ein Haus an einem Berghang: «Josef Keller verbringt im Sommer fast jedes Wochenende in diesem Chalet. Ich weiss es von Paul Stadler, der ihn oft dort besucht.» Er setzte voraus, dass Christian die genannten Personen kannte.

Trotzdem entschied er sich für die Mails.

Christian 15.01.

Ich habe das schöne Wetter in dieser Woche genossen. Zweimal bin ich in den Bergen schneeschuhlaufen gegangen, einmal mit einem guten Freund und einmal allein. Ich liebe es, allein durch einsame und unberührte Landschaften zu stapfen, wo ich als erster Spuren legen und die totale Ruhe geniessen kann. Es ist auch ein intensives Schneeerlebnis, tief im Schnee zu versinken. Natürlich ist das zeitraubend und mühsam, aber ich will ja den Körper fordern, und ich habe die nötige Musse.

Du hast die Geburtstage von zwei Söhnen erwähnt. Offenbar hatten deine Söhne im Januar dasselbe Bedürfnis wie ich: das in glitzernden Schneelandschaften strahlende Licht der Welt zu erblicken. Sonnige Wintertage wünscht

Rita 18.01.

Im Moment ist mein Leben nicht nur erfüllt, wie du einmal sagtest, sondern gefüllt. Es ist zwar manchmal chaotisch, aber immer unheimlich interessant. Im Büro konnte ich in den letzten Tagen vieles aufarbeiten. Es gefällt mir, wieder einmal das Holz meines Schreibtisches und nicht nur Papierberge zu sehen. Zu Hause bin ich oft am Stricken. Ich kann dich das lernen, dann könntest du damit Frauen bestricken. Auch mein Vater hat in der Schule stricken gelernt, mit der etwas anderen Begründung, ein Mann heirate nicht unbedingt, was ich richtig finde. Es ist nicht schwierig, man braucht dazu nur eine Idee und den Mut, einfach mal anzufangen. Was meinst du, wie hat Michelangelo seine grossen Gemälde gemalt? Indem er mit einer Idee einfach mal anfing und loslegte.

Heute schneit und wirbelt es draussen, dass ich jetzt mein Auto in die Garage fahren muss, bevor es ein Schneemann ist. Ich weiss, du leidest unter dieser Witterung. Wälze dich im Schnee, dann bekommst du warm. Das ist wirklich gut, ich habe es ausprobiert. Man muss manchmal ein bisschen verrücktspielen, man kann ja nicht immer nur brav sein, das sind nur Esel.

Ich habe übrigens die letzten Weihnachten nicht mit meinen Söhnen, sondern mit Flüchtlingskindern gefeiert. Ich glaube, sie haben das geschätzt.

Danach hatte ich Probleme mit dem Darm. Aber nicht wegen weihnächtlicher Schlemmerei. Kenne jetzt meine Toilette in- und auswendig.

An einem Wochenende über Homöopathie habe ich Stefan, einen ca. 55-jährigen Deutschen getroffen, der es an sich hat. Ich könnte mir eine Beziehung vorstellen. Er hat mir seine Mailadresse gegeben. In der ersten Mail habe ich ihm eine Frage gestellt,

die in einem Kinderspiel vorkommt: „Guten Tag! Wer bist du?"
Liebe Grüsse

Christian 25.02.
Welche Überraschung: du hast jemand gefunden. Ich drücke dir beide Daumen.

Ich habe soeben einen Zeitungsartikel über Heimann, den grössten der Profiteure, gelesen. Ich frage mich, wie dieser dreihundertmal mehr verdienen kann als andere Menschen in der Schweiz, Menschen, die eine schwere, verantwortungsvolle und gefährliche Arbeit verrichten. Und tausendmal mehr als Menschen in Afrika. Einige Artikel sind dort nicht viel billiger. Ich denke an ein Hemd, das ich in einem durchschnittlichen Laden gekauft habe.

Wenn Heimann mit einem Klienten einen Kaffee trinkt oder essen geht, darf er für sich tausend Franken veranschlagen.

Mir kommen eine Frau und ihr Kind in Rwanda in den Sinn, die von ihren Lasten fast erdrückt wurden. Daneben der Mann, ohne Bürde. Dieser schaute weg, als ich ihm begegnete.

Doch auch in der Schweiz gibt es Unterprivilegierte. Mir fallen Raumpflegerinnen ein. Ich weiss aus eigener Erfahrung, wie hart ihre Arbeit ist. Und ich habe Hilfsarbeiter auf steilen Dächern gesehen.

Jetzt wirst du wieder politisch. Du möchtest wohl am Schluss noch eine Ausweitung der Thematik: vom Individuum zur Gesellschaft

Doch ich glaube an den Fortschritt. Und das Mögliche. Rechte, die man heute als selbstverständlich erachtet, waren früher höchst umstritten. Wer im Mittelalter demokratische Rechte für

Frauen und wenig Begüterte gefordert hätte, wäre wohl einge-
sperrt worden. Da sich politische Gleichberechtigung längst
durchgesetzt hat, ist es beschämend, dass es, finanziell und ma-
teriell, immer noch himmelschreiende Unterschiede gibt. Nun, ich
will dich nicht weiter aufhalten mit meinem Geschwätz.

Rita 21. 04
Dein Geschreibsel ist wieder einmal interessant. Gut, dass du
sagst, wo Bärtli den Most holt, und ich bin ganz deiner Meinung.
Aber was kann man machen? Die Welt ist nun einmal so.

Ich bin im Augenblick wie der Wetterfrosch auf der ersten
Sprosse. Das Frühlingswetter tut mir gut. Es ist die ideale Saison:
Die Spatzen pfeifen es von den Dächern, die Verliebten müssen
jetzt wieder ran, also schmatz mal eine Frau so richtig lieb ab. Ich
kann mir vorstellen, dass du bei diesem Wetter auf die Pirsch
gehst und deine Fühler ausstreckst. Was steht denn auf deiner
Speiseliste, zwei- oder vierbeiniges Wild. Die Männer sind ja
schon seit den Dinosauriern Jäger.

Ich mache wieder vieles, das nicht niet- und nagelfest ist, unsicher. Mir wird es nie langweilig. Entweder furze ich durch die Gegend oder übe meine komischen Tierstellungen, die ich an einem
Fitnesswochenende kennen gelernt habe. Oder ich spiele mit den
zwei Enkelkindern. Die beiden Racker sind ja so etwas von lustig.
Sie treiben es so richtig bunt wie ihre Grossmutter. Der eine, der
Anhängliche, hängt sich an mich wie ein kleines Äffchen.

Weil mein Auto einen Lätsch zieht, gehe ich jetzt mit dem Velo
zu Arbeit. Das hat aber auch Vorteile. Oft meint man Jahre lang,
eine Sache, so wie man sie macht, sei gut. Dann stellt man plötzlich, so wie jetzt beim Velofahren, fest, dass es anders besser
geht. Mein Hinterteil tut mir zwar sackmässig weh. Aber deswegen beisse ich nicht ins Gras. Auf dem Heimweg sammle ich fri-

schen Löwenzahn mit Spitzwegerich, der den Körper entgiftet. Wer hat schon frischen Salat jeden Tag. Und ich brauche es nicht wie die Kühe siebenmal zu kauen. Die Kühe habe es mir aber schon als Kind angetan, als ich bei meinem Grossvater, der Bauer war, weilte. Er hat mir auch gesagt, dass jeder Stier trotz der grossen Auswahl eine Lieblingskuh hat. Meinem Magen geht es nun prächtig. Ich vermute sogar, dass dieser Schelm es richtig geniesst, dass ich jetzt auf Diät bin. Ich habe schon ein bisschen abgenommen, gehe aber erst auf die Waage, wenn ich den Mut dazu habe, ich bin gegen schlechte Nachrichten. Aber Fett ist nicht das schlimmste Übel. Man bekommt immerhin Rettungsringe.

Im Winter habe ich fleissig Schnee geschaufelt. So hat nicht nur der Schnee abgenommen, auch meine Kilos sind verschwunden. Aber das hat auch Nachteile: Wenn du weniger gewichtig bist, nehmen dich die Leute weniger wichtig! Gute Vorsätze ziehen ja oft auch Nachteile nach sich. Bei dir ist es aber sicher anders, wenn du dir vorgenommen hast aufzuhören, in der Nase zu bohren oder um die Ecke zu schielen.

Ich achte auch darauf, nicht viel Salz zu konsumieren. obwohl in der Bibel steht, dass wir das Salz der Erde sind.

Wie du schriebst, hast du beim Einschlafen oft Juckreiz. Meine Kinder habe ich einmal beruhigt, als sie das hatten, weil sie in die Brennnesseln gefallen sind. Ich liess klares Wasser in die Badewanne fliessen, und sobald es anfing zu jucken, gingen sie schnell für fünf Minuten hinein, dann waren sie ruhig.

Nach mehreren Mails mit dem Neuen habe ich festgestellt, dass wir wie Sonne und Mond, Tag und Nacht sind. Eigenartigerweise haben wir trotzdem - oder vielleicht gerade deshalb -zusammengefunden. Für ihn ist seine Arbeit als Informatiker, da er nie verheiratet war, wie ein Kind. Er hat sich, um zu überleben, Muster angeeignet. In seiner Biographie hat es für mich aber noch viele leere Seiten.

Apropos Biographie: Ich habe viel erlebt, das ich eigentlich aufschreiben und erzählen sollte. Vielleicht finde ich mal die Zeit dazu.

Christian 06.05.

Wenn du weiterhin so gesund lebst, wirst du so alt, dass du noch die Entvölkerung der Erde erlebst. Auch ich habe versucht, durch Sport etwas für meine Gesundheit zu tun.

Eine Disziplin an den Olympischen Spielen wäre neben dem Sackgumpen, das wir jeweils im Jugendlager betrieben haben, der Rückwärtslauf. Man müsste dabei aufpassen, dass es einem nicht übel wird, wenn man ständig Rückschritte macht oder den zurückgelegten Weg und die Vergangenheit im Blickfeld hat. Es bräuchte auch viel Mut, weil man im Krebsgang nicht ins Auge fassen kann, was einem wartet. Man könnte ja in einem Graben mit oder ohne Wasser versinken und nicht wieder auferstehen.

Ich bestritt früher, als die Zeit noch für mich lief, Läufe. An einen, der einmal jährlich stattfand und den ich siebenmal machte, erinnere ich mich besonders gut, weil er meinem Lebenslauf entspricht. Die ersten Meter waren flach, meine Eltern besorgt um mich. Dann folgte die Internatszeit, ein mühsamer Anstieg, der mir aber gut gelungen ist, weil ich noch jung und bei Kräften war. Auch die anschliessende Passage, bei der es auf und ab ging und ich bereits die Uni besuchte, bereitete mir wenig Mühe. Es folgte die lange Steigung, die Zeit an der Schule, die ich trotz vieler Zuschauer nur mit Mühe zurücklegte. Die letzte Etappe, die Arbeit im Büro, war konsolidierend.

Wie ich von dir vernehme, hast du schon daran gedacht, über das Erlebte zu schreiben. Ich schreibe zwar, könnte mir aber nicht vorstellen, etwas Autobiographisches zu erzählen. Ich wäre kein dankbares Sujet. Mir fehlt die Einheit des klassischen Helden. Gemeine, d.h. gewöhnliche Personen wie ich sind im klassischen Drama ohnehin nicht darstellungswürdig, wenn man von der Komödie absieht. Aber vielleicht würde daraus eine Komödie.

Felix, ich glaube, Rita bekommt hier deine Ironie nicht mit. Das klassische Drama ist ja längst passé.

Ich gehöre auch nicht zu den Antihelden. Diese sind gesprächig, erbittert, wütend, kantige Randfiguren, die zur Tat schreiten. Einen Typ wie mich habe ich in der Literatur noch nicht gefunden.

So fühle ich mich mit meinen Leidensgenossen - denn solche muss es geben - einsam.

Dein Selbstmitleid wird hier zur Eigenliebe.

Rita 15.5.

Was schreibst du eigentlich? Einen Roman? Der Gärtner ist nicht immer der Mörder, falls es ein Krimi ist.

Du glaubst nicht an Gott. Du hast aber die Gebrauchsanleitung von Jesus über die Nächstenliebe genau gelesen und richtig verstanden, wie ich einer deiner Mails entnommen habe.

Ich habe mich seit jeher selber durchgewurstelt, aber ich brauche manchmal eine Krücke zum Gehen. Zum Beispiel jetzt. Bei uns im Büro wird derart eingespart, dass man bald das Händewaschen berappen muss. Und man hat uns mitgeteilt, uns werde wieder einmal der Lohn gekürzt. Normalerweise werden wir dann aus rechtlichen Gründen entlassen und, oh Freude, zu 80 Prozent wieder eingestellt. Also werde ich mir kein neues Auto anschaffen können und die Strecke zur Arbeit weiterhin zu Fuss zurücklegen. Aber, wie schon geschrieben, mache ich so noch was für meine Gesundheit, also zwei Fliegen auf einen Schlag. Vielleicht ist das ein Tritt von oben in den Hintern, womit wir wieder beim Thema Gott wären. Etwas Anderes ist die katholische Kirche. Ihre Haltung zu den Homosexuellen gefällt mir gar nicht. Hat sie Angst, sie verliere sonst Steuerzahler und somit Kohle, da ja Gleichgeschlechtliche keine Kinder zeugen können. Es sollte bei uns so sein wie bei den alten Griechen, schon dort wurden Homosexuelle akzeptiert.

Ich freue mich über deinen gelungenen Frankreichaufenthalt. Dieses Land kenne ich gut, ausser dem Norden habe ich schon alles abgegrast.

Du schreibst, du hättest eine Frau aus Marokko getroffen, und fragst mich, was sie wohl im Schilde führt. Ich hoffe, dass sie deine Schuhgrösse trägt und du bei ihr ins Geifern kommst. Steckt sie in einer Burka, und musst du sie zuerst auspacken? Pass auf, wenn sie muskuläre Brüder hat! Nun, was soll ich dazu sagen? Meine Söhne - nicht ich - würden sagen, entweder sie will an deine Kohle oder den Schweizerpass, oder du hast Glück, und sie ist eine Bombe im Bett. Einer meiner Söhne hat schlechte Erfahrungen mit einer Muslimin gemacht.

Ich habe letzthin meinen jährlichen Gesundheitscheck gemacht. Dabei wurde eine Übersäuerung entdeckt, was mich nicht überrascht, war ich doch in letzter Zeit wegen Manchem in meinem Job ziemlich sauer. Mir ist auch oft heiss, was wohl mit der

Menopause zusammenhängt, denn da macht ja die Temperatur eine Berg- und Talfahrt.

Mit dem Neuen habe ich seither ein Wochenende bei mir verbracht. Wenn Partner wie in der Wirtschaft Teilhaber bedeutet, muss ich sagen, dass ich an ihm noch nicht teilhabe und von ihm nur einen kleinen Teil habe. Wir haben unterschiedliche Rhythmen. Ob eine gemeinsame Reise utopisch ist? Es braucht dabei viel Mut, sich selber treu zu bleiben. Manchmal sehe ich dunkle Wolken am Horizont. Liebe Grüsse

Christian 01.06.

Ich bedaure sehr, dass ihr eure Rhythmen noch nicht aufeinander abstimmen konntet.

Noch ein Nachtrag zum Thema Gesellschaft. Dunkle Wolken sehe ich auch hier. Ein Fortschritt wären vielleicht Mindest- und Maximallöhne. Wer Mindest- und Maximallöhne ablehnt, sollte offen darlegen, dass er soziale Gerechtigkeit, das größte Kapital in der Gesellschaft, verschmäht. Stattdessen schiebt die Rechte den Markt vor, der von ihr gesteuert wird und deshalb unsozial ist. Mächtige, die sagen, eine Veränderung der Gesellschaft sei unmöglich, sei utopisch, verhindern die Erneuerung kraft ihrer Ämter. Sie sind der Meinung, hohe Löhne seien aufgrund der Leistung gerechtfertigt. Ist es eine Leistung, wenn man aus gutbürgerlichem Hause stammt und nicht in Afrika geboren ist? Mit der Leistungstheorie werden Arbeitgeber von kleinen Unternehmen abqualifiziert, die weniger verdienen. Aber an der Finanzkrise waren gerade nicht die kleinen Banken schuld. Ich denke hier an den Fußball, wo die bestbezahlten Trainer oft nicht die besten sind.

Übertriebene Löhne implizieren vor allem eine Geringschätzung der körperlichen Arbeit und der wenig verdienenden Arbeitnehmer. Doch gerade sie erbringen Leistung, und sie halten die Wirtschaft in Schwung.

Man moniert, Manager würden die Schweiz verlassen, wenn sie tiefere Löhne hätten. Wenn das stimmt, müssen sie sehr geldgierig sein, denn für sie wäre das Geld offenbar der einzige Anreiz, in der Schweiz zu leben. Aber auf sie kann die Schweiz verzichten, sie dürfen ohne Weiteres ausgelagert werden.

Im Übrigen ist man in unserem Land etwas kleinkariert, narzisstisch und eigennützig: die Schweiz als der Nabel der Welt. Gerade sie könnte es sich leisten, an ärmere Länder zu denken. Wer könnte den Anfang machen, wenn nicht die Schweiz?

Am Hunger in der Dritten Welt sind natürlich auch die egoistischen Verteilungskämpfe, zum Beispiel im Handel, schuld. Eine Lösung könnte eine Haltung bringen, die heute oft als sentimental bezeichnet wird, das Mitleid. Mitleid ist geteiltes Leid.

Doch ich muss mich selbst bei der Nase nehmen: Was habe ich getan? Bisher war ich nur Schreibtischtäter, indem ich Leserbriefe geschrieben habe. Ich bin aber kein Phantast.

Nun, ich will dich nicht länger mit meinen Überlegungen belästigen.

Rita 16.06.
Wenn du von Mitleid sprichst, bist du vielleicht doch ein Phantast. Aber ich kenn mich da nicht so aus. Ich bin zum Glück nicht arbeitslos, habe aber vom Steueramt eine tolle Überraschung bekommen. Ich hätte meine Steuern letztes Jahr nicht bezahlt. Ko-

misch, ich habe meinen Obolus doch jeden Monat entrichtet. Als ich dem nachging, stellte ich fest, dass ich nicht meine Steuern, sondern die von meinem Vater, der vor zwei Jahren starb, bezahlt habe. So bin ich im Moment ziemlich im Sch… . Aber irgendwie wird es schon gehen. Ich muss ja nur sechs Monate durchhalten. Die vier Geburtstage meiner Söhne feiern wir später. Die Ferien verbringe ich auf dem Balkon, das ist nicht so schlimm. Balkonien bin ich gewohnt. Und auf der Wiese findet man allerlei Gratis-Grünzeug. Und ich bin ja nicht allein, die da oben sind auch noch da. Und du.

Christian 29.06.

Obwohl Sommer ist, habe ich mich erkältet. Es ist zwar weniger schlimm als deine Menopause, aber immerhin so unangenehm, dass ich mich hier kurzfasse und dir mehr erzähle, wenn es mir wieder besser geht. Gute Gesundheit

Rita 09.07.

Heute versiegt mir fast die Sprache. Ich wurde durch die letzte Mail von Stefan, meinem Neuen (oder Alten?), völlig vor den Kopf gestossen. Er schreibt: „Eine sehr gute Freundin hat einen neuen Mann gefunden, sodass sie für mich verloren ist. Ich spüre einen tiefen Schmerz und bin sehr traurig." Ich komme mir vor, als sei ich von einer hohen Mauer gefallen und schaue gerade um mich, wo ich gelandet bin. Ist das sein wahres Gesicht? Ich wollte eine dauerhafte Beziehung, nicht nur eine Affäre. Ich werde das nächste Mal, falls es das noch gibt, nicht mit ihm schlafen. Was nicht aus dem Herzen kommt, ist Zeitverschwendung. Ich hätte von ihm mehr Achtsamkeit erwartet.

Was weniger wichtig ist: Er verlangt von mir, dass ich ihm seine Jacke, die er beim letzten Mal bei mir vergessen hat, nach Deutschland schicke. Das Versandporto beträgt aber 35 Euro.

Ausserdem hat er vier Mäuse in der Schweiz gekauft, die der Händler nur in die Schweiz liefert. Er hat meine Adresse als Lieferadresse angegeben und mich gebeten, sie in Empfang zu nehmen. Ich habe jedoch nur zwei erhalten. Wo die andern wohl stecken geblieben sind? Mein Briefkasten ist nicht gross, ich werde bei der Post nachfragen. Auf bald

Hier endete dieser Austausch. Etwas abrupt, wie Christian fand. Er wusste nicht mehr, ob er allmählich verebbte und wer ihn vollends kappte.

Eigentlich würde es ihn interessieren, wie diese sonderbare Beziehung weitergegangen war und was Rita im Schilde führte. Ihm wurde wieder einmal bewusst, dass ihr Humor ihm fehlte.

Diese Rita hätte dir gut getan.

Er vermisste auch ferne Horizonte, obwohl er seine Stadt liebte. Deshalb wieder ein Sprung übers Wasser, wieder nach Asien. Diesmal waren nicht Tiere, sondern Menschen, die Krone der Schöpfung, die Helden.

Er war im Jahre 1989 in Bukittinggi, auf Sumatra, mit dem Zimmernachbarn ins Gespräch gekommen: Am nächsten Tag ging eine Gruppe von fünf Personen auf eine Expedition nach Siberut, einer Mentawai-Insel. Er schloss sich ihr an, nachdem Ery, der Guide, Erkundigungen eingezogen und ihn ausgequetscht hatte. Ery war Student an einer Hochschule in Bukittinggi, stammte aber selbst von der Insel und konnte die Gruppe deshalb über die Kultur der Mentawai umfassend informieren. Die ungefähr acht Stunden dauernde Überfahrt von Padang aus verlief ruhig. Während Delfine ihr Spiel trieben und ihre lustigen Sprünge vorführten, ass Christian seine mitgebrachten Dörrfrüchte. Das Holländerpaar aus der Gruppe wandte sich plötzlich an ihn und stellte ihn zur Rede: warum er die Früchte nicht mit der Gruppe teile? Erst jetzt wurde ihm bewusst, dass er das gar nicht mehr gewohnt war. Er war ja bisher allein gereist. Trotzdem fragte er sich, warum die Holländer, oder besser gesagt die Holländerinnen, ihn so vorwurfsvoll angeblickt hatten. Da kamen ihm die Begrüßung und der erste Wortwechsel in den Sinn. Er hatte sie für Mutter und Tochter gehalten, sie waren aber Freundinnen.

An Land quartierten sie sich im einzigen Dorf der Insel ein. Es war auf die Interventionspolitik der indonesischen Regierung hin entstanden. Solche Bestrebungen waren nicht neu. Bereits Anfang des 20. Jahrhunderts hatte ein Missionar versucht diese Leute zu «zivilisieren» und war dabei erschlagen worden. Dass er sich überhaupt so weit vorgewagt hatte, war erstaunlich, kannten doch die Menschen auf Siberut früher noch die Kopfjagd. Wenn auf der Insel viele Steine verwendet worden wären, hätte man ihre Lebensweise noch jetzt als Steinzeit-Kultur bezeichnen können.

Am folgenden Tag begaben sie sich zu einer Uma. Da es auf der Insel keine Straßen oder fahrbaren Wege hatte, unternahmen sie eine Flussfahrt. Die Uma war eine Gruppe von ungefähr fünf bis acht Familien und deren längliches, großes Haus auf Pfählen. Sie hatten Glück, denn sie durften an einer Hochzeit teilnehmen. Zuerst war da ein riesiger Kessel mit brodelndem Wasser. Darin befanden sich sämtliche Teile eines Hausschweins, auch die Innereien. Das Ganze, eine graubeige Masse, sah nicht gerade einladend aus, mundete aber beim nachfolgenden Gelage vortrefflich. Und Schweinefleisch zu essen war etwas Besonderes: Man durfte das nicht allein, sondern nur mit andern zusammen tun.

Seltsam mutete Christian auch der folgende Tanz an. Der Bräutigam, ungefähr 50 Jahre alt, und seine jüngere Braut stampften auf dem Bretterboden, stundenlang, und das immerwährend, ohne den Stakkatorhythmus zu variieren. Begleitet von ebenso ausdauernden Trommlern. Dazu leiser, monotoner, einstimmiger Gesang, fast ohne Intervalle. Urzeitliche Musik. Urtümlicher als das Candomblé, an dem Christian vor Jahren einmal in Salvador da Bahia teilgenommen hatte. Dort, bei dieser synkretistischen Mischung von afrikanischem Animismus und katholischem Heiligenglauben, verfielen Eingeweihte, wenn Gott von ihnen Besitz ergriff, von den Trommeln betäubt und hypnotisiert, in einen tranceähnlichen Zustand. Etwas, das er sich in Siberut freilich auch vorstellen konnte.

Nachdem sie die Nacht in der Uma verbracht hatten, folgten sie Dschungelpfaden. Wegen der schmalen Wege gingen die Einheimischen immer hintereinander, sogar auf Plätzen. Christian hatte sie nie nebeneinander gehen sehen. Die Pfade wurden immer wieder von Bächen unterbrochen. Als Brücken dienten Baumstämme, die ihm aufgrund seiner Schwierigkeiten, das

Gleichgewicht zu halten, Probleme bereiteten. Von jetzt an logierten sie gewöhnlich in einem Pfahlhaus einer einzelnen Familie, das kleiner als eine Uma war. Die Gruppe ließ sich jeweils auf einer Art Plattform vor dem eigentlichen Haus nieder. Man musste aufpassen, dass kein Gegenstand durch die Zwischenräume fiel, denn in der Nacht befanden sich darunter die Schweine. So war Christian ein Taschentuch abhandengekommen. In dieser malariaverseuchten Gegend war Vorsicht geboten. Deshalb die schweißtreibenden Moskitonetze. Jemand hatte ihm noch gesagt, es gebe Vampire. Die Nächte waren aber ruhig. Er hörte keine Brüllaffen wie in Lateinamerika. Gelegentlich das Kreischen eines aufgescheuchten Vogels. Damit auch die Hennen ruhig schlafen konnten, wurden sie wegen der Raubtiere am Abend, manchmal mit Küken, in Körbe verfrachtet. Seltsam dünkte ihn, dass die Mentawai die Eier nicht aßen. Jedenfalls hatte er das nie beobachtet.

Die Hauptspeise, sowohl für Mensch wie Tier, war der Sago. Er wurde aus dem Mark der Sagopalmen gewonnen. Christian hatte gesehen, wie sie von den Männern verarbeitet wurden. Ein komplizierter Prozess. Die Sago-Zylinder tauchte man anschließend in Wasser, sodass sie frisch blieben. So wurde der Sagowald im wahrsten Sinne des Wortes allmählich aufgegessen, wobei man natürlich ständig neue Palmen pflanzte.

Bei diesem Vorgang hergestellter Sago reichte sicher für wenigstens einen Monat. Und da er das wichtigste Grundnahrungsmittel war, mussten die Leute, jedenfalls die Männer, nicht viel arbeiten. Christian fand diese Speise allerdings eher fade, wenn sie nicht mit geraspelter Kokosnuss garniert war. Es wurde übrigens mit den Händen gegessen.

Taro, eine andere wichtige Speise, mundete ihm. Diese süßliche Knolle, etwas größer als eine mittlere Kartoffel, wurde, wie anderes Gemüse, von den Frauen auf Feldern angebaut. Diese hatte er auch beim Fischen mit Netzen in Flüssen beobachtet. Eine willkommene Abwechslung zu dieser Kost bildeten Früchte, die er vorher noch nie gegessen hatte und die köstlich schmeckten.

Fleisch von wilden Tieren sah er nie. Er wohnte auch nie einer Jagd bei. Er begegnete nur einmal einem Mann mit einem Pfeilbogen und einem elstergroßen Vogel. Wie Ery jedoch sagte, war die Jagd auf Wildschweine, Hirsche, Affen und Vögel hier beliebt und mit verschiedenen Ritualen verbunden. Zum Vergiften der Pfeile wurden spezielle Kräuter gepflanzt.

Auffällig waren die in jeder Hütte angebrachten Schädel der gejagten Tiere. Damit waren deren Seelen anwesend. Ery nannte ihnen den Grund für diese Aufbewahrung. Wenn Christian ihn richtig verstanden hatte, wurden so die Seelen der zu jagenden Tiere in das Haus gelockt. Sie ließen sich töten, um zu ihren verwandten Seelen zu gelangen.

Ein wichtiger Durstlöscher war für ihn die Kokosmilch. Kokosnüsse waren für die Einheimischen auch wichtiges Tauschmittel beim Handel mit Händlern aus Sumatra. Christian erinnerte sich an einen Traumstrand: Sie waren allein auf weißem Sand unter wehenden Palmen. Hier reichte ihnen Ery Milch aus Nüssen, die sein Gefährte vorher mit katzenhafter Behändigkeit geholt hatte. Christian, der mit den Jahren das Wasser eher mied, fühlte sich für einmal in seinem Element: Es war mindestens 30 Grad warm.

Frauen wie Männer tätowierten sich am ganzen Körper. Die Tätowierung mit einem Hirschhorn und einem daran befestigten spitzen Gegenstand war, laut Ery, äußerst schmerzhaft. Die Tätowierungsmuster kamen besonders zur Geltung, weil die Männer nur einen Lendenschurz und die Frauen nur einen kurzen Rock trugen.

Etwas befremdend wirkten auf Christian die schwarze Bemalung der Gesichter und die zugespitzten Schneidezähne der Erwachsenen. Besser gefielen ihm die Blumen in den Haaren. Auch in denen der Männer. Frauen und Männer trugen lange Haare, die sie nicht nur mit Blumen schmückten. Männer banden oder legten sie meist zusammen. Blumen und Schmuck sorgten dafür, dass es den Seelen im Körper gefiel und sie diesen nicht verließen. Machten sie sich davon, trat der Tod ein.

Die gesamte Materie, alles Gegenständliche und Lebendige, war beseelt, wie Christian von Ery erfuhr. Christian hatte ihn einmal darauf angesprochen, als er einen Mann vor einer Palme knien sah. Dieser opferte den Geistern vor einer Rodung, damit sie den Seelen der Lebenden nicht gefährlich wurden. Christian hatte Ähnliches auch bei der Schlachtung eines Schweins bemerkt. Die Mentawai hatten also eine große Ehrfurcht vor allem Kreatürlichen und nahmen Eingriffe nur maßvoll vor. Christian freute sich überhaupt an den freundlichen und fast immer gut gelaunten Menschen. Ihm war das laut und freudig verkündete Begrüßungswort «Aloita» fast ständig in den Ohren. Nachher folgte allerdings oft «cigaret». Die Mentawai pflanzten zwar selbst Tabak, bevorzugten aber offenbar Zigaretten aus der «zivilisierten» Welt. Der Zigarettenkonsum war beträchtlich, sowohl bei Männern wie bei Frauen. Sogar Kinder hatte Christian mit Zigaretten gesehen.

Offenheit und Gastfreundschaft wurden nicht nur bei der Begrüßung sichtbar, sondern auch bei den vielen Gesprächen der Menschen. Bereits am frühen Morgen begannen sie zu plaudern, wie wenn sie froh wären, der nächtlichen Vereinzelung zu entrinnen. Und die Gespräche wurden nicht sobald abgebrochen. Dass so viel geredet wurde, hing, neben dem Umstand, dass wenig gearbeitet werden musste, mit der Gruppenstruktur zusammen, wie Ery mitteilte. Es gab keine Herrschaftsträger, keinen Häuptling. Eine Hierarchie bestand nicht, wenn man von der besonderen Stellung der Medizinmänner absah. Auch hatten die Leute neben einigen Schweinen und Kokospalmen wenig eigenen Besitz. Vieles gehörte der Uma. Man konnte diese Gesellschaft fast als klassenlos bezeichnen. Und da niemand von Amtes wegen oder kraft seiner Autorität etwas festlegte, musste man vieles diskutieren, bevor ein Entscheid gefällt wurde. Eine Aussprache war auch bei Konflikten gefragt.

Christian betrachtete diese Lebensweise, Gemeinsinn gepaart mit wenig Arbeit und Anspannung, als Alternative zum stressgeplagten Leben und zum Neokapitalismus der «zivilisierten» Welt. Andrerseits hatte er die Frau gesehen, die mit leidender Miene auf dem Boden der Plattform sass, als seine Gruppe ihre Familie besuchte. Offenbar hatte sie starke Schmerzen. Es gab allerdings viele Medizinmänner. Bei zweien hatten sie übernachtet. Bei einem ging sogar ein junger, frisch vermählter Mann in die Lehre. Aber Christian konnte sich ein Leben ohne Ärzte und Spitäler nicht vorstellen. Er war sogar froh, als sie die Insel nach neun Tagen verliessen. Die Strapazen hatten ihm zugesetzt.

Freilich war diese Welt für Christian auch eine Art verlorenes Paradies. Paradies deshalb, weil ein Leben in dieser wunderschönen Gegend und im Einklang mit der Natur auf ihn eine große Anziehungskraft ausübte. Verloren war die Insel, weil die indonesische Regierung, wie Ery sagte, diese Menschen «zivilisieren» wollte, um sie besser kontrollieren zu können. Deshalb bestand bereits eine Dorfgemeinschaft, also etwas, das es in der traditionellen Kultur nicht gab. Christian erfuhr von Ery auch, dass Holzfällerfirmen von der Regierung Lizenzen erhalten hätten. Diese Kultur war also dem Untergang geweiht, wenn nicht mit der Regierung eine Lösung gefunden wurde. Christian hatte Slums vor Augen, wo entwurzelte Menschen Zuflucht gesucht hatten.

Er war sich aber bewusst, dass es keine Kulturinseln mehr geben und Stämme nicht mehr isoliert leben konnten. Vielleicht bestünde ein Mittelweg. Möglicherweise fanden diese Menschen eine Lebensform, die Tradition und fortschrittliche Zivilisation verbinden konnte.

So war er einerseits glücklich, andrerseits auch etwas traurig, als er die Insel mit den andern verließ.

Als sie in Badang auf Sumatra ankamen, wurde Christian in die Realität der kapitalistischen Gesellschaft zurückgeworfen. Eine Frau wollte ihre Tochter mit einem Mitglied der Gruppe verheiraten. Offenbar konnte sie ihre vielen Kinder nicht durchbringen.

Wenn er an diese Reise dachte, musste er sich eingestehen: Er hatte vieles gesehen und in einer aufregenden Zeit gelebt. Es gab wohl keine Epoche, in der sich so viel verändert und der Mensch so viele Möglichkeiten hatte. Aber Einiges hatte er nicht gemacht oder erlebt:

Ordnung in seinen Schubladen und auf dem Schreibtisch
Gegen jemand grobes Geschütz auffahren, der es verdient
Menschen wiedersehen, die er auf einer grossen Reise getroffen hatte
Sich in ein Tier versetzen

Ein Land in der Dritten Welt, in dem Bedürftige in der Minderheit sind
Dass billige Arbeitskräfte zu Geld- und Arbeitgebern werden
Dass Ohnmächtige Macht über Mächtige haben
Sterbende, die lachen
Politiker, die sich zur Wahl stellen und nicht gewählt werden wollen
Einen Philosophen an der Regierung
Dass der Tag immer länger als die Nacht ist
Dass Berge abgetragen und Täler gefüllt werden
Europäer, die nach Afrika flüchten
Dass der Angstschrei des neuen Erdenbürgers bei der Geburt im Verlaufe seines Lebens der einzige bleibt
Dass 5000-8000 Kilometer transportierte Bananen bzw. Textilien aus Asien oder Lateinamerika in der Schweiz teurer sind als Schweizer Aprikosen bzw. Textilien
Dass Gäste zum Essen erscheinen, die nicht eingeladen wurden
Dass man im Gasthof das Essen mit andern teilt
Dass Waffen durch Bücher ersetzt werden

Dass Armeen zu Hilfs- und Heilsarmeen werden

Dass arbeitende Inder nie Kinder sind

Dass Herzensgüte Gütesiegel ist

Dass eine App namens Menschlichkeit verfügbar ist

Dass sich die Börsenkotierung nach ökologischen und sozialen Richtlinien richtet

Dass Putzfrauen Kaderleute für die Reinigung ihrer Wohnung anstellen

Dass Lehrer von Schülern unterrichtet werden

Dass Underdogs die Elite bilden

Dass der Süden mehr produziert und konsumiert als der Norden

Eingedenk dessen, was geschehen war, verlangte es ihn nach entsprechender Musik. Er wählte das menschlichste Instrument, seine Sängerin. Wie sie in einer Liveaufnahme Piano sang - mit berückend schönem Timbre, atemberaubender Intonationssicherheit, höchster Intensität und starkem Ausdruck! Das Piano war für Christian auch beim Klavierspielen das schwierigste. Er hatte hier ebenfalls seine Favoriten: Pianisten, die es zugleich durchsichtig-klar und samten-weich spielen konnten.

Die Arie der Sängerin begann, in der deutschen Übersetzung, mit den Worten «Meide die Dornen, pflücke die Rosen». Sie verlangte eine Entscheidung für das Leben, angesichts des Todes und der Vergänglichkeit.

Als er diesen Aufruf zur Lebenslust gehört hatte, gelüstete es ihn nach einer weiteren Liveaufnahme. Diesmal sang eine Frau aus Argentinien das Lied «Gracias a la vida».

Es war ein Dank an das Leben, das so viel gegeben hatte: Sterne, die sich beim Öffnen an Farben berauschten; Muscheln, die sich an Klängen labten; Beine, die über faszinierende Landschaften trugen; ein Herz, das die Tiefe klarer Augen erkannte; ein Lied, das von Lachen und Tränen sang; das Lied aller, das gleiche wie seines.

Die Sängerin trug dieses Lied zum ersten Mal nach der Diktatur in Argentinien vor. Die Begeisterung der Zuhörer zeugte von der Freude über die neu gewonnene Freiheit und Intensität des Daseins. Dieser Neubeginn wurde nur durch den Einsatz für Menschenrechte und durch Solidarität möglich.

Christian sah eine Fliege, die auf dem Rücken lag und strampelte. Er befreite sie aus ihrer misslichen Lage.

Er wollte sich alles noch einmal überlegen. Er, als Querdenker, musste nicht unbedingt auch ein Querkopf sein.

Der Herr gab ihm Einsicht, und das Licht leuchtete ihm.

Die Erde bringe lebende Wesen hervor nach ihrer Art (...). Und Gott sprach: Lasst uns Menschen machen in unserm Bild, uns ähnlich! (...) Und Gott sah alles, was er gemacht hatte, und siehe, es war sehr gut. Und es wurde Abend, und es wurde Morgen: der sechste Tag.

Und Gott vollendete am siebten Tag sein Werk, das er gemacht hatte; und er ruhte am siebten Tag von all seinem Werk, das er gemacht hatte.

Auch du hast deine Ruhe gefunden.

Ich strich sanft über das Heft und legte es zur Seite. Dieser Schluss überraschte mich. War das Felix' Spiel mit Möglichkeiten? Oder eine Wunschvorstellung und ein Gegenentwurf? Hatte hier die Fiktion über die Realität gesiegt? Oder war es umgekehrt?

Der Rahmen war in dieser Erzählung weitgehend gleich geblieben, wurde nicht gesprengt. Aber ob das Bild noch stimmte?

Felix hatte Kleider anprobiert, aber ich war mir nicht sicher, ob sie passten.

Er wurde zur veränderbaren Konstante. Er konnte zwar nicht aus seiner Haut, aber sie war dehnbar geworden. Trotz Sonne und Licht musste er nicht über seinen Schatten springen.

Ich war Felix dankbar, dass er die Tür einen Spalt weit geöffnet und sein Schweigen gebrochen hatte. Mir wurde so deutlich, was bei Felix Schein und was Sein war. Sein Suizid war sicher die nüchterne und pragmatische Entscheidung eines Rationalisten, der keine religiösen Skrupel kannte und seinem Leben ein Ende setzte, weil es ihn nicht mehr befriedigte. Er musste für seinen Suizid noch gewichtigere Gründe als Christian gehabt haben, Gründe, die an die Substanz gingen. Durch die Lektüre hatte ich, wenn auch Fragen offen geblieben waren, in stillen Wassern, in unbekannten Tiefen gegründelt und ausgelotet, was an der Oberfläche nicht sichtbar war. Er, der ulkige Kauz, der komische Vogel, als den ihn einige bezeichneten, der sich aber nie aufgeplustert hatte, musste in seiner Erzählung keine Federn lassen. Vielmehr entdeckte ich bunte Federn, die verborgen geblieben waren, bevor er aufflog.

Deshalb will ich nicht verstummen. Ich möchte an einer Gedenkfeier, die ich mit einigen Freunden durchführen will und die Felix in seiner Bescheidenheit wohl nicht für nötig befunden hätte, seine glänzenden Federn beschreiben. Aber vielleicht ist es schon zu spät.

Der Autor dankt Frau Renata Kabitz für ihre wertvollen Anregungen.

Zeitfracht Medien GmbH
Ferdinand-Jühlke-Straße 7
99095 Erfurt, Deutschland
produktsicherheit@kolibri360.de